그만 울고 웃어줘

416 단원고 약전 **짧은, 그리고 영원한 6** 권

그만 울고 웃어 줘

2학년 6반

경기도교육청 약전작가단 지음
경기도교육청 엮음

굿플러스북

발간사

《단원고 약전》으로 영원히 기리다

─────

 '기록하지 않은 기억은 망각되고, 기록은 역사가 된다.' 우리가 오늘 그날의 이야기를 기록하는 이유입니다. 단원고 학생과 교사 261명을 포함해 모두 304명의 목숨을 앗아간 4.16 세월호 참사. 그들의 못다 한 꿈을 영원히 기억하고 우리의 책임을 통감하며 후대에 교훈으로 남기기 위해 이 참사를 기록하게 되었습니다.

 '세월호'의 기록은 우리 시대의 임무입니다. '세월호'를 하나의 사건으로만 기억하지 않고 역사의 기록으로 남겨야 하는 이유는 가장 소중한 가족을 잃은 사람들의 비통함 때문만은 아닙니다. 안전 불감증이라는 사회적 성찰과 국가의 부끄러운 안전 정책은 물론 역사의 진실을 제대로 알리고자 하는 마음이 모여 한 장 한 장 피맺힌 절규를 담게 되었습니다.

 희생자 한 명 한 명의 삶과 꿈, 그 가족과 친구들의 기억을 기록하는 데 그치지 않고, 어떻게 기록해야 진실을 올곧게 담아내고 가장 많은 사람들과 이 기억을 공유할 수 있을까를 생각했습니다. 그래서 이번 참사의 아픔을 함께하고, 우리 시대의 사랑과 분노, 희망과 좌절을 문학 작품으로 기록해 온 작가들을 약전 필자로 모셨습니다. 아무리 훌륭한 작가가 있다 해도 아들딸, 형제자매를 떠나보낸 가족들이 이들을 만나서 이야기해 주지 않았다면 단 한 줄도 기록할 수 없었을 것입니다. 약전 발간에 대한 가족들의 관심과 참여가 1만 매가 넘는 원고를 만들어 낸 가장 소중한 밑거름이 되었습니다.

약전 작가와 발간위원들은 가족들이 있는 합동분향소, 광화문광장, 팽목항으로 찾아가 묵묵히 그 곁을 지키며 함께했습니다. 눈을 마주치고 짧은 인사를 나누고, 그렇게 시작해 몇 시간씩 마주 앉아 함께 울고 웃으며 '지금은 천 개의 바람이 되어 버린 그들'에 대한 이야기를 나눴습니다.

이렇게 12권의 책이 만들어졌습니다. 경기도는 물론 전국 방방곡곡에서 단원고 학생과 교사들의 삶을 약전을 통해 다시 만나고 그들과 함께할 것입니다. 그들의 꿈과 미래가 영원히 우리 곁에서 피어나길 기원하며, 이 시대를 살아가는 모든 분께 《단원고 약전》을 바칩니다.

2016년 1월

경기도교육청

기록의 소중함

《삼국유사》가 전승되지 않았더라면 천년 이후에 우리는 신라의 향가를 비롯해 우리 고대의 역사, 문화, 풍속, 인물들을 어떻게 추론할 수 있었을까? 모두 알다시피 정사인 《삼국사기》와 달리 《삼국유사》는 최초로 단군신화를 수록하고 학승, 율사와 같은 위인의 전기뿐만 아니라 선남선녀들의 효행을 기록했다. 우리가 진정 문화 민족의 후예임을 밝혀 주는 보물 같은 기록이다.

사마천의 《사기》 역시 마찬가지로 문명사회의 시원과 중국 고대사를 비추는 찬란한 등불이다. 그리고 나아가 이제는 인류의 공동 자산이 되었다. 흥미로운 것은 방대한 《사기》에서 가장 많이 사랑받는 부분은 '제왕본기'가 아니라 당대의 문제적 인간들의 이야기를 엮은 '열전'이다. 지배 계층 인물보다 골계 열전에 엮은, 당시 민중의 살아 숨 쉬는 모습이 압권이다. 실로 이천여 년 전의 인간이라 믿기 어려울 정도로 사실적이다.

《삼국유사》와 《사기》 안에 부조된 인간사는 현대에도 부단히 여러 예술 장르로 부활, 변용되고 있다. 기록은 그토록 소중한 작업이다.

세월호 참사에 대한 보도, 영상물을 비롯한 기타 자료 등은 넘치고 또 넘친다. 해난 사고가 참사로 이어지는 과정에 대한 탐구, 분석, 평가 또한 앞으로 이어질 것이다.

'바다를 덮친 민영화의 위험성', '무분별한 규제 완화', '정부의 재난 대응 역량' 등의 문제는 정치의 영역일 터이다.

우리 139명 작가들과 6명의 발간위원들은 4.16 참사라는 역사적 대사건의 심층을 들여다보고 이를 기록하고자 했다. "잘 다녀올게요" 하고 환하게 웃으며 수학여행을 떠난 그들이 어떤 꿈과 희망을 부여안고 어떤 난관과 절망에 부딪치며 살았는지 있는 그대로 되살려 내고자 했다. 여기에는 결코 어떤 집단의 유불리나, 하물며 정치적 의도 같은 것이 있을 리 없다.

파릇한 나이에 서둘러 하늘로 떠나 버린 십대들의 삶과, 또한 이들과 동고동락한 선생님들의 생애를 고스란히 사실적으로 담았다.

로마의 폼페이 유적지에서 이천여 년의 시간을 뚫고 솟아난 한 장의 프레스코화는 실로 눈부시다. 머리 빗는 여성의 풍만한 몸매와 신라 여인을 연상시키는 의상, 그리고 이를 바라보는 어린 아들의 익살스런 포즈는 그 시대를 단번에 현대인에게 일러 준다.

프레스코화 기법의 핵심은 젖은 회반죽이 채 마르기 전에 그리는 것이라고 한다. 우리 역시 비극의 잔해가 상기 남아 있는 시기에 약전을 쓰려고 했다. 무척 고통스럽고 슬픈 작업이었다. 작가들은 떠나간 아이들과, 그리고 남아 있는 부모와 가족, 친지들과 함께 다시 비극의 한가운데 오래 머물러야 했다.

'왕조실록', '용비어천가', 《삼국사기》가 역사 기록이듯 '녹두장군', '갑오동학혁명', 무명의 여인들이 쓴 형식 파괴의 '사설시조' 등도 전통의 지평을 넓히는 우리 문화유산이다. 평가와 선택은 후세가 할 것이다. 우리는 다만 동시대인으로서 비극에 얽힌 인물들의 이야기를 기록한다.

함께 별이 된 아이들과 교사들이 하늘에서 편하시기를 기도하며, 고통스런 작업에 참여해 주신 가족, 친지분과 작가 여러분께 깊이 감사드린다.

2016년 1월

유시춘 (작가, 약전발간위원장)

별이 된 아이들 이야기

———

아름다운 힘, 태민

안산 단원고 2학년 6반 **구태민**

1. 어린 시절의 태민. 동생 태윤과 함께.
2. 중학교 졸업식에서.
3. 엄마와 함께. 타이타닉의 주인공들처럼.

봄의 아이, 단단하게 여문 이름 '태민'

태민은 봄의 기운이 막 움틀 무렵인 3월 28일에 태어났습니다. 태민이 태어났을 때, 할아버지께서는 누구나 부르기에 좋은 어감을 가진 이름을 선물하고 싶었습니다. '진수'와 '태민' 중에 고민을 하시다가, 구씨 성을 붙여서 부르기에는 '구태민' 쪽이 더 발음하기에 좋다는 생각을 하시게 되어 결국 첫아이의 이름을 '구태민'으로 정했습니다. '클 태(泰)', '백성 민(民)'이라는 한자어로 이루어진 까닭인지 '구태민!' 하고 부르면 단단하고 믿음직한 인상이 남겨지는 듯 했습니다.

"고놈 참 야무지네!"

우리가 어떤 이의 이름을 발음할수록, 말의 힘은 그 사람의 인상을 조각하는 일뿐 아니라, 그 사람의 성격을 형성하는 일에도 영향을 미칩니다. '구태민'이라는 이름을 부를수록 차오르는 '믿음직스럽다'는 인상이 태민의 성격에 고스란히 반영되었던 것처럼 말이지요. 태민은 가족들이 자신에게 보내 준 신뢰의 크기에 힘입어, 자신이 생각하는 바를 끝까지 밀어붙이는 자신감을 키워 나갑니다.

여름 방학을 맞아, 외할머니의 칠순 기념으로 온 가족이 제주도 여행을 다녀왔을 때의 일입니다. 모처럼 다 같이 모여 여행을 떠난다는 생각에 설렜고, 또 그만큼 웃음이 끊이질 않았던 시간이었습니다. 청명한 공기로 가득 찬 제주의 여름을 빙 둘러보면서 미천 동굴에도 들렀습니다. 동굴 내부에 조명이 설치되어 있어서 많이 어둡진 않았지만 그래도 동굴은 동굴이기에 조심스럽게 다녀야 하는 곳이었지요. 태민은 동굴 안에서도 민첩하게 움직였습니다. 통통한 몸이었지만 태민은 곧잘 바닥에서 튀어 오르는 공처럼 뛰어다니곤 했습니다. 모두 함께 동굴을 빠져나간 후, 가족들은 그 안에 있는 조각상을 만지고 오면 잘 산다는 전설에 대한 대화를 나눴습니다. 지나가듯이 나눈 대화였는데 어느샌가 태민이 거기에 귀를 기울이고 있었나 봅니다. 태민은 왔던 길을 뒤돌아 잽싸게 어딘가로 달려갔습니다.

잠시 후, 다시 나타난 태민에게 어른들은 어디를 다녀왔느냐고 물었습니다. 태민은 가쁜 숨을 고르며, 홍조를 띤 얼굴로 말했습니다. 동굴 안에 있던 조각상을 만지고 왔다는 것이었습니다.

그때 어린 태민으로 하여금 조각상을 만지고 오게끔 한 용기는, 아마도 태민 자신의 삶을 다부지게 이어가려는 마음에서 우러나오기도 했겠지만, 그보다는 함께 제주도 여행을 갔던 가족들 모두에게 행복이 넘쳐 났으면 하는 마음으로부터 빚어졌을 터입니다. 그런 태민의 속을 헤아리셨다는 듯, 외할머니께서는 연신 '저 놈은 어디를 가서든 잘 살 것이다'며 칭찬을 아끼지 않으셨습니다. 태민은 여러모로 야무진 아이였습니다.

자존감을 지킬 줄 아는 아이

태민의 성격을 설명하기 위해 꺼냈던 '자신감'이란 말은 '자존감'과 멀지 않은 말입니다. 어린 태민은 자기 자신을 존중하는 마음을 잃지 않기 위해 애쓰는 모습을 자주 보여 주었습니다. 어른이 요구를 했다고 무조건 받아들이지 않고, 스스로 납득이 될 때까지 그것이 옳은지 그른지 곱씹어 보면서 자신의 다음 행동에 대한 판단을 내리곤 했습니다.

초등학교 5학년 수업 시간, 분단별로 음식을 준비해서 나눠 먹는 다과회를 했던 날의 일입니다. 태민은 교실에서 교과서를 들여다보는 일 이외에 다른 활동을 할 수 있다는 생각에 괜히 기분이 좋았습니다. 어떤 일을 할 때에는 최선을 다해 각자 맡은 바를 완수하는 게 중요하다는 생각도 새삼 했습니다. 태민은 같은 분단 친구들과 즐겁게 음식을 나눠 먹었고, 맡은 역할도 잘 해냈습니다.

그런데 같은 반 친구들 중에서는 자신이 맡은 역할을 끝까지 마무리하지 못한 이도 있었습니다. 음식을 먹으면서 더럽혀진 교실 바닥이 내내 어질러져 있었던 것입니다. 아이들 사이에서 바닥을 담당한 사람이 누구냐고 웅성대는 소리가 들리기 시작했습니다. 그때 갑자기 선생님께서 태민에게 바닥을 닦으라고 말씀하셨습니다. 태민은 자신이 맡은 역할을 막 마무리한 상황에서 바닥 정리 담당자가 아닌 태민에게 선생님이 명령처럼 전한 그 말씀을 당장 납득하기가 어려웠습니다. 바닥을 정리하기로 했던 친구가 맡은 바를 다하지 않았는데 그 친구가 자신의 역할을 다할 수 있을 때까지 기다려야 하는 게 아닐까, 다른 사람이 바닥을 정리해 버리면 안 되지 않을까, 하는 생각도 들었지요. 그런 생각을 하고 있자니 교실 바닥을 정리하라는 선생님 말씀을 따르기가 더욱 난감해졌습니다. 막 교편을 잡기 시작했던 당시의 담임 선생님은 태민이 선생님의 말을 먼저 따라 주기를 바랐습니다. 태민에게 계속해서 무리한 명령을 내리셨습니다. 태민은 아무런 설명 없는 명령을 무조건 따르기보다는 차라리 교실 뒤편에 서서 상황을 납득할 때까지 생각을 이어가는 편을 택했습니다.

수업이 끝날 때까지 태민은 서 있었습니다. '모두에게 각자 완수해야 하는 임무가 주어졌다면, 그 임무를 끝까지 해야 하는 것 아닐까? 그게 책임감 있는 행동이지 않을까? 책임감이란 어떻게 길러지는 것일까……' 여러 생각이 태민의 머리를 스쳤지만, 그렇다고 해서 밀려오는 질문들을 손쉽게 해결할 수도 없었습니다. 그렇게 태민이 교실 뒤편에서 생각을 이어가고 있을 즈음, 선생님의 연락을 받은 어머니가 찾아왔습니다. 어머니는, 태민이 자신의 고집을 조금만이라도 꺾을 줄 알았다면 유연하게 행동할 수 있었을 텐데 싶어 안타까운 심정이 들었습니다. 한편으로는 속이 상하기도 했고요. 하지만 태민에게 그날은 자신의 중심을 잡으면서도 다른 사람과 더불어 살기 위해서는 어떻게 행동을 해야 하는지에 대해 차분하게 생각할 수 있었던 날이기도 했습니다. 쉽게 무릎 꿇지 않으면서도 당당하게 살아가는 방식에 대해서 몸으로 체득한 날이기도 했지요. 초등학교 고학년 때이니만큼, 태민에게도 삶에 대해 진지한 성찰을 하기 시작하는 사춘기가 시작된 것이었습니다.

온몸으로 달리다

초등학생이었던 시절, 태민은 젖살이 통통하게 올라 있었던 어린이였습니다. 하지만 6학년이 되고, 중학교에 입학한 이후 사춘기를 맞이하면서 태민은 점차 키가 크더니 살이 빠지고, 어느새 날렵한 소년의 얼굴을 갖추기 시작합니다.

태민은 운동화를 신은 자신의 발이 바닥을 구를 때의 쾌감을 잘 알고 있습니다. 햇빛이 부서지는 운동장 한가운데에서 바람을 가르며 달릴 때마다 태민 스스로가 느끼기에도 태민의 몸은 더 튼튼해지는 것만 같았습니다. 운동을 좋아하시는 아버지 아들 아니랄까 봐, 태민은 몸으로 움직이는 모든 운동을 좋아했습니다.

태민은 중학교 1학년이 되자 야구하는 친구를 따라, 친구들과 운동장에서 주로 야구를 했습니다. 하지만 열다섯 살이 된 태민은, 경기 중에 속도를 조절해야 하는 야구보다는 경기하는 내내 온몸의 속도와 힘을 최대로 끌어올리는 축구에 더 매력을 느꼈습니다. 쉬는 시간뿐 아니라 수업 종이 울린 후 모두가 운동장을 빠져나가기 바쁜 때에도 태민은 친구들과 축구를 했습니다.

축구를 하느라 운동장에서 살다시피 했던 태민의 피부가 까맣게 그을려질수록, 태민의 달리기 속도도 그만큼 빨라졌지요. 상대 공격수보다 앞서서 움직일 줄 알았기 때문에 태민은 주로 수비수의 역할을 맡았습니다. 자신의 방어로 상대 팀의 공격이 좌절될 때마다 태민은 온몸에 전율이 일었습니다. 등에 '2번'을 새긴 빨간 체육복을 입고 뛰어다니는 태민의 몸짓은 운동장에서도 단연 눈에 띄곤 했습니다. 축구를 하며 달리기 속도가 더욱 빨라진 까닭에 태민은 곧잘 반대표 계주 선수로도 뽑혔습니다.

하교 후 태민은 집에서 아령 5킬로그램짜리 두 개로 근력을 다지곤 했습니다. 태민은 대학에 가면 '알오티시'나 '카투사'를 지원할 계획이었기 때문에, 기초 체력을 미리부터 다져 놓고 있어야 한다고 말하곤 했습니다. 체력은 하루아침에 갑자기 좋아질 수 있는 게 아니라서 먼 후일에 하고 싶은 일이 있다면 일찍이 거기에 맞춰 체력을 길러 두어야 한다고 생각했기 때문이었습니다. 그래서 태민은 어머니께 아령을 사 달라고 부탁드렸고, 어머니께서 아령을 마련해 주시자마자 바로 근력 운동을 시작했습니다. 현관문에 들어서면 일단 아령부터 찾고 팔 운동을 했지요. 남들은 집에만 오면 바로 컴퓨터를 켠다는데, 태민은 어느 정도 몸을 풀고 나서야 그다음 일들을 진행했습니다. 이를테면 아령 운동을 한 이후에 컴퓨터로 게임과 음악을 틀곤 했던 것입니다.

태민의 등하굣길에는 자전거가 함께했습니다. 멋지게 사는 일이 중요하다고 생각했던 태민은, 자신이 타고 다니는 자전거 역시도 멋진 디자인이길 바랐습니다. 그래서 누가 골라 준 자전거가 아닌, 자신 마음에 드는 디자인의 자전거를 갖고 다니곤 했습니다. 태민은 학교 주변에 들끓는 자전거 도둑으로부터 자전거를 지키기 위해서 '철로 된 자물쇠'가 있어야겠다고 생각했습니다.

그래서 태민은 어머니께 철로 된 자물쇠를 사 달라고 부탁했습니다. 하지만 어머니께 자물쇠를 요구한 지 얼마 되지 않았을 때, 안타깝게도 태민의 자전거는 감쪽같이 사라졌습니다. 자물쇠를 달아 보기도 전에 누군가 태민의 자전거를 훔쳐간 것이었습니다. '태민이가 말했을 때 바로 자물쇠를 사 줄걸' 하는 미안한 마음이 들었던 어머니는 태민의 생일에 새로운 자전거를 선물했습니다.

책임을 다하는 장남, 의리를 지키는 친구

태민은 평소에 생선을 입에도 대지 않을 정도로 고기를 좋아했습니다(물론 시험 기간의 태민은 유난히 등 푸른 생선을 챙겨 먹었지만요). 몸을 많이 움직여서 그런지 유달리 고기를 좋아했던 태민의 취향을 고려해서 가족들의 외식은 주로 고깃집을 향했었습니다. 2014년 3월 생일날에도 어김없이 고깃집으로 외식을 하러 갔는데, 불현듯 태민이 "우린 왜 맨날 고기만 먹어?" 하고 물었습니다. 태민이가 고기를 좋아해서 그런 것이라는 답변을 들려주었더니 태민은 조심스레 "그럼 다음엔 다른 거 먹자"고 했습니다. 아마 본인의 취향이 우선적으로 고려되어 왔음을 태민이 눈치채고, 앞으로는 식구들의 의견도 같이 고려되어야지 않겠나 하는 생각이 들어 건넨 의견이었을 것입니다.

특히 태민은 동생 태윤을 늘 먼저 챙기려고 노력했습니다. 밥을 적게 먹는 태윤에게 태민은 아침을 많이 먹어야 공부도 잘되고, 운동도 잘된다는 이야기를 자주 들려주었습니다. 태윤이가 고등학교 진학에 대한 고민이 많았을 무렵에도 태민은 적극적으로 학교 정보를 알아보고, 먼저 나서서 어머니와 논의했습니다. 필요한 정보를 얻기 위해서 친구 기영이에게 전화를 걸어 물어보기도 하고, 다른 고등학교로 진학한 중학교 친구들에게 연락을 취하기도 하면서 태윤이가 원하는 고등학교, 괜찮은 과에 잘 진학할 수 있도록 힘썼습니다.

또한, 장남 노릇을 잘하고 싶어서 많은 노력을 했습니다. 어머니가 마트에서 장을 보고 집에 들어가는 길에, 동명상가 앞에서 우연히 태민을 만나기라도 하면 태민은 어머니의 짐을 들어 드리며 같이 집으로 가곤 했습니다. 그때마다 어머니는 잘 크고 있는 아들이 대견스러워서 손을 잡고 가자고 장난스럽게 말을 걸었는데, 태민은 '아빠랑 잡아'라고 말은 하면서도 자신의 팔짱을 서슴없이 어머니께 내어 주곤 했습니다.

태민은 유독 아버지를 좋아했습니다. 아버지께서 거실에서 편한 자세로 쉬시고 계실 때면 먼저 다가가 안기며 살갑게 굴었습니다. 어머니는 어렸을 때는 엄마에게 서슴없이 오더니 커 갈수록 아버지만 따른다고 눈을 흘겼지만, 아버지에게 애교도 부릴 줄 아는 태민이가 기특했습니다.

태민은 가족을 위해서 힘쓰시는 아버지를 보면서 태민 자신도 아버지께 기쁨과 신뢰를 주는 사람이 되고 싶다고 늘 생각했습니다. 그래서인지 친구들에게 입버릇처럼

'부모님께 걱정을 안기고 싶지 않다'고 자주 이야기하곤 했습니다. 중학교 시절 태민이가 방황할 때마다 끝까지 태민의 편에서 태민을 다잡아 주셨던 분들은 든든한 부모님이셨음을 태민은 잘 알고 있었습니다. 성적이 원하는 만큼 잘 나오지 않은 날에는, 부모님을 기쁘게 해드리고 싶었는데 그러질 못했다며 안타까운 마음을 친구에게 털어놓을 정도였습니다.

가족들에게 책임을 다하기 위해 노력했던 태민의 모습은 친구들 사이에서는 의리를 지키는 모습으로 나타났습니다. 여러 친구들이 태민의 집에 자주 놀러 왔습니다. 가출한 친구가 새벽에 잘 곳이 없다고 연락을 하면 태민은 불편한 기색 하나 없이 기꺼이 친구를 집으로 데리고 와 재워 주었습니다. 어머니가 직장에서 간식으로 나온 빵과 우유를 집에 가져다 놓으면, 태민은 친구들과 나눠 먹기도 했고, 손수 라면을 끓여 주기도 했습니다. 집에 놀러 온 친구들과 주로 무엇을 하며 노느냐고 묻는 어머니에게 태민은 '빵 먹어'라고 장난스럽게 대답했습니다.

친구들 사이에서 태민은 고민을 잘 들어 주는 역할을 도맡아 했습니다. 힘든 고민이 있을 때 태민에게 상담하면 태민은 무엇이 제일 힘든지 잘 들어 주곤 했습니다. 상황에 꼭 맞는 답변을 준다기보다는 친구가 홀로 고민하다가 외로움을 느끼지 않도록, 함께 고민해 주는 역할을 했던 것입니다. 더군다나 태민에게 털어놓은 이야기는 어디 새어나가지도 않고 비밀이 잘 유지되었으므로, 친구들은 태민을 믿고 망설임 없이 고민 상담을 했습니다. 그래서인지 태민과 함께 노래방도 다니고 이야기도 많이 나눴던 수용은 공부하다가 힘들 때면 유독 태민이 생각이 많이 납니다.

태민의 '절친' 혜란은 힘들 때마다 태민으로부터 '잘하고 있다'는 격려를 듣고 용기를 많이 얻었습니다. 태민과 혜란은 '갑남매(동갑 남매)'를 맺은 사이라서 혜란은 때때로 태민을 '오빠'라고 불렀습니다. 그런 혜란을 태민은 여동생 보살피듯 살뜰하게 챙겼습니다. 혜란에게 '엄마 말씀 잘 들어야 한다', '학교 빠지지 말고 잘 다녀야 한다', '학교에 갈 때는 백팩을 메고 다녀라' 하며 친오빠처럼 잔소리를 하기도 했고, 서로 고민을 나누는 과정에서 태민 역시 혜란에게 '엄마께 정말 잘하고 싶다'며 눈물을 보인

적도 있었습니다. 둘은 생일이나 밸런타인데이, 화이트데이처럼 기념일 때마다 케이크와 선물, 손편지를 나누었고, 성인이 되는 해의 1월 1일에 만나서 어른이 된 기념으로 술 한잔을 하자는 약속도 했습니다. 둘 사이가 두터워, 연인 관계가 아니냐고 오해를 사기까지 했지만, 혜란에게 태민은 연애에 대한 고민까지도 서슴없이 털어놓을 수 있는 '오빠같이 믿음직한' 친구였습니다.

어머니는 평소에 태민에게 남자는 친구를 많이 사귈수록 좋지만, 무엇보다도 '좋은 친구'를 사귀는 게 중요하다고 말씀하셨습니다. 태민은 그 말씀을 어떤 친구에게나 장점은 있고 그것을 발견할 수 있어야 한다는 뜻으로 전해 듣고, 어떤 사람이든 편견 없이 대했습니다. 누구에게나 먼저 다가가 말을 건네고 서글서글하게 대할 줄 알았습니다. 새로 알게 된 친구가 어색해서 친구들과 잘 어울리지 못하면 태민은 그런 친구에게 유독 먼저 말을 걸고 챙겨 주었습니다. 그래서 태민의 주변에는 언제나 사람이 끊이질 않았습니다. 친구들은 태민을 마치 리더처럼 따랐습니다.

저기, 저 너머로 크는 꿈

태민은 초등학생 때부터 했던 해양소년단 활동 덕분에 바다에서도 유연하게 움직일 줄 알았습니다. 여름 방학이 되면 바다에서 카약을 타는 사람들을 돕는 봉사 활동을 했는데, 그 덕분에 태민은 요트를 탈 때에도 두려움이 없었습니다. 순천에 이모댁이 있어 남해에 자주 놀러 갔기 때문에 엄마의 핸드폰 사진 앨범 속에는 요트 위에서 가족들이 함께 찍은 사진이 유독 많습니다.

태민은 어머니와 요트 위에서 영화 〈타이타닉〉의 주인공들처럼 포즈를 취해 보기도 했습니다. 눈부신 햇빛이 요트를 비추고, 엄마와 요트 위에서 당당하게 서 있던 그때 태민은 세상을 다 가진 것만 같은 기분이 들었습니다. 태민이가 바다 건너 외국에서의 삶은 어떨지 자주 궁금해 했던 이유도 (카투사로 활동했었던 학원 영어 선생님의 영향도 있었지만) 아마 멀리 수평선을 바라봤던 경험이 있었기 때문일 것입니다. 태민은 자신이 꿈꾸던 한양대학교에 가면 그 후에 호주에서 살아 보고 싶다고도 얘기했습니다. 많은 곳을 돌아다녀 보고, 많은 경험을 해서 누구보다도 멋지게 살고 싶다고 했지요. 아무래도 그러기 위해선 막연하게 '하고 싶다'고만 할 게 아니라, 구체적으로 무엇을 해야 하는지를 계획해 봐야지 않겠냐고 태민은 제법 어른스럽게 자신의 생각을 말하곤 했습니다. 아는 형이 농협에 취직했다는 얘기를 듣고, 자신도 자격증을 따고 은행에 취직을 해서 돈을 많이 벌 것이라고 했고, 호주에서 살 수 있는 날을 그리면서 영어 공부도 착실하게 이어갔습니다. 태민은 구체적으로 자신의 꿈을 설계할 줄 알았던 소년이었습니다.

아름다운 삶, 힘이 되는 이야기

어떤 이야기는 여간해선 끝이 나질 않습니다. 우리가 걸어가는 삶의 길목마다 이야기의 흔적이 숨어 있기 때문입니다. 어느 때에는 돌아보지 않더라도 저 홀로 씩씩하게 잘 지내고 있으리라 쉽게 믿기도 하지만 또 어떤 날엔 어디 숨어 있는지 찾아다가, 와락 껴안고 싶은 이야기이기도 합니다. 이 이야기는 앞서거니 뒤서거니 하면서 어느새 삶의 일부분으로 나란히 자리한 이야기, 태민의 이야기입니다.

태민을 떠올리면, 씩씩한 기운이 가장 먼저 찾아듭니다. 그 기운이, 자주 마음이 무너지는 우리를 일으켜 주는 것만 같습니다. 강단을 가지고 살아도 된다고 응원해 주는 것 같습니다. 그런 힘이 되어, 태민의 이야기는 앞으로도 우리의 삶과 나란히 걸어갈 것입니다. 태민의 삶이 아름다웠다고 말할 수 있는 이유는 여기에 있을 것입니다.

너무 일찍 철이 든 아이

안산 단원고 2학년 6반 **권순범**

1. 2013년 8월, 둘째 누나와 함께 안양으로 쇼핑 갔다가 돌아오는 길에 집 근처에서.
2. 2014년 초, 단원고 교실에서 교생 선생님이 찍어 준 사진.
3. 2011년, 중학교 1학년 때 잠시 다녔던 부곡중학교 교복을 입고.

너무 일찍 철이 든 아이

남편 같은 아들 〈어머니 이야기〉

순범이는 전주에서 태어났어요. 셋째예요. 막내. 큰애가 일곱 살, 작은애가 다섯 살
이었을 때. 늦둥이라 예정일보다 며칠 일찍 배가 아팠어요. 순범이가 태어난 날은 내
생일이었어요. 선물 같은 아이였죠. 머슴애그들 다 그렇듯이 어릴 땐 천방지축. 그래
도 참 착해서 울고 짜증 내고 이거 해 달라, 저거 사 달라, 그런 게 전혀 없었어요. 내
가 일을 하느라 순범이는 누나들하고 생활을 많이 했어요. 그래서 내가 아들에 대해서
모르는 게 너무 많더라고요. 예뻐하기만 했지 많은 걸 해 주지 못해서 이 상황에 무슨
말을 해야 될지 모르겠네요.

우리 애들은 엄마가 챙겨 주질 못하니까 자기들이 스스로 깨달아서, 다 알아서 했어
요. 밥도 해 먹고, 동생도 돌보고, 알바도 하고. 어느 날 갑자기 내가 죽어도 굶지는 않
겠다고 생각했어요. 그만큼 잘했어요. 그중에서도 순범이는 그렇게 예쁜 짓만 했어요.
내가 투잡을 뛰었어요. 미용실에서 퇴근하고 집에 가면 아들이 "엄마, 뭐 먹어야지"
해요. 나는 또 일하러 가야 하니까 "엄마 시간 없는데" 하면 "내가 샌드위치 만들어 줄
게" 해서 만들어 주고. 김치볶음밥도 만들어 주고. 빨래도 돌려 놓고, 널어 놓고. 예쁘
고 사랑스러워서 보기만 해도 더 이상 바랄 게 없었는데…… 내가 너무 열심히 살았나
봐. 열심히 산 건지 멍청하게 산 건지 모르겠지만.

탕수육, 짜장면, 치킨, 피자 이런 걸 잘 먹어서 누나들하고 종종 사 먹곤 했는데, 나는 시켜만 줬지, 거기 참석을 못 했어요. 너무 바빠서 아들하고 특별한 추억거리는 없는데, 딱 하나 기억나는 일이 있어요. 순범이 중학교 때 낚시를 간 적이 있었어요. 그때 붕어도 많이 잡고, 모기도 엄청 뜯기고 왔어요. 처음으로 내 마음에 여유가 있었던 날이었어요.

뒷받침을 못 해 줘서 그럴 수도 있겠지만, 순범이는 공부하는 거 별로 좋아하지 않았어요. 나도 우리 아들이 공부보다는 자기가 좋아하는 일을 찾기를 바랐어요. 그런 일은 잠을 안 자고도 하니까요. 수학여행 가기 전에 "네 꿈이 뭐냐" 물어보니까 그때는 대답을 안 하더라고요. "네가 좋아하는 일을 찾아라. 1년이라는 시간이 있으니까 충분히 생각해 봐라" 했더니 순범이가 알겠다고 했어요.

어느 날은 "엄마, 나 전기 배울까" 이런 말도 했는데, 사실은 모델이 되고 싶었던 거예요. 아들 보내고 나서 알게 됐어요. 페트병에 물 담고 손잡이도 달아서 운동 기구를 만들어 놨더라고요. 자기 꿈은 모델이다, 이런 글도 있고, 운동 계획도 다 써 놨어요. 몸을 만들려고 했나 봐요.

어느 순간에 애가 훌쩍 커서는 엄마를 챙겼어요. 남편이 해야 되는 일들, 누나들이 해야 되는 역할을 아들이 해 줬어요. 그때부터 내가 우리 아들을 굉장히 의지했어요. 너무 좋더라고요. 그냥 다 주고 싶었어요. 딸들한테는 용돈도 안 줬으면서 순범이한테만 뒤에서 살짝살짝 줬어요. 하는 짓이 예쁘니까 만 원 줄 것도 5만 원 주고. 얘는 또 그 돈을 안 쓰고 모으고.

수학여행 갈 때 신으려고 신발을 주문했는데 그것도 자기가 용돈 모아서 산 거예요. 여행 가는 날까지 신발이 도착을 안 해서 "엄마, 신발 잘 챙겨 놔", "알았어, 잘 챙겨 놓을게" 그랬는데…… 나는 사실 수학여행도 보낼까 말까 갈등했어요. 하루라도 안 보면 미칠 것 같은 그런 마음이었거든요. 그래서 늦게까지 여행비를 입금 안 하고 있었어요. 그 정도로 나는 아들 없으면 안 되는 상황이었어요.

수학여행 갈 때 안아 주지도 못하고 따뜻한 밥 한 끼 못 해 준 게 제일 아파요. '아들,

배 잘 탔는가' 하고 카톡 한 번 보낸 게 다예요. 진도에서 우리 아들 나왔을 때 얼굴 못 본 것도. 안 보여 준대도 끝까지 우겨서 봤어야 했는데. 장례식장에서라도 봤어야 했는데. 그게 미칠 거 같아요. 다른 엄마들은 아침밥도 먹여서 안아 주고 보냈다던데 나는 그러질 못해서. 오늘은 안 울려고 했는데 그런 거 생각하면 진짜 가슴을 치고 또 쳐요. 너무너무 사랑하는데…… 그 말도 있을 때 해야 되잖아요. 없는데 사랑한다고 말하는 게 가식적인 것 같아서 너무 미안해요.

영혼의 친구 〈세 친구 이야기〉

"사람이 되게 좋았어요. 애들하고 같이 노는 거 좋아하고, 그게 뭐든 '하자' 그러면 순하게 다 따라 주고. 이름처럼 진짜 순했어요. 중학교 올라갈 때, 순범이는 원래 부곡중학교에 다니기로 되어 있었는데 뭐가 잘못 됐는지, 입학 처리가 안 됐나 봐요. 그래서 며칠 만에 다시 와동중학교로 왔어요. 그날 학교 가는 길에 순범이를 만났어요. 서로 아는 사이도 아니었는데 이야기하면서 가다가 그날부터 친해졌어요. 순범이네 반이 멀리 떨어져 있었는데도 맨날 만나서 놀았어요. 친한 친구들끼리 쉬는 시간마다 남자 화장실에 모여서 떠들었는데 순범이도 항상 왔어요. 순범이는 '만나자' 하면 다 와주고 '게임하자, 들어와라' 해도 다 들어와 줘요. 같이 놀자고 하면 언제나 놀아 주는. 주도하는 스타일은 아니지만, 친구들이 하자면 다 했어요. 언제나 그 속에 있고, 자연스럽게 스며드는."

"순범이가 우리 집에서 많이 잤어요. 금요일에 '순범아, 오늘 우리 집에서 잘래?' 하면 어머니한테 물어본 후에, 교복도 안 갈아입고 우리 집에 와서 놀다가 잤어요. 시험 기간에 오천이네 집, 그 친구도 이번에 사고 당한 친구인데, 그 친구 집에서 같이 공부하다가 새벽 1시쯤 됐을 때 갑자기 마음이 동해서 집에 전화해서 허락받고 우리 집에서 자고 간 적도 있고요. 제가 순범이를 많이 괴롭혔어요. 아, 장난을 심하게 쳤다는 뜻

너무 일찍 철이 든 아이

이에요. 같이 누워 있다가도 갑자기 장난기가 발동해서 치고받고, 뒹굴고.

저는 밴드에서 드럼을 쳤는데, 제가 좋아하는 음악만 듣느라 대중가요에는 관심도 없고 듣지도 않았어요. 어느 날엔가 순범이를 연습실에 데려간 적이 있었어요. 그런데 그날따라 연습하기가 싫어서 화장실에 앉아서 시간만 보내고 있었거든요. 그때 순범이가 밖에서 나 들으라고 그랬는지 노래를 하나 틀었어요. 박효신의 〈야생화〉라는 노래. 어느 날엔가, 세월호 사고 이후에, 그 노래가 들려오니까 갑자기 순범이가 떠올라서 너무 슬펐어요. 그때 뭐 하나 더 챙겨 주고, 잘해 주지 못한 게 아쉬워요. 지금이라도 당장 눈앞에 나타나면 맛있는 것도 무지하게 사 주고 그럴 텐데……"

"같이 있으면 재밌고 밝은 아이였는데, 순범이가 가족 이야기나 진지한 이야기를 하는 걸 들어본 적은 없어요. 누나 있다는 것도 몰랐어요. 중학교 3학년 때 집에 오는 길에 얘가 전화를 받는데 '누나'라고 하는 거예요. 깜짝 놀랐어요. '너 누나 있었어?' 했더니 있다고 하더라고요. 3년 만에 처음 알았어요. 그때까진 외동인 줄 알았어요. 애가 자유로웠거든요.

천성적으로 진지한 이야기를 안 하는 애였어요. 그렇다고 장난기가 많은 것도 아니었어요. 장난치면 다 받아 줬지만요. 제 눈엔 마냥 게임 좋아하고, 놀기 좋아하는 친구였어요. 하굣길 코스가 우리 집, 진우네 집, 버스 타고 순범이네 집, 이 순서였는데 제가 집에 가서 30분쯤 뒤에 '지금 게임할 수 있냐?' 하면 순범이가 들어왔어요. 4시, 5시부터 밤 10시, 11시까지. 주말이면 새벽까지도 했었죠.

고등학교를 정할 때 저는 강서고에 지망했어요. 강서고가 안산에서는 공부를 좀 하는 학교거든요. 중학생일 때는 게임만 하고 놀았지만 고등학교 가서는 공부를 열심히 할 생각이었어요. 순범이한테도 강서고에 같이 가자고 했는데 이미 단원고를 썼다고 하더라고요. 중학교 때는 매일 순범이랑 같이 등하교 했는데 고등학교 들어가선 따로 가게 되니까 서운했어요. 아침마다 학교 가는 길에 뭐 특별한 일도 없었지만 이야기를 참 많이 했거든요. 친구는 '두 개의 육체에 깃든 하나의 영혼'이라고 하잖아요. 순범이는 저한테 그런 친구였어요. 사고 난 후에 후회했던 것 중 하나가 그거였어요. 그때 강서고 가자고 더 설득했으면 좋았을 텐데."

(세 친구는 모두 순범이와 와동중학교에 함께 다녔다. 이 중 두 명은 현재 강서고등학교 3학년에, 나머지 한 명은 단원고등학교 3학년에 재학 중이다.)

아들 같은 동생 〈작은누나 이야기〉

순범이랑 다섯 살 차이가 나요. 순범이 애기 때 기억이 어렴풋이 나요. 기어 다닐 때 놀아 줬던 기억, 그땐 저도 애기였으니까 힘이 없어서 안아 주다가 자꾸 떨어뜨렸던 기억, 그래서 순범이 머리를 자주 찧었던 기억이 나요. 엄마는 바빠서 저희가 애기를 많이 봤어요. 유치원 데려다주고, 데려오고. 순범이가 아주 어렸을 때는 그렇게 친하지 않았어요. 나는 친구들이랑 놀고 싶으니까 어린 동생이 살짝 귀찮았죠. 그러다가 중학교 올라가면서부터 친해졌어요.

2006년에 부모님이 이혼을 하시고 안산으로 왔어요. 엄마가 일가족 생계를 책임져야 하는 상황이었죠. 엄마는 낮에는 미용실을 하고 퇴근하면 잠깐 쉬었다가 밤에 또 식당 같은 데서 일을 하셨어요. 새벽 3~4시에 집에 와서 몇 시간 자고 또 9시에 출근하고. 그러니 순범이 얼굴을 볼 시간이 없었죠. 언니는 부천에서 일하면서 자취를 했어요. 그래서 순범이랑 저, 둘이 보내는 시간이 많았어요. 그런데 저도 일을 했으니까 집에 늦게 들어왔어요. 밤에 집에 오면 순범이는 항상 컴퓨터를 하고 있었어요.

제가 순범이한테 정말 정성을 많이 쏟았어요. 아들 같았어요. 엄마 대신 돌봐야 한다는 책임감도 있었지만 애가 너무 착하니까 하나라도 더 챙겨 주고 싶었어요. 그 나이 남자애들은 성질이 나면 뭘 부수기도 한다는데 순범이는 무척 순해서 가끔 말싸움 조금 했다가도 금방 풀어졌어요. 무뚝뚝하지만 장난도 잘 치고 웃음이 많았어요.

걔가 예쁨 받을 짓을 정말 많이 해요. 저도 일하고 엄마도 일했으니까 설거지, 빨래 같은 걸 자주 못 하잖아요. 그럴 때면 순범이가 설거지도 해 놓고 빨래도 해 놓고 밥

너무 일찍 철이 든 아이

도 알아서 했어요. 시켜서가 아니라 스스로. 크기 전에는 제가 다 했는데 어느 순간 자연스럽게 순범이가 하고 있었어요. 제가 집에 들어올 때 마트에서 늘 장을 봐 왔는데 콘프로스트, 우유, 이런 것 때문에 항상 짐이 많았어요. 카톡하면 순범이가 짐을 들어주러 나왔어요. 제가 친구들이랑 놀다가 늦게 와도 버스 정류장까지 마중 나오고요.

순범이가 먹고 싶은 거 말하면 제가 만들어 주고, 순범이가 맛있게 먹으면 나는 그게 또 너무 좋고, 어떻게 만들었냐고 물어보고 자기가 만들기도 하고. 순범이가 요리도 곧잘 했어요. 특히 김치볶음밥은 정말 맛있게 잘했어요. 제가 일을 하느라 애 밥을 못 챙겨 줄 때는 불고기도 재어 놓고, 찜닭도 해 놓았어요. 순범이가 끓이기만 하면 먹을 수 있게. 샌드위치 속 재료를 만들어 놓으면, 순범이가 아침에 챙겨서 먹고 가고요. 길 가다가 남자 옷 괜찮은 게 보이면 카톡으로 물어봐서 사 가기도 하고, 같이 쇼핑도 자주 했어요. 엄마랑 아들처럼 그랬어요.

한편으로는 너무 일찍 철든 거 같아서 미안하기도 해요. 하고 싶어 하는 건 많았는데 해 주질 못했어요. 이제 막 해 주려고 했던 시기였는데. 악기도 배우고 싶어 하고, 학원도 다니고 싶어 하고, 여러 가지 하고 싶은 게 많았어요. 아직 진로를 확실히 정하질 못해서, 그 나이가 다 그러니까, 틈틈이 알아보는 시기였어요. 요리도 관심 있어 하고, 키가 훌쩍 크면서 모델도 되고 싶다고 하고, 어느 날은 그림에 재능이 있는 것 같다고도 하고. 특히 피아노를 배우고 싶어 했어요. 음악 좋아했어요. 저랑 밤마다 노래 틀어놓고 둘이 같이 시끄럽게 노래 부르고, 한참 그러다가 자곤 했어요.

순범이의 고민은 뭐였을까. 저도 궁금해요. 순범이는 어렸을 때 아빠랑 헤어졌어요. 동생은 저희와 성씨가 달라요. 아빠가 다르거든요. 제 아버지는 제가 아주 어렸을 때 헤어졌어요. 그 후에 엄마 혼자 애 둘 키우기가 힘드셨겠죠. 그래서 재혼하시고 순범이를 낳았어요.

그런데 순범이 태어났을 때가 IMF 때여서 집안 사정이 조금 더 힘들어졌어요. 언니랑 저는 어릴 때 자주 놀러도 다니고 좋은 옷도 입었는데 순범이 어릴 때는 형편이 점점 안 좋아지면서 놀러 간 추억도 많지 않아요. 그래서 항상 안쓰러웠어요.

순범이 고등학교 때인가 제가 한 번 이야기를 꺼낸 적이 있어요. "우리 성이 왜 다른 줄 알아?" 그랬더니 순범이가 짐짓 태연하게 "몰라" 그러더라고요. 어느 정도는 알고 있을 거라고 생각했는데 모를 수도 있겠다 싶었어요. 순범이에게 그런 얘기를 해 준 적이 없으니까. 그런데 그날도 결국 설명을 못 해 주고 넘어가 버렸어요. 그때 말을 해 줬어야 했는데 후회가 돼요. 얘는 '아빠가 보고 싶을까? 기억이나 할까?' 싶고, 괜히 말 꺼내서 애가 힘들면 어쩌나 싶은 마음에. 예민할 때잖아요. 고민도 많았을 텐데. 친구들한테도 거짓말을 하거나 그랬을 거 아니에요. 많이 궁금했을 텐데도 묻지 못했던 거겠죠. 그래서 더 말을 안 했던 거 같아요, 가족 얘기를. 제가 순범이였어도 그랬을 거예요. 저도 어릴 때는 동생 이름 쓸 때, 아빠 이름 쓸 때, 성이 달라서 좀 그랬거든요.

12월 20일이 엄마와 순범이의 생일이에요. 2013년 생일날, 제가 순범이 잘 때 오징어볶음이랑 미역국을 몰래 해 놓고선 카톡으로, 생색을 내면서, "누나 공부해야 되는데 너를 위해 이렇게 준비했다. 아침에 꼭 먹고 가"고 썼어요.

그때 제가 좀 오글거리게 썼어요. 원래는 그렇게까지 안 하는데, 그해에는 한창 진로를 걱정할 때여서 그런지 신경 써서 보냈어요. 나는 네가 뿌듯하고 자랑스럽다, 앞으로도 잘 크길 바란다, 난 너 없으면 못 산다, 그런 식으로 썼는데, 마지막에 생색내느라고, 다음부턴 이렇게 비싼 거 안 사 준다, 이번이 마지막이다, 라고 썼어요. 선물로 20만 원 정도 하는 겨울 점퍼를 사 줬거든요. 그때 그런 말은 왜 썼을까. 정말 마지막이 될 줄은 몰랐는데. 한동안 그 카톡 볼 때마다 되게 힘들었어요. 그런 뜻이 아니었는데.

제일 속상한 건 사고 났을 때 순범이 핸드폰이 정지되어 있었던 거예요. 한두 번 까먹고 안 내다 보니 계속 커진 거예요. 내 줘야지 내 줘야지 하면서도 못 내서 정지가 됐어요. 그걸 못 내 줘서…… 나중에 보니까 생각보다 얼마 안 되더라고요. 핸드폰이 됐었다면 사고 났을 때 순범이가 전화를 했을까…… 이렇게 될 줄은 꿈에도 모르고 몇 달만 참으라고 했는데……

순범이가 수학여행 떠나기 전에 카톡 계정을 새로 만들었어요. 뭐가 문제인지 원래 쓰던 계정을 못 쓰게 됐거든요. 새 계정은 가족만 알고 친구들은 몇 명 정도밖에 몰랐을 거예요. 그걸 생각하면 너무 속상해요. 배 안에 있던 애들은 카톡을 서로 주고받으면서 그나마 의지를 하던데 순범이는 어떻게 하고 있었을까. 전화도 안 되고 카톡도 못 했을 텐데 얼마나 무서웠을지…… 순범이는 핸드폰이 안 돼서 저희가 잘 다녀오라고 보냈던 카톡도, 사고 당시 보냈던 카톡도 모두 읽지 못했어요. 지금도 순범이 생각 날 때마다 카톡을 계속 보내는데 (상대방이 읽지 않았음을 나타내는) 숫자 '1'을 보면 가슴이 아파요.

집으로 오는 길에 순범이 생각이 많이 나요. 버스를 타서 학생들이 재미있게 노는 거 보면 '우리 순범이도 살아 있으면 저러겠지' 생각하고, 버스에서 내리는 순간에는 '카톡 하면 순범이가 나올 텐데' 싶고. 지금은 와동으로 이사를 왔는데 예전에 순범이랑 함께 살던 부곡동 집에 있을 때는 하루하루가 너무 힘들었어요. 집에 있는 시간 내내 순범이 생각이 떠나질 않았어요. 늘 둘이 같이 있던 공간이니까요. 동생 있을 땐 요리하는 걸 좋아했는데 이젠 안 하게 돼요. 그땐 그런 게 행복했어요. 순범이 챙겨 주는 거. 요리해 주면 순범이가 맛있게 먹는 걸 보는 게 너무 좋았어요. 그런데 이제는 아예 안 하게 돼요.

저는 어디 가서 유가족인 거 말 안 해요. 예전에 일할 때, 어느 날 가게 사장님이 그러시더라고요. 유가족들 이제 그만할 때도 되지 않았냐고요. 보상금 이야기하면서 저 보고 '돈 복'이 있다고, 동생이 돈을 주고 갔다는 식으로 이야기했어요. 그때 상처를 많이 받았어요. 사고가 처음 터졌을 땐 걱정도 많이 해 주시고 저한테도 잘해 주셨는데 시간이 좀 지나니까 그분조차도 그렇게 말씀하시더라고요. 그러니 자꾸 눈치를 보게 돼요. 괜히 유가족이라고 말하고 나면 신경이 더 쓰이고. 그래서 숨기게 돼요. 누가

"동생 있어요?"라고 물으면 예전에는 있다고 하고는 뒤에 가서 몰래 울었는데 이젠 아무렇지 않게 말해요. 동생 있다고. 열아홉 살이라고. 누가 자기 동생에 대해 이러쿵저러쿵 이야기하면, 내 동생도 그렇다고 맞장구치기도 하고요. 일부러 속이는 건 아니에요. 여기엔 없지만 있긴 있으니까. 거짓말은 아니니까요.

너무 일찍 철이 든 아이

젖지 않는 바람처럼

안산 단원고 2학년 6반 **김동영**

아들 동영아!
오회력 만에 너의 반 을 오랜만에 들렀단다.
너희들의 책상과 교사 바닥을 청소하고
하분을 올려 놓으려 한단다.
튼튼하던 너의 모습이 떠오르는구나.
별이 된 너희들은 생각하니 또 멍이
온다. 선생님 과 친구들 과 함께
양선한 너희들의 깠은 그곳
먼 하늘 에서 밝은 빛으로 태어나라.
2014. 12. 10.
아빠가.

1. 여섯 살 때 공원에 나갔다가 엄마와 여동생과 한 컷.
2. 아빠에게 배운 사선거.
3. 고1(2013년) 여름 방학. 친구들과 친구 할머니 댁이 있는 강원도 철원에 놀러 갔을 때.

젖지 않는 바람처럼

　그해 봄에는 아이들이 제주에 오지 않았다.

　아이들은 산굼부리에서, 용두암에서, 성산일출봉에서 삼삼오오 다니며 사진을 찍으며 꺄르르 웃곤 했다. 앞서가는 친구의 어깨를 두 손으로 말타기를 하거나 돌계단에서 가위바위보를 했다. 그해 봄 제주는 유채꽃이 여전했지만 간밤에 강풍이 불고 간 새벽마냥 조용했다. 사고가 나고 1년이 더 지나 나는 단원고 2학년 김동영의 가족을 처음 만나기 위해 제주에서 안산으로 갔다.

　김동영(金東映)은 1998년 2월 27일 서울 사당동에서 태어났다. 아버지 김재만(1963년생)은 팽목항이 있는 진도 임회면에서, 어머니 이선자(1966년생)는 사과와 인삼이 많이 나는 소백산 자락 영주에서 서울로 올라와 연애했다. 그들의 직장 건물은 옆에 있었다. 연애를 1년쯤 한 후 그들은 결혼했고 곧 동영이가 태어났다. 강남성모병원에서 동영이와 같은 날 태어난 아이는 모두 여덟 명이었다. 그중 남아가 두 명이었는데 그중 한 명이 동영이다.

　동영이는 출산 예정일에 딱 맞추어 태어났다. 어머니는 태어날 때부터 얌전하게 약속을 잘 지키는 동영이가 믿음직스러웠다. 그 당시 서른여섯의 늦깎이 아버지는 밤잠을 이루지 못했다. 아버지 눈에는 중학교 들어간 동영이가 교복을 입었을 때 의젓해 보였고, 고등학교 교복을 입었을 때는 멋져 보였다.

아버지는 서울에서 일했으나 IMF 파고를 넘지 못했다. 동영이가 다섯 살 되던 해 고모가 터를 잡고 살고 있던 안산 단원구로 이사를 왔다. 어머니는 분식집을 열었고 아버지는 이삿짐센터에서 일했다. 아버지는 힘이 세서 무거운 짐도 번쩍번쩍 들었다. 동영이가 참사 나던 날 아버지는 구청에서 환경미화원 시험을 치르고 있었다. 윗몸일으키기도 하고 모래 가마니 들고 뜀박질도 했다. 사고 소식을 듣고 학교로 가던 중 버스 안에서 울었다. 승객들은 저렇게 건장한 남자가 웬일이냐, 도대체 무슨 일이냐고 웅성거렸다. 그런 웅성거림에 상관없이 울었다.

동영이가 네 살 못 미쳐서일까. 엄마는 동영과 연년생 동생인 채영이 남매를 유모차에 태우고 나가곤 했다. 언덕배기 오르막길에서는 도저히 둘 다 태우고 유모차를 밀 수 없었다. 큰 아이인 동영을 걷게 했다. 한 시간 가까이 걸어 올라갔다.

동영이는 안아 달라는 말도, 다리 아프다는 말도 않고 여린 손으로 무릎을 두드리며 "아이고 무릎이야" 할 뿐이었다. 아프면 아프다고 해야지. 엄마는 미안하고 대견했다. 더 자라서 아버지한테 혼나고 방에 들어와서도 동영이는 하던 일을 묵묵히 했다.

고등학생이 된 어느 날 학교에 가다가 넘어져 무릎이 찢어진 적이 있었다. 동영이는 병원에 가지 않고 학교에 가서 양호실에서 붕대를 감고 수업을 들었다. 붕대만 감은 모습으로 돌아온 동영이는 걱정하는 엄마에게 학교 빠지고 엄마에게 아프다고 전화하는 것이 미안하고 부담스러워서 그랬다고 말했다.

동영이는 고1 때 처음 술을 먹어 보았다. 친구 생일잔치에 갔는데 취한 것 같다며 아버지에게 전화했다.

"여기가 어딘지 모르겠고 하늘이 핑글핑글 돌아요."

술과 담배를 해 본 적이 없는 동영이는 친구 아버지가 장난삼아 따라 준 맥주를 마신 것이다. 아버지는 처음 술을 먹어 본 아들이 '주사'를 부리는 것이 귀엽기도 하고, '아들이 이제 컸구나' 하는 마음도 들었다. 어른이 되어 가며 처음 해 볼 일들이 앞에

젖지 않는 바람처럼

펼쳐진 아들이 세상을 당당하게 헤쳐 나가길 빌었다.

동영이는 학교에서 대개 앞자리에 앉았다. 교단의 선생님 바로 앞에서 똘망똘망한 눈으로 선생님을 바라보았고 수업에 집중했다. 선생님들은 수업 중에 동영이를 보면, '내가 수업을 잘 하고 있구나' 하는 보람을 느꼈다. 생활 태도도 수업 태도와 다를 바 없었다. 1학년 때 동영이는 사소한 부분에서도 학교 규칙을 어겨 본 적이 없었다. 출결이나 복장이나 수업 태도에서 선생님들한테서 지적받은 적이 없었다.

야간 자율 학습 하는 선생님이 늦게까지 남은 동영에게 과자 같은 사소한 간식을 주면 동영이는 꼭 "감사합니다" 하고 인사하고 먹었다. 성적은 우수했다. 동영이는 성실하고 성적이 좋은 학생이 흔히 선택하듯이 공무원이 되고 싶어 했다.

한번은 야간 자율 학습을 하다 학교가 행사 준비로 시끄러운 틈을 타서 친구들과 몰래 학교를 나가 피시방에 간 적이 있었다. 이 일로 선생님한테 한 번 지적을 받고는 그 후 다시는 그러지 않았다.

동영이는 다른 동급생들에 비해 키(163센티미터)가 작았다. 친구들이 키 작은 동영이에게 귀엽다, 언제 클래? 하며 놀린 적도 몇 번 있었다. 동영이는 별로 개의치 않고 웃고 넘기며 스트레스를 받지 않았다. 아버지는 키 작은 아들이 밖에 나가 얻어맞고 오지 않나 걱정이 많았다. 그런데 동영이 친구들을 보니 키가 큰 친구들이 많았다. 아버지는 듬직한 친구들이 옆에 있는 아들을 보고 누가 얕보지는 않겠구나 하고 안심했다.

주말마다 꼭 친구들이 집에 놀러 왔고 친구들은 부르지 않아도 매일 같이 왔다. 학원 가서 친구를 사귄다는데 동영이는 혼자 해도 된다고 생각했고 학원비도 걱정되어서 학원을 다니지 않았다. 친구를 사귀기 위해 학원을 다닐 필요는 더더욱 없었다.

동영이는 집에서 공부하고 친구들이랑 놀다가 엄마가 하는 분식집에 몰려가서 간식도 먹었다. 활달하고 친구들과 잘 지내면서도 동영이는 가끔은 '시크'한 적도 있다. 기분이 안 좋을 때는 친구들의 말에 무관심한 듯 "아니", "별로"라고 짧게 대답했다.

친구들이 무슨 안 좋은 일이 있나 싶어 장난치고 아양을 떨면 다시 활달한 상태로 돌아오곤 했다. 친구들이나 가족과 함께 있을 때 동영이는 기분이 안 좋고 화날 때도 있었다. 그럴 때 동영이는 말을 조금 안 하는 정도였고 좀 있으면 다시 장난치고 웃으며 마음이 풀어졌다.

채영이는 동영이의 연년생 여동생이다.

참사가 날 때 서울랜드에 학교 체험 학습을 나가 있었다. 한 친구가, 지금 단원고생 탄 배가 침몰 중이라고 말했다. 채영이는 지금쯤 제주도에 도착했을 거라며 믿지 않았다. 그런데 뉴스를 보니 그게 아니었다. 괜찮을 거라고 구조될 거라고 선생님들과 친구들이 위로해 주었다. 괜찮겠지. 괜찮을 거야. 친구들에게 폐 끼칠까 봐 타기로 되었던 놀이 기구에 올랐다. 타는 내내 무서웠다. 타고 내리면 오빠는 구조되어 있을 거라고, 그래야 된다고 믿었다. 과연 '전원 구조' 소식이 떴다. 바로 오빠에게 전화를 걸었는데 받지 않았다. 핸드폰이 물에 젖었나? 오빠는 내내 연락이 오지 않았다.

집으로 가는 지하철에서 몸이 벌벌 떨려 자꾸 스트레칭을 했다. 엄마 아빠 정신없을 텐데 자신이라도 정신을 차리자 싶었다. 지하철에서 내려 바로 택시를 탔다. 라디오에서 세월호 소식이 계속 나왔다. 아저씨에게 소리 좀 키워 달라고 말했다. "오빠가 저기 있어요!" 말하면서 울었다.

동영이가 성실하고 차분한 오빠라면, 채영이는 오빠를 이겨 먹고 싶기도 한 야무지고 활달한 여동생이다. 동영이는 집에 있는 옷 입고 싼 거 사서 입었다. 동생은 비싼 돈 주고 메이커 있는 신발을 사 신기도 했는데 이제 와 생각하니 다 미안하다. 아버지가 무슨 잘못을 저지른 채영이를 혼내려고 회초리를 들고 채영이 방에 들어간 적이 있었다. 채영이가 맞을 것 같아 동영이는 얼른 동생 방으로 들어가 침대에 있던 채영이 위로 엎드렸다. 아버지는 차마 누구도 때릴 수 없었고 웃음이 나왔다. 엄마 아빠 맞벌이할 때 너희 둘 많이 의지했지. 그래, 엄마 아빠 없으면 의지할 사람 오빠뿐이니 서로 아끼며 살거라.

동영이 방에는 친구들이 수시로 놀러 왔다. 채영이는 오빠와 친구들이 재밌게 떠들고 노는 것이 시끄러워서 오빠한테 언제 나가냐고 '카톡'을 보내기도 했다. 사고가 난 후 오빠 방에서는 더 이상 아무 소리도 들리지 않았다. 채영이는 오빠와 친구들이 컴퓨터에 찍어 놓은 동영상을 틀어 놓고 옆방에 와서 듣곤 했다. 마치 오빠가 옆방에 있는 것처럼 친구들과 떠들고 웃었다.

채영이는 참사 전에는 수줍기도 해서 오빠 친구들과 말도 말 안했는데 사고 후에는 많이 친해졌다. 오빠 친구들과 함께 오빠를 추억할 수 있었고 친구들의 말투와 몸짓 속에 오빠의 모습이 배어 있는 것 같았다.

동영이는 고등학교 1학년 여름에 친구 넷과 한 친구의 할머니 댁에 놀러 간 적이 있다. 떠나기 이틀 전에 큰 비가 와서 가족들이 걱정하기도 했지만 여름 방학도 얼마 안 남았고 친구들과 추억도 만들고 싶어 가기로 했다. 여행지는 강원도 철원 산골로 친구의 할머니 집 근처에는 깨끗한 개울이 흘렀다. 아이들은 읍내에서 상추와 돼지고기를 샀다. 장난감 물총도 샀다. 그들은 할머니 집 마당에서 물총을 쏘며 놀았다.

개울가에서 불을 지펴 고기를 구워 먹었다. 방학이 끝나기 전에 놀러 오길 잘했다. 물놀이도 빼놓을 수 없었다.

"나는 밖에 있을게!"

동영이는 물이 무서워 친구들이 노는 모습을 자갈밭 위에 서서 지켜보기만 했다.

동영이는 어렸을 때부터 무척 물을 무서워했다. 수영장도 가지 못했다. 엄마는 동영이를 얕은 대야에 넣어 물장구를 쳐 주었다. 동영이가 물을 무서워했는데…… 동영이 어린 시절을 내게 들려주던 동영 어머니의 목소리는 물 얘기를 할 때 떨렸다.

"그럼 재미없잖아!"

친구들은 "한번 들어와 봐! 아무렇지도 않아!" 하고 종용했다. 동영이는 친구들이 노는 모습을 보고 부럽기도 해서 결국 물속에 들어갔다. 곧 괜찮아졌다. 물은 그리 깊지 않았고 발바닥 아래의 자갈은 보드라웠다.

아이들은 할머니 집 곁방에서 도란도란 얘기를 나눴다. 동영이는 밤늦게 한 친구와 산책을 나갔다. 개구리가 꾸럭꾸럭 울었다. 반달이 서쪽으로 기울고 있었다. 그런 날 밤에는 고백하기가 제격이었다. 동영이는 좋아하는 여학생이 있다고 수줍게 말했다. 태어나서 이성을 좋아하고 고백하기는 처음이었다. 친구들이 보기에 동영이는 말 않고 방에 들어가 있거나 고민들로 심각해지는 '사춘기' 없이 지나갔다. 가수도 연예인도 특별히 좋아한 적이 없었다. 그런 동영이가 좋아하는 여자에 대해 말했다. 강원도의 여름밤은 그렇게 깊어졌다. 그 여학생은 열여섯 동영이가 자신을 좋아했다는 사실을 알까.

동영이는 생일 때 엄마에게 "케이크 안 사 줘도 괜찮아요. 대신 용돈 주시면 노래방 갔다 올게요" 할 정도로 친구들과 노래방 가기를 좋아했다. 동영이는, 김광석이 불렀고 〈슈퍼스타K〉에서 로이킴과 정준영이 불러 다시 유행시켰던 〈먼지가 되어〉를 자주 불렀다. 가수들이 통기타를 치는 모습이 멋있었다. 동영이는 2년 가까이 혼자 통기타를 익혔다. 통기타로 혼자 〈먼지가 되어〉를 연주하며 노래를 부르기도 했을 것이다.

'작은 가슴을 모두 모두어 / 시를 써 봐도 모자란 당신 / 먼지가 되어 날아가야지 / 바람에 날려 당신 곁으로'를 부르면서 목청을 돋우기도 했을 것이다. 음악 시간에는 장구를 신나게 잘 쳤다. 음악 선생님은 그런 동영이를 귀애했다.

동영이는 수학여행을 나흘 앞두고 인터넷으로 옷 세 벌을 주문했다. 채영이는 처음이자 마지막으로 인터넷에서 오빠가 입을 옷을 골라 주었다. 청바지 하나와 티셔츠 두 개였다. 반팔 티 하나에 제주도가 추울지 몰라 긴팔 티도 하나 샀다. 좀 일찍 주문하지 이제 와서 주문하냐고 좀 짜증도 냈다. 애쓰며 주문했는데 수학여행 출발 때까지 안 오면 오빠가 실망할 것 같았다.

수학여행 출발 때까지 옷은 끝내 배달되지 않았다. 동영이는 아쉬워하며 배에 올랐다. 채영이가, 출발 기다리느라 오빠 학교에 있을 동안 택배 오면 갖다 줄까? 하고 물으니 동영이는 괜찮다고 했다. 동생과 아빠에게 번거로운 일이고 옷이야 수학여행 갔다 와서 입으면 되니까. 옷은 참사가 난 뒤 열흘이나 지나서야 왔다. 택배 상자만 덩그러니 놓여 있었다. 배달된 옷은 동영이를 보낼 때 같이 태웠다.

"제주도 하면 귤 아니에요!"

제주도 수학여행을 앞두고 동영이는 신나 있었다. 제주도는 처음이었다. 갈 때는 배, 올 때는 비행기를 탄다며 들떴다. 엄마는 수학여행 용돈으로 처음에는 3만 원을 줬다. 동영이가 조금만 더 달라고 해서 2만 원을 더 주었다. 동영이는 기뻐서 제주 가면 감귤을 사 오겠다고 했다. 4월 중순 제주에 귤은 없을 테지만 동영이에게는 멀고 따뜻한 남쪽 섬에는 사시사철 귤이 샛노랗게 주렁주렁 달려 있을 것 같았다. 갖고 있던 것 중 가장 좋은 신발인 '뉴발란스'를 세탁소에서 빨았다. 깨끗한 신발은 동영이가 배에서 나올 때 없었다. 신발은 배 안에 있을까. 멀리 바다로 떠내려갔을까. 그러다가 제주도까지 갔을까.

동영이는 바닷속 세월호에서 2014년 5월 5일날 나왔다. 아버지는 아들을 못 알아볼까 봐 어금니 치과 진료 기록을 구했다. 그러나 동영이는 태어날 때 그 모습을 하고 있었다. 할아버지를 닮아 보이기도 했다. 아버지는 아들을 바로 알아보았다. 동영이는 5월 8일날 화장되었다.

아버지는 일주일에 한두 번씩 동영이를 보러 화성의 효원납골공원에 간다. 더 이상 나이 들지 않는 아들에게 아버지는 아마 평생 동영이에게 자신의 늙어가는 모습을 보여 줄 것이다. 그것이 동영이에게 가까이 갈 수 있는 방법이기라도 하듯이.

열일곱 채영이는 오빠에게 이렇게 쓴다.

반 친구들이 오빠 얘기하는데 부러워. 나도 오빠랑 이런저런 일상 추어 쌓으면서 아이들에게 말하고 싶어. 요즘 오빠 얼굴이랑 목소리가 기억이 나긴 하지만 희미해지는 것 같아서 무섭고 두려워…… 그니까 꿈에 자주 나와 줘. 알겠지? 오빠, 17년 동안 내 오빠로 태어나 줘서 너무 고마웠고 나한테 좋은 추억 많이 남겨 줘서 고마워. 우리 다시 만나는 날엔 절대로 이런 고통 슬픔 겪지 말고 행복하게 살자.

인터뷰를 하고 동영이 사진을 어머니한테 받아 들고 제주 집으로 왔다. 사진 속에서 동영이는 하얀 상의와 회색 하의 교복을 입고 핸드폰으로 누군가에게 문자를 보내고 있다. 차에 사진을 꽂아 두고 성산일출봉 계단을, 용두암의 츄러스와 실타래 과자를, 억새밭에 숨어 다니며 아이들 재잘거리는 광경을 동영에게 보여 준다. 부질없는 일일 것이나, 키우던 햄스터가 죽었을 때 뒷산에 묻고 비석을 세워 주던 동영아 봐라, 제주도다. 열일곱의 너도 동생도 엄마 아빠도 한 번도 못 와 본 제주도다. 찬물에도 눈물에도 젖지 않고 바람이 되어 훨훨 날아 실컷 보아라.

여러분, 김동협의 모노드라마 보러 오실래요

안산 단원고 2학년 6반 **김동협**

1. 할머니, 아빠, 누나, 형과 함께.
2. 아빠! 내 모습 어때?
3. 연극제에서 최우수상 타고 찰칵.

여러분, 김동협의 모노드라마 보러 오실래요

무대 왼편에 가운데가 동그랗게 뚫린 황색 테두리 전신 거울이 있고, 오른 창엔 대형 스크린, 그 앞에 탁자와 의자가 놓여 있다. 불 들어오면 동협, 거울 앞으로 달려간다.

1장 사랑하는 나의 아들아

(안전모를 든 동협, 전신 거울 앞에서) 안녕하세요? 제 이름은 김동협, 아홉 살이에요. 집에 오면 아빠는 늘 안전모를 아무 데나 툭 던져 놓았죠. 소파 위에 앉은 안전모. 마룻바닥에 누워 뒹굴뒹굴 안전모. 너도 아빠처럼 뒹굴뒹굴 쉬고 있니? (안전모를 쓰고) 아빠! (거울 뒤로 가서 아빠 목소리로) 그거 지저분해. 더러운 걸 왜 쓰냐? (거울 앞) 아빠, 나, 멋있어? 난 전신 거울 앞에서 빙글빙글 돌며 혼자 놀지. (거울 뒤) 야, 초딩! 넌 언제 크니? 빨리 커서 안전모 쓰고 돈 벌어야지.

(무대 중앙으로 나와) 세월은 흘러 바야흐로 2010년, 안전모 쓰고 노래 부르던 그 어린 동협이가 중학생이 되었답니다. 오늘은 달도 아름답고 맛있는 것도 많은 추석. 제가 매우매우 좋아하는 하하하, 치킨도 있답니다. (아빠 목소리로) 야, 똥! 노래 한번 해 봐. 큰아빠 작은아빠도 있고 하니까. (동협) 우리 아빤 꼭 저를 똥이라고 부른다니까요. (아빠) 노래를 들어 봐야 가수가 될지 안 될지 판단할 거 아니냐? (창가 쪽으로 걸어가다 동

협, 쭈빗쭈빗 노래를 부른다) 오늘 하루도 어떻게 지냈나요? 매일 똑같은 일에 쉬지도 못하고…… (아빠) 야, 똥! 그렇게 해서 무대 서겠냐? 좀 더 자신 있게 해 봐. (중앙으로 나오며 큰 소리로 노래) 요즘 들어 당신의 힘든 모습 감추려 남모르게 운 적은 없나요? 바쁘다는 이유로 내가 화를 냈을 때 마음 다치지는 않았나요. 가끔씩 나에게 할 말 있어도 참고 있은 적은 없나요. 그래요 내 자신도 잘 알아요. 그래서 더욱더 미안해요…… (동협, 고개를 숙인다.) 그렇게 소심해서 가수가 되겠니? 아빤 말했죠. (아빠) 내가 좋아하는 노래도 다 외우잖아. 우리 동협이 기억력이 얼마나 좋은데. 노래만 그런가? 뭐 드라마 대사도 줄줄이 다 외워. 〈야인시대〉 드라마 그 긴 것도 다 외우잖아. 깡패 둘이 싸우는데 동협이가 미리 대사를 치더라고. 신기하더라고. 배우랑 똑같더라고. (동협) 울 아빠, 큰아빠 작은아빠 앞에서 똥협이 자랑하고 계시네.

어두워진 창이 자막이 되면서 노래가 나온다. (프레디 아길라의 〈아낙〉 중, "사랑스런 나의 아들아, 네가 태어나던 그날 밤 우린 너무 기뻐서 어쩔 줄 몰랐지. 사랑스런 나의 아들아, 천사 같은 너의 모습을 우린 언제나 보고 있었지.")

#영상1- 아빠, 참 잘했어요

2003년, 밤늦게 취해 돌아온 아빠가 할머니와 노는 여섯 살 동협을 안고 혼잣말을 한다.

아빠   동협아, 아빠가 오늘 돈 받아 왔다. 전화로 싸우다 지쳐 아빠가 본사까지 쳐
       들어갔거든.
동협   와아! 아빠 짱!
아빠   아빠 잘했지?
동협   응.
아빠   나 생활도 해야 하고 카드 값도 내야 하는데, 기다려라 기다려라 한 지가 언

제요? 에이 ○○놈들아 니들은 우리 돈 가지고 배부르게 먹을지 모르지만, 난 느그가 일당 떼먹으면 우리 아들 굶기고 찬 바닥에서 살 수밖에 없다. 야, 똥, 아빠, 잘했지? (동협이 박수를 치자, 아빠는 어린 동협을 무등 태우고 노래 부른 다. 동협은 일부 끝 구절을 따라 한다.)

아빠　　눙 이시리랑 까 사 문동 이토. 라킹 투와 낭 마굴랑 모.

동협　　마구라 모.

아빠　　앗 앙 카마이 닐라 앙 이용 일라우. 앗 앙 나나이 앗 타타이 모이.

동협　　앗 타타이 모.

아빠　　사랑하는 나의 아들아, 이게 우리 아버지가 젤로 좋아하는 노래였단다.

2장 공고 갈 거야

(전신 거울 앞에 얼굴 넣고) 아빠, 나 공고 갈 거야. (전신 거울 뒤편, 아빠 목소리) 야, 너는 요즘 대학 안 나오면 사람 취급 받는 줄 아나? (동협) 빨리 취업해 돈 벌 거야. (아빠) 야 똥, 너 꼭 아빠처럼 이렇게 고생하면서 돈을 벌어야 되겠어? 대학 나와서 시원한 에 어컨 바람에 좀 편하게 벌면 오죽 좋아? 왜 공고 같은 데를 갈라고 그래? (동협) 나 지 하방 싫어. 맨날 올리고 독촉하는 월세도 싫어. 나 빨리 돈 벌어 아빠 집 사 줄 거야.

(무대 중앙으로 나와 랩) 우리 아빤 노가다. 나 태어나자마자 IMF 팍팍 터지고 아빤 팍 팍 노가다 시작했어. 여름에 철근이 얼마나 뜨거운지 알아? 철근 위에 계란. 바로 반 숙. 철근 위에 삼겹살. 지글지글 익어. 철근 메고 으샤으샤 올라가지. 어깨엔 굳은살 다리엔 실핏줄. 아시바, 아시바, 10층 아시바, 아찔아찔 아시바. 소주 한 글라스 먹고 올라가.

(거울 앞 동협) 그럼 안산 반월공단에 취직하면 되잖아? (거울 뒤 아빠) 거긴 괜찮은 줄

아니? 빚 때문에 조금이라도 더 주는 데 야간을 다녔거든. 5천 원 더 주니까. 반월 시화공단 다 다녀 봤거든. 라인 작업, 같이 조립도 하고 몇 명 필요하다 하면 그날그날 땜빵도 하고. 열처리 회사에서 용광로도 보고 나사 종류별 크기별 봉투에 담아 피스도 선별하지.

(랩) 안산 전철역 인력시장. 새벽 5시. 나 먼저 잡아가시오. 나 먼저 잡아가시오. 뜨내기는 안 팔려. 안면 있고 빽도 있어야 돼. 에어컨 필터 박스 포장. 피스 나사 분류 작업. 캐임브리지 필터 포장. 피스 나사 피스 나사. 공장 일이 다 거기서 거기야. 나 좀 잡아가시오, 날 좀 제발…… 아무도 안 잡아가면 허정허정 돌아서서 깡소주 먹다 돌아가지. (종이컵에 소주 따라 먹는 시늉을 하다 거울 뒤에서 단호하게) 잔말 말고 인문계 가. 너만은 꼭 대학 나오라고.

3장 난 겁쟁이가 아냐

(야구 배트와 글러브와 공을 든 동협) 아빠랑 난 야구 용품점을 찾아다녔죠. 포수 글러브를 찾아 삼천리. 안산 인천 천안. 아빠, 놀아 줘 놀아 줘. (까만 포수 마스크를 쓰고 거울 앞) 내 포스 어때? (거울 뒤 아빠 목소리) 똥 포스? 알루미늄 배트, 2만 5천 원, 글러브 1, 공2 합이 5만 원이야. (앞) 와아, 아빠 오늘 거덜 나네. (뒤) 야, 똥! 야구 글러브 노래를 부르더니, 너 얼마나 잘하나 보자. (볼을 주고받는 시늉. 동협, 자꾸 볼을 피한다.) 실력이 하빠리네. 볼도 제대로 못 받아. 너 볼이 무섭냐? (앞) 내가 운동 신경은 별로잖아. 대신 내가 예술은 좀 하잖아.

(포수 글러브 쓰고 거울 앞에서 노래) "미안합니다, 고작 나란 사람이 당신을 미친 듯 사랑합니다. 기다립니다. 잘난 것 하나 없는데 염치없이 당신을 원합니다. …… 숨 쉬는 것보다 더 잦은 이 말 하나도 자신 있게 못 하는 늘 숨어만 있는 나는 겁쟁이랍니다."

동협　1998년 음력 1월 16일 오전 11시 즈음, 이 몸은 여덟 달 만에 세상에 나왔답니다. 아주 작고 저체중인 아기를 가운데 안고 아빠와 엄마, 할머니가 웃고 있네요. (잠시 후) 그런데, 두 돌도 안 돼 엄만 제 곁을 떠났답니다. 아버진 지방에 일 다니고, 할머니가 절 키우셨죠. (동협, 고개를 숙이고 있고, 자막에 영상이 나온다.)

#영상2

런닝구와 팬티 차림으로 컴퓨터 게임을 하는 다섯 살 동협에게 할머니가 다가온다.

할머니　꼬맹, 할머니 잠깐만 나갔다 올게, 놀고 있어. 잠깐이면 돼.
　　　　(게임에 열심인 동협, 고개만 끄덕거린다, 한참 혼자서 컴퓨터에 열중이던 동협이 갑자기 주위를 둘러보다 벌떡 일어서 밖으로 나간다. 런닝과 팬티 바람으로 눈 내리는 거리를 걷는다. 한없이 눈 맞으며 혼자 걸어간다. 운다. 뛴다. 와동초등학교까지 울며 뛰어간다. 지나가는 아저씨가 잠바를 입히고 달래어 집에 데려온다.)

(자막 꺼지고 동협 가운데로 나와) 혼자 있을 때면 제가 제게 하는 말, 누구 없어요? 거기 누구 진짜 없어요? 버릇이 된 말, 거기 진짜 누구 없어요? 난 무섭단 말예요. 날 혼자 내버려 두지 마요. 난 난 겁쟁이…… 가 아니야. (랩으로 빠르고 자신감 있게 노래) "날 사랑한단 말, 기다리지 않겠어. 기다리기보다, 내가 너에게 가겠어. 내가 먼저 널 사랑하겠어. 난 세상에 하나밖에 없어. 너도 하나밖에 없어. 난 겁쟁이가 아냐. 원하는 걸 위해 팔을 뻗어. 난 겁쟁이가 아냐. 네 꿈을 향해 한 발을 디뎌. 숨지 마 겁쟁이. 울지 마 겁쟁이. 넌 겁쟁이가 아냐."

4장 나 일등 먹었어

(무대로 뛰어 들어오며) 아빠, 나 상 받았어. 연극 대회에서 일등상 먹었다구. 안산 대표로 뽑혀 경기도 애들이 다 모인 데서 최우수상을 받았다니까요. 아빠, 상패 멋지지? (거울 뒤, 아빠 목소리로) 조연 맡았다면서 뭔 우수상이냐? (동협) 아빠 아들이 실력이 있잖아? 실력이. (아빠) 근데, 너, 그 길로 계속 갈 거면 학원 같은 데 다녀야 하지 않겠냐? 진짜 할라믄 함 뽕을 뽑아 봐. (동협) 나도 당근 학원 다니고 싶지. (아빠) 그럼 어떻게 하든 대 줄 테니까 학원 한번 알아 봐.

(동협, 관객에게 속삭이듯) 사실 다 알아 봤거든요. 근데 나랑은 안 맞아요. 터무니없이 돈만 받으려고 하고. 아빠가 철근 져 나르며 번 돈으로 난 그딴 학원 안 다녀. "그럼 니 친구들 중에 그런 애들 있냐?" 아빤 걱정스럽게 물었죠. "방송 알바라도 방학에 한번 가 봐. 그 사람들이 어떻게 하는지 보면 좋지 않겠냐?" "너 그럼 서울예전 가면 어때? 선후배도 짱짱하고 배울 것도 많지 않겠어?" 아빤 어떻게라도 날 키워 주고 싶어서…… 주연도 아닌데 최우수상 받았으니 아빤 자랑스러웠을 거예요. 제가 좀 소심하게 자라서 제게 용기를 주려 했을지도. 솔직히 얘기하면 아빠도 한편으로 걱정됐지요? 돈도 많이 들고 연극배우란 게 앞날이 불확실하잖아요.

(무대 중앙으로 나와 랩) 너 왜 학원 안 알아 보냐? 아빤 말하지. 난 학원 안 다녀도 돼. 난 혼자 할 수 있어. 오디션 안 봐도 돼. 다 해도 나보다 실력이 안 돼. 너 너무 허풍 떠는 거 아냐? 난 짱이야. 걱정 마. 커서 배우 되면 아빠 집 사 줄 테니까. 괜찮아, 나 혼자 열심히 연습하겠어. 연극부 선생님이 그랬어. 난 소질이 있대. 인생 별거 있어? 아플 때 아파하고 웃길 땐 웃고 슬플 때 슬퍼하면 돼.

(관객 앞으로 와서) 여러분 지금 기쁘세요? 그럼 저도 기뻐할게요. 여러분, 슬프세요? 그렇다면 저도 슬퍼할게요. 바로 당신이 되어 바로 당신 감정이 되어 웃고 우는 게 연극 아닌가요? 아니, 그게 인생 아닌가요? 우우욱 제가 오버했나요? (거울 앞 동협) 넌 감

정 표현만 조금 키우면 괜찮을 것 같다. (아빠) 너 그럼 감정 실어서 아빠 앞에서 실제 하는 것처럼 내 앞에서 해 봐. (동협) 우욱! 하하하! 난 못 해. 감정이 안 살아나. (관객에 게) 하지만 이건 분명해요. 무대에선 내가 최고로 잘해요. 무대에선 내가 바로 그 사람 이 될 수 있죠. 인생도 마찬가지. 지켜봐 줘요. 오예, 난 내 인생 무대마다 마지막이라 생각하고 최선을 다할 거야. 오예, 믿어 주세요, 여러분!

5장 아빠 공치는 날, 난 대박 나는 날

동협 어느 날, 비가 줄줄 오는데, 아빠가 글쎄 한 호프 하자고 호출을 했지 뭐예요. "너 연극부 여자애들 바래다줘야 한다면서 왜 벌써 와?" 아빤 물었죠. 벌써 얘기하고 왔지. 아빠가 부르는 데야 만사 제치고 와야지. (탁자에 앉으며) 여기 맥주 둘, 후라이드 하나 주세요. (랩 하듯이) 이건 맛있지 쩝쩝쩝쩝…… 난 양 념 통닭은 매워서 싫어. 난 후라이드가 좋아. 난 다리가 젤 맛있어. 누난 족 발 광. 나는 치킨 광. 돼지고기 삼겹살 비계가 많아서 싫어. 치킨은 비계가 없 잖아. 역시 치킨은 다리. 다리는 치킨. 아빤 웃고 동협은 떠벌떠벌떠벌. 아빠 오는 날이 나한텐 천국. 왜냐고요? 첫째, 가방에 용돈 있지. 둘째, 치킨 사 주 지. 셋째, 호프도 호르륵. 여기가 천국이 아니라면 어디겠어요? 건배! 쭉쭉! 아하, 술이 넘어간다! 쭉쭉쭉……

(아빠 말투로) 술은 어른하고 배워야 실수 안 해. (동협) 아빠랑 술 마시면 넘 좋아. 최 고로 좋아. 헤벌헤벌 용돈 많이 줘. (아빠) 야 똥, 용돈 줄까? 옛다 석 장이다! (동협) 봐 봐, 맨날 천 원 이천 원 주다 석 장도 주잖아. 아빤 술을 좀 마셨으면 좋겠어. 항상 웃는 아빠가 돈 만큼이나 좋아. 맨날 술 마셨으면 좋겠어. 아빤 "야, 똥!" 난 잽싸게 "응" 대 답했죠. "너 사귀는 여자 없냐?" 난 혀를 쑥 내밀고 맥주를 들이키며 쭉쭉쭉 잘 넘어간 다. 쭉쭉쭉 홀홀 딴전을 피웠지. "너 남자가 돼 가지고 여자도 사귀어 보고 그래야 되

는 거 아니냐?" 아빤 물었지. 아, 맘에 드는 애들이 없어요. "너 좋아하는 사람이라도 있긴 있냐? 니가 그래 가지고 여자가 있겠냐? 에휴, 자린고비." 아빤 혀를 끌끌 찼어요. 내가 인기 짱인데 무슨 걱정이에요? "너 한 십만 원 모아 놨냐? 모아 놓으면 뭐해? 할머니한테 맨날 뜯기고. 빚 주고 못 받고."

(중앙으로 나가 '난 아빠 여행 가방이 좋아' 노래) 아빤 컵라면 먹고 일해. 달방 살며 열심히 일해. 아빤 지폐를 싫어해. 동전으로 용돈을 주지. 난 바퀴 달린 아빠 여행 가방이 좋아. 담배 사고 남은 동전 찰랑. 술 사고 잔돈 찰랑. 아빠의 갈색 가방. 작업복 양말 속에도 동전. 추리닝 속옷 속에도 동전. 할머니가 말해. 새깽, 그거 지폐랑 바꿔 줄게. 안 돼. 내가 어릴 때부터 할머니한테 떼인 게 얼만데. 새깽, 돈 좀 꿔 주라. 저번에 부식거리 산다고 가져간 것도 안 갚았어. 다 줄게. 만 원 주면 이자 쳐서 만 2천 원 주지. 돈 없어. 새깽, 내가 지폐 넣어 놓은 데 모를 줄 알고. 하하, 그럴 줄 알고 비밀 은행 바꿨지. 비밀 금고를 찾아라. 속옷 밑에 양말 속에 꼭꼭 잘 숨겨.

(탁자 건너편 아빠 목소리) 그래서 니가 자린고비가 되었구나. 버는 것도 중요하고 주는 것도 중요하지만 모으는 게 제일 중요하다. 아빠처럼 안 살고 고생 안 하고 살려면. (동협) 그걸 내가 백 프로 수행에 옮기는데 왜 그래? (아빠) 너 자꾸 이러면 친구들한테 왕따 당한다. 너도 얻어먹었으면 한 번 사야 한다. (동협) 내가 팍팍 쓰는 게 좋아? (아빠) 항복, 없었던 일로 하자. 좀 모자라지 않아? 우리 1.7리터짜리 페트병 하나 사서 집에 가서 2차 할까? 너 취하냐? (동협) 나 거뜬해. (아빠) 돈 안 쓰면 여자 친구도 못 사귀어. (동협) 알았어. (아빠) 커플링 해 줄 테니까 생기면 말해. (동협) 아빠, 고마워.

(어깨를 겯는 시늉, 복화술 같은 이중의 목소리로 〈아나〉 노래 부르며 비틀비틀 걷는다.)
"사랑스런 나의 아들아, 천사 같은 너의 모습을 우린 언제나 보고 있었지. 언제나 아빠가 네 곁을 감싸며 지켜 주었지. (아빠 목소리로) 앗 사 가비 나푸푸얏, 앙 이용 나나이

(동협) 아 싸 가비 나푸푸야, 앙 이옹 나나이 (아빠) 사 팡팀플라 낭 가타스 모. (동협) 사 빵티프라 난 가타스 모. (두 사람 목소리처럼) 앗 사 우마가 나마이 칼롱, 카 낭 이옹 아 망, 투왕 투와 사 이요."

6장 똥똥 똥협이가 무지무지하게 아빠 사랑하는 거 알지?

(멀리 뱃고동 소리, 핸드폰을 머리에 인 동협) 아빠, 내가 전화해 주니까 기분 최고 좋지? 우우우…… 나, 전화 잘 안 하는데 오늘 특별하게 해 준 거야. 우우욱…… 저번 주 아빠 공친 날인데 왜 안 올라왔어? (혀 내밀고) 아빠 공쳤어도 걱정 마. 내가 누구야? 아빠 아들 똥이가 집 반드시 사 준다니까. 근데 아빠, 배가 오늘 출항 못 한대. (핸드폰 아빠 목소리) 그럼 너 거그서 하루 까먹는 거야. (동협) 다 알고 있어. (아빠) 야, 똥! 사진도 좀 많이 찍고 추억에 남는 거 많이 해라. (동협) 알았어. (아빠) 조심하고 재밌게 놀다 와. (동협) 근데 배가 바뀌었다아! 그 밴 작년에 탄 밴데…… 작년에 누나랑 할머니랑 교회에서 수련회 갔었잖아. 근데, 사실, 나, 수학여행 오기 싫었어. 할머니랑 여러 날 떨어지기도 싫고…… (아빠) 니가 애냐? 그거 며칠 못 떨어져서 사내자식이 징징 (동협) 그러니까 말야…… 나 없을 때 뮤, 뮤, 내 캐릭터 좀 키워 줄 거야? (아빠) 안 돼. 니 껀 니가 키워야지. (동협) 아빠 바쁠 때 내가 키워 줄게. 며칠 키워 주라, 응? 돈 줄게. 아빠 지방 다닐 때 들고 다니던 이 가방 말야, 여기다 내가 동전 많이 넣어 가지고 갈게. 소주 넣고 땡그렁, 담배 사고 땡그렁, 난 이 가방이 최고로 좋아. 과자 사고 땡그렁, 하드 사고 땡그렁. 히히 나도 아빠한테 용돈 함 줘 봐야지. 뿌우웅 소리 들리지? 아빠, 인제 배 간대, 아빠, 건강하고 다치지 마. 아빠 다치면 내가 혼내 줄 거야. 아빠, 파이팅! 내가 무지무지하게 아빠 사랑하는 거 알지? 누나 형 할머니도 사랑한다고 꼭꼭 전해 줘.

이제 그만 울고 모두를 위해 웃어 줘, 엄마

안산 단원고 2학년 6반 **김민규**

1. 세 살 때 동생 승규과 함께.
2. 고1 때 서울에서 친구 반지를 만들던 모습.
3. 중3 때 엄마, 동생과 함께 강릉 숭어낚시축제에서.

이제 그만 울고 모두를 위해 웃어 줘, 엄마

엄마! 나 샤워해도 돼?

깜짝 놀랐지? 엄마, 나 민규야. 크크크. 엄마 놀라는 모습이 눈에 선하다. 헐…… 또 울려고? 엄마, 내가 왜 이렇게 작가님을 통해서 편지를 쓰는지 알아? 궁금하지? 난 말하지 않을 거야. 이 편지가 끝날 때까지 엄마가 풀어야 할 수수께끼로 남겨 둘게. 잘 생각해 봐.

그보다 먼저 엄마한테 따질 게 있어. 내가 왜 수다쟁이야? 참 나, 나는 딱 적당히 해야 할 말만 하는 다정하고 따뜻한 남자였어. 승규 이 자식이 워낙 말이 없으니까 내가 좀 말이 많아 보인 거겠지. 그리고 엄마가 잔소리를 하도 많이 하니까 거기에 맞장구쳐 준 것뿐이야.

만일 내가 엄마 잔소리에 호응을 안 해 줬으면 엄마가 심심해서 견딜 수 있었겠어? 다 엄마를 위해서 내가 안 해도 될 말을 많이 한 거야. 이거 왜 이러셔. 수다쟁이라고. 흥! 이모한테도 나는 수다쟁이가 아니었다고 전해 줘. 이모 집에 갔을 때 이모 적적할까 봐 이 얘기 저 얘기 수다를 좀 떨었을 뿐이야. 물론, 이모가 해 주는 게장이 먹고 싶어서 자꾸 이야기를 하게 되긴 했지만. 이모가 주는 게장은 최고!

승규는 여전히 말이 없지? 크크크. 아마 앞으로 계속 말이 없을 거야. 뭐 그것도 나쁘진 않잖아. 과묵한 남자. 내 동생이지만 듬직해. 물론 엄마가 속 좀 터지겠지만. 참,

승규한테 다시 한 번 담배 피면 내가 가만 안 둔다고 전해 줘. 키도 다 안 큰 녀석이 벌써부터 담배를 피우고 있어. 그리고 내가 키우던 물고기들 좀 잘 키우라고 전해 줘. 아니 내가 직접 말할게. 승규 씨, 게임하느라 정신없으시겠지만 신경 좀 써 주세요, 알겠죠? 아! 그리고 승규야, 지난번에 나한테 혼난 애하고 친하게 지내. 사실 널 때린 게 괘씸해 학교까지 찾아가 혼을 내 주긴 했지만 다문화 가정 아이처럼 보여서 마음이 불편했어. 친구들과는 늘 사이좋게 지내고, 싸울 땐 싸우더라도 금방 풀고 잘 지내라. 지나고 나면 아무것도 아닌 일들이잖아.

엄마, 수리사에 위패를 안치해 주어 고마워. 사실 처음 가려고 했던 절은 마음에 안 들었거든. 내 스타일이 아니었어. 도심 속에 있는 데다 뭔가 갑갑하고 스타일이 좀 구렸거든. 근데 수리사에 오니까 경치도 좋고 사람도 적당히 오고 너무 좋아. 사람이 너무 없으면 심심하잖아. 물론 내가 여기 계속 있을 건 아니지만.

엄마, 난 가고 싶은 곳이 있으면 어디든 가. 새로 지은 우리 집에도 매일 가. 난 그 집이 정말 좋거든. 그 집 지을 때 같이 많이 가 봤잖아. 야자 끝내고 밤에 엄마랑 그 집 구경 갔을 때 그때 정말 신났는데. 사실 혼자 그 집 보러 갔던 적도 있었거든. 엄마는 내가 그 집에 살아보지도 못했다고 슬퍼하지만, 난 지금도 그 집에 살고 있는걸. 세상에서 제일 사랑하는 엄마와 승규가 그 집에 사는데 내가 어딜 가겠어. 난 항상 엄마랑 같이 있어. 물론 가 보고 싶은 데가 많아서 자릴 비울 때도 있고 언젠가는 떠나야겠지만.

당장은 칠칠맞지 못한 엄마가 걱정돼서 떠날 수가 있어야지. 세탁소에 맡겨 놓은 옷도 깜박하고 있질 않나. 어떻게 내가 제일 좋아하던 옷을 세탁소에 맡겨 놓고 잊어버릴 수가 있어? 참 나, 내가 하도 답답해서 꿈에 나타난 거야. 그리고 그 옷을 왜 태워? 그냥 승규 주지. 승규도 좋아했을 텐데. 아니다, 승규 새 옷 사 줘. 애가 옷 사 달라는 소리도 안 하고 내가 입던 옷만 물려받아 입어도 싫은 소리 한 번 안 하고. 정말 이해가 안 가는 아이야. 하지만 승규는 승규니까. 그대로 인정해 줘야지.

하지만 승규야, 게임만 좋아하지 말고 다른 것도 실컷 해 봐. 새 옷도 사 입고 멋도 부려 보고, 여기저기 여행도 많이 가고, 어서 여자 친구도 사귀어 보고. 다른 사람들이 어떻게 살아가는지 많이 보려고 해 봐. 살아 있다는 거, 그것만으로 기적인 거잖아. 네가 정말로 좋은 걸 볼 때 형 생각을 해 봐. 그럼 네가 보는 걸 형도 볼 수 있을 테니까. 그러니까 형 생각해서라도 좋은 경치 많이 보고 좋은 사람 많이 만나 봐, 알겠지?

참, 엄마! 그땐 정말 미안했어. 엄마 회사에서 회식하던 날. 나도 그날 친구들하고 회식했잖아. 노래방에서. 크크크. 새우깡 한 봉지 놓고 소주 열 병을 마시는데 사실 나는 소주는 써서 먹기 싫었거든. 근데 친구들한테 꿀릴 수는 없잖아. 그래서 한 잔 두 잔 마시다 보니 나중에는 흔들흔들 정신이 없더라고. 그리고 있는데 갑자기 어수선해지더니 경찰이 온 거야. 와, 경찰 아저씨들 앞에서 엄청 쫄았어. 엄마한테 이제 죽었구나 생각하면서 있었는데, 근데 막상 허겁지겁 달려온 엄마 얼굴 보니까 안심이 되는 거야. 참 이상하지.

엄마는 항상 날 혼내고 잔소리하는 사람이라고 생각했는데 그날 보니까 날 지켜 주는 사람이었어. 아무튼 그날 엄마 회사 회식 자리에서 제대로 먹지도 못하고, 노래방까지 달려오고, 모범택시 잡아서 자전거 싣고 집에까지 가고, 술 취한 아들 재우느라 고생했어. 지금 생각해도 미안하고 고마워. 근데 그 모범택시 기사 아저씨도 참 고맙더라. 자전거를 택시 트렁크에 싣고 트렁크 문도 안 닫히는데 줄 사 와서 묶어서 집에까지 와 줬잖아. 나 사실 그게 고마워서 토가 나오는데도 꾹 참았어. 결국 창밖에다 토하긴 했지만. 크크크. 아무튼 그날은 참 재밌는 날이었어. 그치? 엄마한테도 즐거운 추억으로 남아 있으리라 믿어 의심치 않아. 그치, 그치?

옛날이야기 하다 보니까 내가 가출했던 것도 기억난다. 2시간 가출. 크크크. 언제였더라…… 비 오는 날 엄마하고 싸우다가 엄마가 "그럼 집에서 나가!" 소리치길래 그래 나도 화가 나서 "알았어. 나갈게!" 하고 집에서 나간 적이 있잖아. 그땐 참 내가 바보같았어. 돈이라도 가지고 나갔으면 피시방에 가든 어디 찜질방에라도 가든 했을 텐데.

이제 그만 울고 모두를 위해 웃어 줘, 엄마

그냥 홧김에 빈손으로 확 나와 버렸지. 막상 나오니까 비는 오지, 갈 데는 없지. 친구한테 전화하니까 빨리 엄마한테 사과하고 집에 기어들어 가라고 그러지. 엄마는 전화도 안 하지. 먼저 전화할까. 그냥 들어갈까. 고민에 고민을 거듭했지. 그래도 자존심이 있지. 어떻게 금방 들어가겠어. 다리 밑에서 기다렸지. 엄마가 전화하면 뭐 못 이기는 척 들어가려고. 근데 엄마가 전화를 안 하면? 슬슬 춥기도 하고 무섭기도 하고 그러고 있었지. 만약 엄마가 끝까지 전화하지 않으면 나는 어떻게 하지. 다리 밑에서 밤을 새울 수는 없고 그렇다고 먼저 전화해서 집에 들어가자니 사나이 자존심이 상하고…… 배는 고프고…… 자존심이 상하고…… 배는 더 고프고…… 뭐 그런 생각을 하고 있는데 전화벨이 울리네. 크크크.

역시 엄마는 나보다 참을성이 없어. 뭐 안 들어갈 수도 있었지만 엄마가 "민규 너 이 새끼 빨리 안 들어와!" 하니까 엄마 생각해서 "네" 하고 들어갔지. 크크크. 솔직히 말해서 집에 들어와서 따뜻하게 이불 덮고 자면서 다짐했어. 다시는 가출하지 않겠다고. 2시간이라도 집 나오니까 개고생이야. 그래도 난 참 착한 아들이야. 엄마가 나가라고 하면 나가고 들어오라고 하면 들어오고, 그치? 크크크.

엄마한테 고마운 게 또 있다. 엄마 기억나? 1학년 때. 일요일 날. 선생님이랑 모두 모여서 축구하고 삼겹살 파티 했을 때? 푸하하 그날 엄마 정말 멋졌어! 어떻게 60만 원어치 삼겹살을 쏘냐. 덕분에 내 어깨가 딱 벌어졌지 뭐야. 사실 반장 어머니가 음료수를 쏘신다고 했을 때 부반장으로서 약간 주눅이 들어 있었거든. 역시 우리 엄마는 화통해. 음메 기 살어! 사실 돈이 조금 아깝기는 했지만 그때 친구들이 좋아하는 거 보고 돈을 쓸 때는 확실히 써야 한다는 걸 배웠어. 특히, 나는 사업할 사람이었으니까.

그때, 나중에 사업해서 돈 많이 벌면 꼭 엄마 소원을 들어줘야지 생각했어. 그래서 엄마한테 소원이 뭐냐고 물어봤잖아. 펜션 지어 놓고 아들들이 놀러 오면 고기나 구워 먹으면서 살고 싶다고 했지. 펜션 멋지게 지어서 엄마한테 드리려고 했는데. 좀 아쉽네. 그 펜션에서 개도 키우고 고양이도 키우고 수족관 만들어서 물고기나 가재도 많이 키우고 별의별 것 다 키우려고 했는데. 뭔가 키우는 건 정말 신비롭잖아. 조그마하던 것들이 자라서 점점 커 가는 걸 보고 있으면 정말 행복해. 우리 자라는 거 보면서 엄마 마음이 이랬을까 싶더라. 가재 얘기하니까 삼촌하고 야밤에 계곡에 가서 후레쉬로 가재 잡았을 때 생각난다. 삼촌하고는 정말 잘 맞았는데.

좋아하는 것도 비슷하고. 오렌지 클라키, 화이트 클라키, 가재도 키우고 물고기도 키우고. 사실 강아지를 제일 기르고 싶었는데 엄마 말에 내가 포기했지. "강아지는 사람 한 사람 키우는 거랑 같은 거야. 너희 형제 둘 키우기도 벅차." 그 말에 완전 공감. 그래서 엄마 손 안 가는 게 뭘까 고민하다 기르게 된 게 가재, 물고기 그런 애들이었어. 난 정말 착한 아들이지? 그치? 크크크.

참, 엄마, 요즘도 친구들 보는 거 힘들어? 지난번에 정원이랑 희민이 만나고 나서는 좀 괜찮아졌지? 그래, 친구들 보면서 내가 행복했던 때를 떠올려 봐. 그럼 엄마도 행복해질 거야. 엄마, 잠깐만 이제 친구들하고 얘기 좀 할게.

정원아, 요즘 어때? 여전히 네 꿈을 향해 열심히 달려가고 있니? 난 항상 확실하게 꿈을 정하고 그 꿈을 위해서 최선을 다하는 네 모습이 부러웠어. 연극배우 선정원. 크크크. 늙으면 같이 살자고 약속했는데 내가 먼저 와 버렸네. 정원아, 장례식장 입구에서 몇 시간을 꼼짝 않고 서 있던 네 모습이 떠오르네.

정원아, 너하고 밤에 같이 걸으며 수다 떨던 그 많은 시간들이 너무 그립다. 대학로 갔던 기억도 나고 동대문 청계천 참 신나게 다녔는데, 그치. 네 꿈대로 유명한 배우가 되어서 꼭 세월호 이야기를 연극으로 만들어 봐. 그때는 나도 보러 갈게. 그리고 정원아, 우리 승규 잘 부탁해. 승규가 너하고 같은 학교 다니니까 내가 마음이 놓여. 녀석이 숫기가 없고 어리바리해서 좀 걱정이거든. 네 성격 반만 닮았으면 좋겠다야. 그리고 우리 엄마 자주 찾아가서 수다를 떨어 줘. 알았지? 정원아, 나한테 미안한 마음 갖지 마. 무슨 말인지 알지? 난 항상 너한테 고마워. 친구야, 고마워.

이제 그만 울고 모두를 위해 웃어 줘, 엄마

희민아, 잘 지내지? 네가 명찰 두고 간 거 알아. 그리고 카톡으로 계속 소식을 전해 줘서 고마워. 너하고 같이 동아리 활동하면서 웃고 떠들고 할 때가 정말 행복했는데. 엑티브! 크크크. 희민아, 세월호에서 기적적으로 빠져나와 진도체육관에서 대기하면서 춥고 정신없었을 텐데도 계속 나를 찾고 기다려 줘서 고마워. 그때 네가 얼마나 간절히 날 찾았는지 알아. 네가 날 찾고 기다릴 때 네 앞에 짠 하고 나타나고 싶었는데. 미안해. 아이 참, 수학여행 다녀와서 같이 여행 가기로 했던 거 그게 제일 아쉬워. 가서 술도 마시고 (엄마한테는 비밀이야) 정말 신나게 놀 계획이었는데, 그치.

희민아, 고등학교 들어가서 아는 친구들이 없어서 서먹했는데 너를 알게 되어서 무척 좋았어. 네가 살아 있어서 얼마나 좋은지 몰라. 희민아, 그때의 끔찍한 기억들은 잊고, 내 몫까지 두 배로 행복하게 살아 줘. 그리고 너의 아이들은 이런 일 안 당하게 좋은 세상 만들려고 노력해 줘. 그래야 먼저 온 우리 친구들이 억울하지 않잖아. 그치? 그리고 가끔 우리 엄마한테 전화해서 맛있는 거 사 달라고 해. 알았지?

엄마, 내가 게임할 때나 텔레비전 볼 때 엄마가 입에 쏙 넣어 주던 사과나 밤이 무척 그리워. 그때는 그게 그렇게 귀찮았는데 지나고 나니까 그건 그냥 사과나 밤 맛이 아니라 엄마의 사랑이었다는 걸 느껴. 그 달콤하고 향긋한 냄새. 그게 엄마 냄새였어. 너무 행복한 냄새였어.

1997년 10월 10일. 태어나는 순간부터 난 엄마를 힘들게 한 거 같아. 엄마 배 속에 거꾸로 서 있어서 제왕절개를 할 수밖에 없었다고 했지. 그런데도 엄마는 나를 위해서 좋은 날을 받아 와서 그날 10월 10일, 나를 세상 밖으로 꺼내 줬잖아. 그래서 그런지 17년 동안 정말 사는 게 행복했던 것 같아. 아빠가 꾼 태몽도 너무 재밌어. 우주선에서 신령님이 내려와 아이를 줘서 아빠가 받았다고 했지. 뒤에는 막 서광이 비치고. 공상과학 영화 속의 한 장면 같아. 난 그 영화 속의 주인공이고. 근데, 이제 어딘지 모를 그 우주 속으로 돌아가야 할 때인 거 같아. 엄마, 엄마 때문에 너무 행복했어.

4월 21일, 엄마가 배 타고 와서 1시간 이상 울면서 나한테 나오라고 소리쳤잖아. 그 목소리 생생히 기억해. 아무리 깊은 바닷속이라도 그 소리를 어떻게 못 듣겠어. 그때 나는 엄마한테 소리쳤어. 알았어, 엄마. 나갈 테니까 제발 밥 좀 먹고 그만 좀 울어. 난 엄마가 밥도 안 먹고 우는 모습에 너무너무 가슴이 아팠어. 엄마가 일주일 동안 굶고 있을 때 나도 엄마처럼 입에 밥을 쏙 넣어 주고 싶었다구. 그렇게 몇 시간을 소리치고 울고는 엄마가 체육관으로 돌아가 일주일 만에 처음 밥을 먹었지. 엄마는 아무 생각 없이 밥 먹으며 짐을 싸고 있더라. 그러다 문득 이모한테 말했어. "언니, 아무래도 이상해. 우리 민규 나오려나 봐."

다음 날 4월 22일, 엄마는 팽목항에서 바다만 바라보다, 체육관으로 가는 마지막 버스가 떠나는데도 움직이지 않더라. 조금씩 조금씩 내가 다가가고 있는 걸 엄마는 알았던 거야. 그렇게 엄마는 버스를 떠나보내고 어둠 속에서 바다를 바라보고 있는데 멀리서 누군가 다가와서 말했어. 남자아이가 올라왔다고. 그리고 드디어 엄마가 내 얼굴을 보았지.

그렇게 엄마 배를 찢고 세상에 나온 나는 엄마 가슴을 찢고 다시 저 세상으로 돌아갔어. 눈 밑만 퍼렇고 잠자는 듯 깨끗한 내 얼굴을 보고 엄마는 가슴을 찢고 울고 또 울었지. 엄마, 나는 화가 나면 눈 밑이 퍼래지잖아. 사실 나 화가 많이 났었어. 어떻게 나와 친구들과 그 많은 사람들을 그렇게 죽어 가게 가만히 둘 수가 있어. 어떻게 엄마가 그렇게 가슴 찢어지게 울게 만들 수가 있냐고.

하지만 엄마, 난 이제 괜찮아. 그러니까 이제 그만 울어. 여기는 평화롭고 신비로운 곳이야. 남윤철 선생님과 친구들 모두 다 잘 있어. 수학여행 갔다 와서부터 영어 공부 열심히 하고 싶었는데. 선생님한테 그렇게 말하니까 선생님이 "미리미리 좀 하지 그랬어, 녀석아" 그러면서 꿀밤을 주시네. 크크크. 그러게, 담임 선생님이 영어 선생님이신데 영어 공부 좀 더 열심히 할걸. 지나고 보니 후회투성이네.

근데, 내가 제일 후회되는 게 뭔지 알아? 엄마를 많이 못 안아 준 거야. 그래서 엄마 보러 가면 내가 꼭 엄마를 안아 주는 거야. 하지만 계속 엄마 속에 살 수는 없어. 이제는 가야 할 때가 됐어. 내가 깨끗하게 옷을 입고 까만 우산을 쓰고 엄마 꿈속으로 갔을 때 사실 마지막 작별 인사 하러 갔던 거야. 근데 엄마가 여전히 너무 슬퍼하니까 못 떠난 거야. 그래서 그다음에는 정 떼려고 무서운 얼굴로 엄마를 찾아가기도 했지. 근데 엄마는 공원묘지에 찾아와 내 영정을 보고 펑펑 울면서 그랬지. "네가 아무리 무서운 모습으로 나타나도 나는 너를 영원히 잊지 않을 거라고." 그래 나도 엄마를 영원히 잊지 않을 거야. 그리고 항상 엄마 가슴속에 있을 거야. 근데, 엄마, 엄마는 내가 슬프면 행복해? 내가 울고 있으면 기분 좋아? 똑같은 거야. 왜냐면 엄마는 나를 사랑하고 민규도 엄마를 누구보다 사랑하니까. 엄마가 행복해야 나도 행복하고. 엄마가 웃어야 나도 웃을 수 있어. 그러니까 이제 그만 울고 엄마와 가족들과 나 민규의 행복을 위해 웃어 줘. 알았지?

승규야, 하나뿐인 내 동생 승규야, 이불 속에서 울지 말고. 게임 이제 조금만 하고. 엄마 기침하면 네가 노란 설탕 끓여 드려. 핸드폰에 음악도 다운 받아 주고. 엄마하고 같이 길을 걸을 때는 항상 남자인 네가 차도 쪽에서 걸어야 하는거야. 아르바이트 해서 동대문 가서 옷도 사 입고 대학로에 나가서 영화도 보고 맛있는 것도 사 먹고 그래. 아, 한 가지 꼭 부탁할게. 네가 50살이 넘으면 꼭 엄마한테 펜션을 지어 드려. 알았지?

엄마, 이제 나하고 약속해. 후회하지 않기. 엄마가 잘못한 거 하나도 없어. 내가 단원고 들어온 건 엄마 잘못이 아냐. 단지 엄마는 나를 사랑해서 더 좋은 학교에 보내고 싶었던 것뿐이야. 그리고 이제 인맥 관리도 좀 해. 내가 그렇게 잔소리를 했는데 왜 요즘 사람들도 잘 안 만나고 그래. 그러다 인맥 다 떨어져 나간다. 핸드폰 게임도 좀 하고. 내가 기껏 1등 만들어 줬더니 신경도 안 쓰고 있어. 노래 듣고 싶은 거 있으면 승규한테 노래 좀 다운 받아 달라고 하고. 그 녀석 무뚝뚝해서 먼저 말 안 하면 안 해 줄 거야. 그리고 외할머니한테 이제 전화도 드리고 찾아가기도 해. 내 이야기는 안 하더라도 가서 엄마 얼굴을 보여 줘야지. 1년 동안 한 번도 안 찾아가고 연락도 안 하면 어떡해. 엄마가 할머니한테 한 행동 내가 그대로 할 거야.

엄마, 내가 왜 엄마한테 편지를 쓰는지 이제 알겠지? 엄마의 사랑하는 아들 김민규가 행복하게 하려면, 내가 세상에서 제일 사랑하는 엄마 윤영순이 행복해야 해. 엄마가 슬프거나 울 때는 민규가 슬퍼하겠구나. 엄마가 행복할 때, 아 우리 민규가 행복해하겠구나 생각해 줘. 알았지?

엄마, 사랑해.

이제 그만 울고 모두를 위해 웃어 줘, 엄마

아빠, 부탁해요!

안산 단원고 2학년 6반 **김승태**

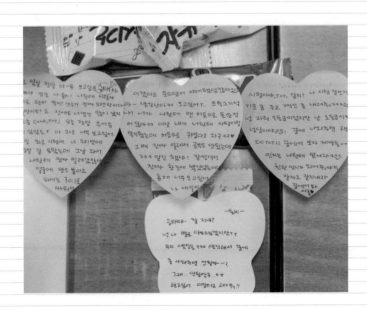

1. 각자의 고교 교복을 입고 기념사진을 촬영한 선부동 아이들.
2. 승태는 이려사부디 운동에 재능을 보였다.
3. 가족 여행을 갈 때는 제발 먼저 알려 달라고 말했던 승태.

아빠, 부탁해요!

'아빠 어디슈? 집엔 언제 들어가시려고? 일찍 좀 들어가슈. 엄마랑 민지, 아빠가 지켜 줘야쥬.'

하하하, 아빠! 제가 쓸데없는 걱정을 하고 있죠? 가족 사랑이 대단한 우리 아빠, 어련히 알아서 잘하실까 봐. 그래도 엄마나 민지가 걱정돼요. 할아버지, 할머니 그리고 친구들도요.

그리운 선부동 아이들, 길거리에서 만나면 반갑게 웃어 주세요. 저를 한시도 내려 놓지 않았던 할머니, 할아버지도 잘 챙겨 드리시고, 못생긴 똥강아지 내 동생 민지도 외로움 타지 않게 해 주세요. 그리고 엄마, 귀엽고 낙천적인 우리 엄마가 눈물 흘리지 않게 해 주세요. 아셨죠?

엄마를 생각하면 제 입꼬리가 위로 슬쩍 올라가요. 최고의 엄마죠. 잊히지 않는 일이 있어요. 제 왼쪽 팔에 옅은 색 큰 점이 있잖아요? 어릴 때인데, 반팔을 입을 때면 그게 신경 쓰였어요. 다른 아이들은 없는데 제게만 있으니까요. 그래서 엄마한테 물었죠.

"엄마. 내 팔에 이건 뭐야? 민지도 없는데 왜 나만 있어?"

"승태야. 이건 엄마가 우리 승태 잃어버리면 금방 찾으려고 점을 찍어 놓은 거야."

"정말? 엄마가 찍어 놓은 거야?"

"그럼. 엄마가 일부러 표시해 둔 거야."

그 순간부터 점이 좋아졌어요. 만약 엄마가 '수술하면 돼'라고 말했거나, '엄마도 속상해, 왜 예쁜 팔에 이런 게 생겼는지'라고 했다면 스트레스를 받았을지도 몰라요. 그런데 엄마가 표시해 놓은 거라니, 정말 근사하지 않아요?

엄마는 우리하고 참 잘 놀아 줬어요. 걷기 시작하면서부터 이모네랑 같이 화랑유원지에 자주 소풍을 갔죠. 사촌 형, 누나랑 인라인도 타고 김밥도 먹고, 정말 즐거웠어요. 집에서도 언제나 재미있었어요. 어려서 내가 좋아하던 옷이 기억나요. 엄마가 아직도 보관하고 있는 쥐 세 마리 수놓인 여름옷. 그걸 입으면 엄마는 제 배를 가리키며 이렇게 말 걸어 줬어요.

"아유, 아저씨. 나이도 젊은데 애가 많으시네요?"

그러면 저도 능청스럽게 대꾸했죠.

"예, 일찍 낳았어요."

"셋이나 키우려면 힘들 텐데 고생이 많으시겠어요?"

"힘든 거 하나도 없어요. 애들이 다 예쁘잖아요."

틈만 나면 이러고 놀아 준 엄마. 엄마는 저를 많이 안아 주셨고 얼굴도 등도 많이 쓰다듬어 주셨어요. 고등학생이 됐어도 잠잘 때 뽀뽀하며 잘 자라 인사를 해 주셨죠. 엄마는 캄캄한 밤에도 한 번만 만져 보면 저인지 아닌지 알 수 있다고 하셨어요. 손톱만 만져 봐도 알아챌 수 있다고요. 저도 마찬가지예요. 엄마가 거실에 누워 있으면 옆에 슬쩍 누워 뱃살도 당겨 보고, 주방에서 설거지를 하고 계시면 뒤로 가서 등에 슬쩍 기대기도 했어요. 다정한 엄마 때문에 전 민지나 엄마 앞에서 사각팬티만 입고 있어도 부끄럽지 않았어요. 언젠가는 셋이 밥을 먹는데 엄마가 그러셨죠.

"승태야. 뭐가 보인다! 그렇게 다 내놓고 다니면 어떡해?"

"어우, 엄마 변태!"

민지는 킥킥대고 저는 소리쳤지만 기분이 나쁘거나 화가 나서 그런 건 아니에요. 조금 민망했을 뿐이에요. 하지만 뭐 어때요? 가족끼린데.

엄마랑 저랑 똑같이 닮은 게 있어요. 낙천적인 거랑 운동 좋아하는 거요. 전 어려서부터 몸을 움직이는 게 좋았어요. 운동도 뭐든 빨리 배웠죠. 서너 살 때 인라인을 탈 줄 알았고, 초등학교에 입학하기도 전에 배드민턴을 제법 잘 쳐서 지나던 사람도 구경할 정도였어요. 선부동 축구 선수로 이름을 날리기도 했고 체육 선생님이라는 꿈도 갖게 되었죠. 엄만 제가 권투나 킥복싱을 배워 보고 싶다 할 때도 선뜻 허락해 주셨어요. 아빠가 공부는 언제 하느냐고 걱정하실까 봐 엄마한테만 살짝 귀띔하면 제가 일시적으로 조르는 건지 계속 바라는 건지 살펴보셨다가 방학을 이용해 보내 주셨죠.

"승태가 해 보고 싶으면 해. 너희 나이 때는 스트레스도 많다는데 한두 시간씩 땀 내고 운동하는 것도 나쁘지는 않아."

맞벌이로 바쁘면서 집안일까지 잘 해냈던 슈퍼우먼 우리 엄마. 엄마 걱정을 덜어 드리려고 저는 스스로 집안일도 챙기고 제 몸도 잘 챙겼어요. 감기 기운이 조금만 있어도 병원으로 후딱 뛰어갔죠. 엄마가 병원을 왜 그렇게 자주 가냐고 할 정도였어요. 왜 겠어요? 내가 아프면 엄마가 걱정하시니까 그렇죠. 나는 엄마랑 좋은 것만 나누고 싶었어요. 이어폰을 끼고 노래를 듣다가도 좋은 곡이 나오면 얼른 엄마한테 들려주었듯이 말이에요. 그런데 엄마의 마음을 아프게 하고 말았네요. 엄마가 팽목항 사고 해역에 나와 울며 '승태야, 어서 나와' 하는 소리 들었어요. 아빠도 엄마의 뒷모습을 보며 마음 아파하셨죠? 저도 말할 수 없이 마음이 아팠어요. 미안해요, 사랑하는 엄마.

할머니께도 미안한 맘 이루 말할 수 없어요.

"승태는 밥도 어쩜 이렇게 맛있게 먹을까? 오물오물, 예쁘기도 하지."

제가 밥을 먹으면 할머니는 늘 이렇게 칭찬하셨어요. 할머니는 아기 때부터 저를 늘 품에 안고 계셨다죠? 표현이 서툰 할아버지도 저를 포대기로 업고 다니셔서 고모들이 모두 놀랐다면서요? 할아버지 인생에 처음 있는 일이라고요.

예산에 있는 할아버지 댁은 별난 세상 같았어요. 봄이면 온갖 꽃이 피고, 여름부터 가을까지는 채소에 과일에 없는 게 없었죠. 엄마랑 민지랑 기차 타고 내려가면 저희가 좋아하는 걸 사다 놓으시고, 택시 불러서 시내에 나가 맛있는 것도 많이 사 주셨어요.

저는 할아버지, 할머니 댁에 가는 게 정말 좋았어요.

그런데 그게 언제죠? 할머니가 우리 집에 오셨을 때 아빠랑 저랑 할머니랑 셋이 찜질방에 갔다가 저 때문에 일찍 나왔던 적이 있잖아요. 할머니가 사골을 끓이시다가 가스 불을 껐는지 안 껐는지 기억이 안 난다고 하셨어요. 저는 우리 집에 불나면 큰일이라고 어서 가 봐야 한다며 고집을 피웠죠. 곧장 집으로 와서 확인했지만 가스는 잠겨 있었어요.

"아유, 우리 승태가 참 꼼꼼하구나. 기특하기도 하지."

할머니는 칭찬하셨지만 저는 할머니의 즐거운 시간을 빼앗은 게 죄송했어요. 하지만 어쩌겠어요? 밤에도 문단속이나 가스 단속을 하지 않으면 잠을 편히 잘 수 없는 걸요. 대개는 엄마 아빠가 잘하시지만 어쩌다 잠겨 있지 않으면 제 잔소리가 터지곤 했죠. 초등학생 때 집에 도둑 든 일이 있었죠? 외출한 사이 난장판이 된 거실을 보며 '우리 집은 내가 지켜야 한다'고 생각했어요. 그때부터 성격이 더 꼼꼼해진 것 같아요.

사실 제가 꼼꼼하기만 한 게 아니라 깔끔하기도 해요. 어렸을 때 조각 퍼즐 맞추는 걸 참 잘했는데 놀고 나서는 잃어버리는 조각 하나 없이 깔끔하게 정리했어요. 샤워를 하면 30분을 넘기기 일쑤여서 엄마가 문을 두드리며 이제 그만하라 하실 정도였죠. 옷이 조금이라도 더러워지면 금방 갈아입어야 했고 가방에는 항상 물티슈랑 손세정제, 샤워코롱에 손톱깎이까지 넣어 갖고 다녔어요. 그래야 마음이 편했으니까요. 빨래도 각을 맞춰 예쁘게 개켜야 기분이 좋았죠. 그 모습을 할머니가 보셨다면 분명 이러셨을 거예요.

"아유, 우리 승태가 생긴 것처럼 빨래도 예쁘게 개키는구나. 깔끔하기도 하지."

할머니가 저 떠나고 정신과 치료를 받으신 거 알아요. 아파하지 마시라고 전해 주세요. 할머니, 할아버지가 힘들어하시면 제 마음도 아프다고요. 그리고 저 대신 할머니, 할아버지 많이 안아 드리고 자주 찾아봐 주세요. 부탁해요, 아빠!

할머니 얼굴을 빼닮은 내 동생 민지. 우리는 참 사이좋은 남매였어요. 오래도록 같은 방에서 이층 침대를 썼지만 크게 불만이 없었어요. 불편한 일이 아주 없지는 않았지만 민지랑 낄낄대며 이런 얘기, 저런 얘기 나눌 수 있어서 좋았어요. 우리는 식탁에 앉아서도 웃긴 이야기를 하느라 밥알이 튀어나오도록 깔깔댄 적이 많았죠. 목을 끌어 안고 장난을 쳐도 조금도 어색하지 않은 남동생 같은 민지. 그래도 여자라고 눈썰미가 저보다 나아서 옷을 사거나 머리를 자르면 꼭 민지에게 물어봤어요.

"오빠 어때? 괜찮아?"

"잘 어울려. 멋있는데."

민지는 언제나 저를 좋게 봐 줬죠. 사각팬티만 입고 근육 자랑을 해도 잘 받아 줬고, 여드름 때문에 고민일 땐 앞머리를 노란 고무줄로 질끈 묶어 주었어요.

제 생일에 자기 친구들한테 일일이 축하 메시지를 받아 합동 분향소에 가져다 놓은 걸 봤어요. 참 착한 내 동생 민지! 그런 민지를 제가 많이 약 올렸어요. 똥강아지라 부르고, 못생겼다고 놀리고, 전화에도 '동생놈'이라고 저장해 뒀는데, 그게 제 애정의 표현인 걸 민지도 알겠죠? 엄마 아빠 없는 토요일에는 제가 라면을 끓여 주거나 밥을 차려 주곤 했는데…… 이젠 민지 혼자서도 밥 잘 챙겨 먹고 씩씩했으면 좋겠어요.

민지에게 요즘 오빠들이 많이 생겼죠? 제 친구들이 나서서 민지를 챙겨 주고 있으니까요. 기특한 친구들! 어때요, 제가 좋아할 만한 녀석들이죠?

저는 친구들과 노는 게 좋았어요. 열심히 놀고 있는데 엄마가 저녁 먹자고 전화하시면 기운이 빠질 정도였어요. 친구들이랑 약속을 잡았는데 가족 여행을 가자고 하실 때도 마찬가지였고요. 어디 갈 때는 미리 계획을 알려 달라고 말씀드렸죠. 친구들 집에서 하룻밤 자는 것은 소원이었어요. 제가 하고 싶은 건 뭐든 다 허락하시던 엄마도 친구 집에서 자는 것만은 쉽게 허락하시지 않으셨으니까요.

우린 걱정 없이 실컷 놀았어요. 중학교 올라가면서부터는 거의 밤마다 선부초등학교에 모여 축구를 했어요. 바로 옆에 있는 테니스장 조명 때문에 밤에도 운동장이 환했거든요. 선부동에는 아파트가 많아서 각 단지에 사는 아이들끼리 축구팀을 만들었는데 저는 15단지 팀이었죠. 선부동 축구팀은 리그전도 벌이곤 했어요. 최강은 우리 팀이었죠. 당연한 일 아니겠어요? 제가 공격수로 있는데. 전 팬도 나름 많았어요. 누나들이 저를 보고 귀엽고 잘생겼다고 어찌나 수군대던지, 하하하. 친구들과 자전거 투어를 다니던 일도 잊히지 않아요. 다른 단지를 순례하는 건 기본이었고 오이도까지 다녀오기도 했어요.

전 아빠를 닮아 장난기도 많았어요. 진지한 분위기에서 갑자기 엉뚱한 말이나 행동을 해서 친구들을 웃겨 주곤 했죠. 아이들은 제가 일부러 멋진 척 하는 거라며 '가오' 잡는 '가오승태'라고 불렀어요. 그 별명이 나쁘지 않았어요.

초등학생 때는 제가 만든 재밌는 말투가 친구들 사이에서 한동안 유행했어요. 말 뒤에 스키, 나무, 알라 같은 단어를 붙이는 거예요.

"야, 우리 피시방 갈래나무?"

"지금은 안 간다스키."

"친구들한테 물어봐라알라."

저는 웃음이 많고 흥도 많아서 참지 못할 때도 많았어요. 이제야 고백하는데 진주독서실에서 공부하다가 갑자기 일어나 셔플 댄스를 추어 쫓겨난 적도 있어요. 여럿이 학교 선생님께 꾸지람을 듣다가 웃음을 참지 못한 일도 있었죠. 나란히 서서 야단을 듣는 게 어찌나 웃기던지, 킥킥 웃기 시작했더니 친구들도 따라 웃었어요. 덕분에 더 심하게 야단을 들어야 했죠. 친구들은 제가 관심받고 싶어서 그런다며 '관심의 아버지', '관심종자'라고 놀렸어요. 아무려면 어때요? 전 친구들이 저 때문에 웃는 게 너무 좋은걸요. 제 게임 아이디도 '관심의 대명사'일 정도였죠.

가끔은 제 장난에 아이들이 화를 낼 때도 있었어요. 피시방에서 한창 게임에 빠져 있을 때 목을 슬쩍 때리거나 잡아당기거나 했거든요. 정색하고 화를 내면 전 애교를 살살 부려서 풀어 줘야 했어요.

"아잉, 왜 그래애? 미안, 미안! 하이파이브 하자, 하이파이브."

그러면 꽁하지 않고 금방 풀어 버리던 녀석들. 정말 좋은 친구들이었어요.

장난이 큰 싸움으로 번진 일이 딱 한 번 있었어요. 중학교 3학년 때, 선우와 장난을 치다 서로 기분이 나빠져서 몸싸움을 벌였고 뒤엉켜 넘어진 거예요. 그전에 계단에서 구른 일도 있어서 뼈에 금이 갔고 철심을 박는 수술을 해야 했어요. 엄마가 누가 그랬느냐고 물으셨을 때 가슴이 덜컹했어요. 그런 일로 친구와 사이가 틀어지면 김승태 체면이 말이 아니잖아요. 다행히 그 일로 우리는 더 친해졌어요. 선우는 제 오른발이 되어 주겠다고 했어요.

피시방을 가도, 독서실을 가도 늘 함께였던 15단지 아이들, 우리는 성적도 조금씩 차이 나고 하고 싶은 일도 다 달라서 고등학교는 제각기 흩어져 갔어요. 학교가 결정되고 난 뒤 각자의 교복을 입고 기념사진을 찍었죠. 사고가 난 뒤에는 호진이 사진과 제 사진을 들고 사진을 찍어 준 녀석들. 그렇게라도 사랑하는 친구들과 함께여서 좋았어요. 제 생일 선물로 친구들이 사 온 축구공과 축구화도 완전 마음에 들어요.

제 친구들에게 좋은 일이 많이 생기면 좋겠어요. 선부동에서 싹튼 우정 오래도록 지키며 살아가면 좋겠어요. 아빠가 제 친구들 좀 지켜 봐 주세요. 좋은 일 있으면 축하해 주시고 어려운 일 있으면 위로 좀 해 주세요. 제 대신.

제가 쏙 빼닮은 멋진 우리 아빠.

어느 순간부터 저는 팔자걸음이며 말투며, 행동까지 아빠랑 점점 더 닮아 갔어요. 고등학생이 되고는 키도 훌쩍 자라 사람들이 아빠와 저를 헷갈려 할 정도였어요. 멀리서 걸어오는 저를 보고 이모가 '승태 아빠네' 하셨죠. 제 친구들도 아빠를 보고 '승태다, 승태' 했어요.

저는 아빠의 영향을 많이 받았어요. 음악을 좋아하던 아빠 덕분에 어려서부터 노래를 참 많이 들었고 부르기도 좋아했죠. 노래방 가서 버스커버스커의 〈벚꽃엔딩〉을 부르면 친구들이 똑같다고 감탄했어요. 아빠가 복무했던 군대에 초대받아 다녀온 뒤 군인이 돼도 좋겠다는 생각을 했어요. 공군에 관심이 있어서 이것저것 여쭈었을 때 아빠는 자세하게 대답해 주셨어요. 역사를 좋아하는 아빠와 역사 이야기도 참 많이 했고 외국의 수도 이름 대기도 자주 했죠. 산책을 하면서 아빠가 '네덜란드' 하면 제가 '암스테르담' 하고 대답했어요. 아빠 흉내를 내는 것도 좋아했어요. 우린 정말 잘 통하는 부자였어요. 근데 그기 이세요? 엄마링 아빠링 밀다툼하셨을 내 세가 아빠 편 많이 들어 준 거요.

"엄마, 이번엔 엄마가 잘못했어요."

"으이구, 시키. 남자라고 아빠 편드는 거야?"

"편드는 거 아니라 객관적으로 봐도 이번엔 엄마가 잘못했어요. 그리고 아빠가 조금 잘못하더라도 너무 몰아붙이지 마세요."

그러면 엄마는 알았어 하시며 서운한 티를 내셨어요. 제가 아빠한테 항상 '이젠 그만 좀 하슈' 하고 말해서 이런 일이 있는 건 모르셨죠?

저는 엄마 아빠께 잔소리를 많이 했지만 엄마, 아빠 저나 민지를 야단치신 적이 거의 없네요. 딱 한 번, 초등학생 때 제가 게임 아이템 사느라 아빠 지갑에 손을 댄 적이 있는데 그때 정말 눈물이 쏙 빠지도록 야단을 들었어요. 한 번은 용서하지만 두 번은 안 된다는 아빠 말씀, 절대 잊지 않았어요.

아빠한테도 죄송한 일이 많아요. 제가 공부를 좀 더 열심히 하기 바라셨는데 그렇게 못 했어요. 하지만 좋아하는 과목은 저도 열심히 했어요. 고2 때 국어 선생님이랑 친해지고 나서 국어 수업을 얼마나 열심히 들었는지 몰라요. 제 짝이 졸면 깨워서 똑바로 앉으라고 챙겨 주기도 한걸요. 저, 잘했죠?

다리를 다쳤을 때 무거운 저를 업고 4층 계단을 오르내리느라 고생하신 것도 죄송해요.

"이 녀석아! 아빠 늙었을 때 네가 이렇게 해야 하는 거 아니야? 어이구, 힘들어."

"에이, 어쩔 수 없잖아요. 아빠."

죄송하면서도 행복했어요. 등에서 나던 아빠 냄새 잊히지 않아요.

제 겨울 점퍼를 입고 도보 순례를 했던 존경하는 우리 아빠. 저를 잊지 않으려고 제 옷, 하나 남은 팬티까지 입고 다니며 제 목소리 자꾸 떠올리시는 거 알아요. 애쓰지 마세요. 제가 아빠 가슴 떠나지 않을 테니까 너무 걱정 마슈!

아빠가 제 아빠라서 정말 행복해요. 엄마와 민지, 할머니와 할아버지 그리고 제 친구들 잘 부탁해요. 사랑해요, 우리 아빠!

특별하지 않아 가장 특별했던 아이

안산 단원고 2학년 6반 **김승혁**

1. 어렸을 적 승혁이. 큰 말썽 한번 부리지 않은 착한 아이. 많은 꿈을 꾸었던 아이.
2. 승혁이네 가족사진. 쌍둥이 형 준혁이와 큰형 용운이와 함께.
3. 군대에 간 큰 형을 면회 가기 전, 형에게 전하려고 찍은 사진.
승혁이는 코에 상처가 났고, 준혁이는 박장대소. 수학여행 며칠 전 사진이다.

특별하지 않아 가장 특별했던 아이

"승혁이가 워낙 평범해서 우리도 무슨 이야기를 해야 할지……"

승혁이 아빠와 엄마는 걱정이 앞섰다. 아들의 이야기를 풀어놓아야 하는데 승혁이는 너무나 평범했다. 크게 말썽을 피운 적도 없었고, 엄마 아빠의 마음을 아프게 한 적도 없다. 무언가에 깊게 빠진 적도 없었고, 밖으로 돌아다니지도 않았다. 또래 친구들이 그랬듯 게임을 좋아하는 정도였다. 그러다 보니 크게 기억에 남을 만한 사건 사고도 별로 없었다. 무난하게 학교를 다녔고, 큰 말썽 없이 하루하루가 평온했다. 그날의 사고가 아니었다면 지금도 조용히 대학 입시를 준비하고 있었을 아이다.

아빠는 승혁이를 "딸 같은 자식"이라고 회상했다. 1997년 6월 3일 승혁이는 준혁이와 함께 태어났다. 승혁이가 조금 늦어서 동생이 됐다. 위로 세 살 많은 형 용운이가 있었다. 삼 형제 중에 막내가 된 승혁이는 아빠를 유독 잘 따랐다. 가족들이 외출을 할 때면 준혁이는 엄마 손을 잡았고, 승혁이는 아빠 손을 잡았다. 아빠도 그런 승혁이를 가장 많이 찾았다. 회사에서 일을 마치고 들어오면 먼저 "승혁아" 하고 불렀다. 그러면 승혁이는 팬티 바람으로 달려 나올 때도 있었다.

"한때 회사를 다니지 않고 공사판에서 목수 일을 할 때가 있었어. 3년 정도 그 일을 했는데, 그때가 애들이 한창 클 때였어. 하루 종일 망치질을 하고 그러면 손도 저리고 어깨도 많이 아팠지. 집에 와서 '승혁아' 하고 부르면 쪼르륵 달려와서 내 손도 주무르고 발도 주무르고 그랬어. 좀 커서는 집에서 같이 씨름도 하고 놀았지. 마주보고 손바닥 밀치기도 하고. 준혁이는 조금 하다가 싫증 내고 들어가도 승혁이는 끝까지 하려고 했어. 그런 게 재롱부리는 거 같았지."

엄마의 기억도 아빠와 비슷했다. 둘 다 말이 많은 편은 아니었지만 준혁이는 조금 퉁명스럽고 말도 내지르는 편이었다면, 승혁이는 상대적으로 다정다감하고 조곤조곤하게 말했다고 한다. 친구도 준혁이보다는 승혁이가 조금 더 많았다고 한다. 둘 다 외향적인 성격은 아니었으나, 아무래도 승혁이가 조금 더 유연했기 때문일 것이다. 집에 놀자고 찾아오는 친구들도 승혁이를 찾을 때가 많았고, 준혁이는 그 무리 중에 자기와도 친한 친구가 있으면 함께 나가 어울렸다.

승혁이와 준혁이 그리고 준혁이와 승혁이

이런 이야기를 전하던 엄마는 잠시 곤란한 표정을 지었다. 준혁이와 승혁이를 비교해서 말하는 것을 조심스러워했다. 쌍둥이 특성상 서로 비교 대상이 자주 됐을 것이고, 그것이 부담이나 상처가 됐을 때도 있었을 것이다.

승혁이와 준혁이는 실제로 누가 서로를 비교하면 상당히 싫어했다고 한다. 사람들은 누가 더 공부를 잘하는지, 누가 더 키가 큰지 묻고는 했다. 아이들은 그것에 스트레스를 받았다. 형이나 동생에 대한 질투나 시기가 아니라 그냥 비교 자체를 싫어했던 것이다.

"초등학교 1학년 때 둘이 같은 반이었어요. 아무래도 같이 있어야 저도 편했어요. 그런데 선생님이 아이들이 놀림을 받는다고 하더라고요. 반 애들이 아직 쌍둥이가 뭔지, 낯설고 신기하니까 애들을 비교도 하고, 놀리기도 하고 그랬나 봐요. 2학년 때부터는 그래서 다른 반에 넣었어요. 그런 일이 있으니까 서로 비교하는 거에 민감해요. 그런데 비교하는 걸 싫어하는 거지 서로를 시기하거나 그런 건 아니에요. 키우면서 둘이 싫어하거나 질투하거나 그러는 건 못 봤어요.

그래도 말하는 건 항상 조심스러워요. 이번에 단원고에 쌍둥이가 세 집이 있어요. 그런 공통점 때문에 얘기도 많이 하는데, 쌍둥이인 집은 다 그런 어려움이 있더라고요. 누가 상을 받아 와도 마음대로 칭찬해 줄 수가 없어요.

저희 집 같은 경우는 승혁이가 상장을 많이 가져왔어요. 승혁이를 칭찬해 주다 보면 준혁이가 서운할까 봐 그저 '잘했다' 정도밖에 칭찬을 못 했어요. 사실 준혁이는 그런 걸 별로 신경 쓰지 않았던 거 같은데, 승혁이 칭찬을 많이 못 해 줘서 지금도 그게 미안해요."

승혁이는 준혁이와 떨어뜨려 생각하기 어렵다. 둘은 달랐지만 승혁이가 곧 준혁이었고, 준혁이가 곧 승혁이었다. 키는 승혁이가 약간 더 컸지만 표정과 머리 모양, 입는 옷까지 똑같았다. 오래 알고 지낸 사이가 아니라면 얼굴만 보고 누가 준혁인지 승혁인지 알아보기가 어려웠다. 특히 살짝 눈웃음을 치면서 웃는 얼굴은 두 아이가 거울로 반사되는 모습 같았다. 너무나 선한 표정의 두 아이였다.

두 아이는 엄마 배 속에 있을 때 기형아 우려가 있었다. 엄마는 쌍둥이를 낳고서 1~2개월 동안 조바심이 났다. 다행히 큰 문제는 없었다. 사시 증상이 있어 아이들이 조금 큰 후에 사시 수술을 한 것 말고는 크게 아픈 곳도 없었다. 그래서 엄마는 아이들이 무엇을 크게 잘하기보다는 아프지 않고 잘 자라 줬으면 하는 마음이 컸다. 큰형은 공부를 잘해서 수학 경시대회 같은 곳에 나가 상도 받아 왔지만 쌍둥이에게 그런 걸 바라지는 않았다.

엄마의 소소한 바람을 쌍둥이는 잘 따라 줬다. 승혁이는 공부를 잘해서 받는 상은 없었지만 그림을 곧잘 그려 종종 상을 받아 왔다. 둘의 사이도 워낙 좋았다. 남자 형제가, 그리고 쌍둥이가 그렇게까지 우애가 좋기는 쉽지 않다고 한다. 어렸을 때부터 엄

특별하지 않아 가장 특별했던 아이

마가 9시에 자야 한다고 하면 곧바로 들어가 자리에 누웠다. 옷도 가지런히 개서 머리맡에 두고, 둘이 소곤소곤 떠들다 스르륵 잠이 들고는 했다.

물론 마냥 좋을 수만은 없었다. 특히 서로가 좋아하는 것을 놓고 나눠야 할 때는 으레 그런 갈등이 생기기 마련이다. 게임이 그랬다. 쌍둥이가 초등학교 1학년 때, 큰형이 4학년 때 처음 게임기를 샀다. 그때는 컴퓨터가 아니라 티브이에 연결하는 콘솔 게임이었다. 이후 컴퓨터 게임까지 형제들에게 주어진 게임 시간은 하루에 한 시간씩이다. 형이 먼저 한 시간을 하고 준혁이가 한 시간을 하면 승혁이 차례가 됐다.

문제는 앞에서 두 형이 1시간을 조금씩 넘기는 데 있었다. 게임을 할 수 있는 총 시간은 3시간뿐인데 큰형이 10분, 준혁이가 10분씩 더 하고 나면 승혁이는 40분밖에 시간이 없었다. 엄마는 그 사정도 모르고 세 시간이 지나면 그때까지 게임을 붙잡고 있던 승혁이를 나무랐다. 처음에는 별말 하지 않던 승혁이도 몇 번 그런 일이 생기자 억울해하기 시작했다. 그래도 엄마에게 뭐라 하지는 않고, 쌍둥이 형 준혁이에게만 투덜거리는 게 승혁이의 화풀이였다.

밤새 할아버지를 지키고 아빠 등을 감싼 승혁이

"승혁이랑 준혁이가 다른 점이 있었어요. 승혁이는 용돈을 받으면 금방 다 써 버리고 아빠한테 눈빛을 보내요. 준혁이는 돈을 잘 안 쓰고 쥐고 있고요. 또 승혁이는 짜증을 내거나 화를 내거나 하는 적이 별로 없었어요. 한번은 할아버지가 돌아가셨을 때 승혁이도 상주니까 부의금을 받는 일을 했어요. 원래는 준혁이가 먼저 자고 일어나서 승혁이랑 바꿔 줘야 하는데 그냥 깊게 잠이 들었나 봐요. 그러면 준혁이를 깨울 법도 한데, 자기가 밤새 앉아 있더라고요. 그렇게 약간 고지식한 면도 있었어요."

"그때 생각하면 승혁이가 참 많이 컸구나, 그런 생각이 들었어. 둘째 날이었나, 술을 좀 많이 마셨어. 문상객들이 많이 찾아오고 그러니까. 좀 취해서 앉아 있는데 승혁이가 와서 내 등을 감싸더라고. '이놈 참 많이 컸구나, 아빠를 위로할 줄도 알고' 그랬지. 그랬더니 승혁이가 '할아버지가 돌아가셨으니까 가장 아픈 게 아빠니까'라고 하더라. 나는 문상객들 맞느라 정신없었고, 군대 간 형은 그때 안 불렀으니까 승혁이가 혼자 상주 노릇을 다 했어."

승혁이 할아버지가 세상을 떠나신 건 승혁이의 사고가 있기 불과 한 달 전 일이었다. 할아버지는 안산 승혁이 집에서 걸어서 30분 정도 거리에 사셨다. 엄마는 일주일에 한 번 정도씩 반찬거리를 해서 할아버지 집을 찾았는데 그때 가장 많이 동행한 것도 승혁이였다. 할아버지가 손자들을 보고 싶어 해서 거의 매번 아이들을 데리고 갔는데, 택시도 잘 오지 않는 외진 곳이라 다들 가고 싶어 하지 않았다. 순서를 돌아가며 마지못해 가는 때가 많았지만 그중에서도 승혁이가 가는 날이 많았다.

이렇게 순하고 착했던 승혁이도 엄마의 마음을 아프게 한 적이 있다. 엄마가 "공부하라"고 잔소리를 심하게 하지는 않았다. 크게 신경을 쓰지 않은 만큼 쌍둥이의 성적은 그리 좋지 못했다. 아이들이 그늘 없이 잘 자라 준 것만으로 고마웠지만 진로가 걱정되는 건 어쩔 수 없었다. 엄마는 잘하지 못해도 최선을 다하는 모습을 보고 싶었다. 한번은 준혁이와 승혁이를 앉혀 놓고 진지하게 이야기를 했다.

고등학교 1학년이 될 때까지 별로 그렇게 다그친 적이 없었던 엄마였기에 아이들은 당황했다. 엄마가 "너희가 공부를 못한다고 야단을 치는 게 아니야"라고 말했지만 아이들은 금방 풀이 죽었다. 엄마가 이어서 "열심히 해 보고 성적이 안 나오는 건 어쩔 수 없는데 그렇게도 안 해 보는 건 문제가 있는 것 같아. 노력을 안 하는 거 같아"라고 말하자 아이들은 울기 시작했다. 엄마는 그 모습에 또 화가 났다.

사실 승혁이는 진로 고민이 많았다. 하고 싶은 것도 있었다. 그림을 참 잘 그렸다. 처음에는 화가가 되고 싶다고 했다. 엄마는 화가가 되면 현실적으로 밥 먹고 살기가 어렵다며 만류했다. 그림을 배우려면 입시 전문 학원도 다녀야 했다. 형이 대학에 다니고 있어 돈이 많이 드는 학원에 보낼 수도 없는 상황이었다. 승혁이는 거기서 자신의 꿈과 현실 사이에서 타협을 했다. 화가의 꿈을 접는 대신 실내 건축 디자이너를 꿈꿨다. 아쉽게도 그 꿈을 위해 크게 힘써 보지도 못하고 떠나가 버렸다.

집에는 승혁이의 그림이 남아 있지 않았다. 어렸을 때부터 그려 온 스케치북이 여러 권이었지만 이사를 오면서 일부는 버렸고, 일부는 어디 있는지 찾을 수 없게 됐다. 새로 이사를 간 승혁이 집 거실 벽에는 승혁이가 떠나고 엄마가 수를 놓은 승혁이와 준혁이 모습이 걸려 있다. 그걸 보면서 승혁이가 엄마의 손재주를 물려받았을 것이라는 생각이 들었다. 엄마와 아빠도 승혁이 그림이 남아 있지 않은 것을 정말 안타까워했다.

"아들 셋을 키우면서 너무 많이 움켜쥐고 있지 않았나 후회가 돼요. 아무리 남자애라고 해도 여기저기 돌아다니면 불안했어요. 친구들은 찜질방 가서 잔다고 하고 자기들도 가 보고 싶다고 했지만 못 가게 했어요. 미술 학원 못 보내 준 것도 많이 미안해요. 그렇게 키우지 않으면 감당을 못 할 거 같았어요. 나쁜 길로 빠지면 걷잡을 수 없을 거 같았어요. 다행히 애들이 다 잘 따라 줬는데…… 미안한 게 많아요."

'저질 체력'에 '약골', 승혁이가 우유를 마신 이유

엄마와 아빠는 승혁이와의 추억을 떠올렸다. 가족 여행다운 가족 여행을 다녀온 것은 재작년이 처음이었다. 그전까지는 외가가 있는 강원도 화천으로 휴가를 갔다. 휴가라기 어려웠다. 가면 농사일을 도와야 했다. 하우스에서 메론도 나르고, 풀도 뽑고, 고추도 따고 그랬다. 애들이 중학생, 고등학생이 되니까 제법 일꾼다운 일꾼이 됐다. 그러다 보니 제대로 놀지는 못했다. 하루 정도 시간을 내서 근처 냇가에 가 노는 게 유일한 휴식이었다.

그래서 한번은 정말 휴가다운 휴가를 가 보자고 재작년에서야 가평 아침고요수목원으로 떠났다. 휴가라고 해 봤자 가족끼리 펜션에서 1박 2일을 지내는 일정이었다. 9월

초였는데 그새 날이 추워져 물에 들어가 노는 것도 잠깐이었다. 숙소에 돌아와 고기를 구워 먹으면서 아빠가 맥주를 한잔 권했다. 승혁이는 "나는 담배도 안 피우고 술도 안 마실 거야"라고 잔을 밀어냈다. 그게 아빠가 승혁이에게 권한 마지막 술잔이었다.

승혁이는 운동에 재주가 없었다. 준혁이도 마찬가지다. 몸이 아프거나 허약하지는 않았지만 체력이 약했다. 엄마가 완구 도매점에서 아르바이트를 할 때, 사장님이 자전거를 싸게 주겠다고 해서 가져왔는데 몇 번 타고 그만뒀다. 초등학교 1학년 때는 인라인스케이트에 꽂혀서 사 달라고 엄마를 조르기도 했다. 엄마는 잘 나가 놀지 않는 아이들이 걱정됐는데 잘됐다 싶어 그대로 가서 3개월 할부로 두 개를 샀다. 쌍둥이가 그날 세 시간 정도 탄 후 인라인스케이트는 상자 속에만 있다가 시골에 있는 조카들에게로 갔다.

'저질 체력' 때문에 기억에 남는 일도 많았다.

"쌍둥이들이 고등학교 1학년 올라가서 충주 수안보에 갔어요. 그동안 산에는 안 가 봤으니까 한번 가 보자고 했는데 너무 힘들어하는 거예요. 그래도 산에 왔으니까 정상에는 가 봐야 한다고 해서 올라가는데, 중간에 쉴 때 막 애들이 다리를 떠는 거예요. 그 정도로 운동을 안 했어요. 애들이 자기도 모르게 다리를 떠는데 갑자기 어떻게 되는 건 아닌가 걱정이 돼서 허벅지를 손으로 눌러 줬어요. 보통 체력이 약한 게 아니었어요."

엄마는 웃으면서 그때를 회상했지만 아이의 다리를 누르는 시늉을 하면서는 잠시 말을 잇지 못했다. 그에 앞서서도 승혁이가 '약골'을 인증한 적도 있다. 중학교 3학년 때 하굣길에 계단에서 뛰다가 발목 인대가 늘어나 울면서 집에 온 일이 있었다.

정형외과에 가서 엑스레이 사진을 찍었는데, 의사가 60대 할머니 뼈라는 말을 했다. 인대가 늘어나서 치료하는데 뼈가 더 문제라는 얘기였다. 승혁이는 그 의사 말을 듣고 약간 충격을 받는지 그때부터 열심히 우유를 마셨다. 그게 준혁보다 조금 더 키가 클 수 있었던 원인이지 않았을까.

승혁이가 만든 케이크는 어떤 맛이었을까

승혁이와 준혁이 이야기만 하다 보니 큰형 용운이가 서운할 법하다. 용운이는 동생들에게 살가운 형은 아니었지만 보고 배울 수 있는 정말 '큰형' 같은 존재였다. 승혁이는 약간 용운이를 따라하는 경향이 있었다. 노래도 형이 좋아하면 좋아했고, 샤워할 때 음악을 틀어 놓는 것도 형을 따라서 시작했다. 시골집에 가서 옛날 노래 같은 걸 승혁이가 틀면 용운이도 "승혁이는 진짜 내 동생 같아"라고 말하기도 했다.

용운이가 승혁이를 마지막으로 본 건 승혁이가 제주도로 떠나기 바로 직전 주말이었다. 입대한 지 얼마 되지도 않아 할아버지가 돌아가시고 집안이 뒤숭숭해 가족들은 용운이 면회도 가지 못했다. 그 주말에 면회를 가면서 쌍둥이는 근처 공원에 가서 형에게 줄 사진을 찍었다. 승혁이가 며칠 있다 수학여행을 간다고 들은 형은 재밌게 놀다 오라며 휴가 나가서 보자는 약속을 했다.

4월 16일. 아빠와 엄마는 직장에, 용운이는 군대에, 준혁이는 학교에 있었다. 엄마와 아빠는 다른 부모들과 마찬가지로 경황이 없이 진도로 내려갔다. 그렇게 바다를 보고 한없이 울 수밖에 없었다. 일하느라 수학여행을 떠나는 승혁이를 제대로 배웅도 못 해 줬다. 용운이는 부대에서 사고 소식을 들었다. 휴가를 나왔지만 오랫동안 승혁이는 나오지 않았다. 준혁이는 혼자 안산에 남아 있었다. 그렇게 가족들이 고통 속에서 일주일을 보내고서야 승혁이가 뭍으로 올라왔다. 공교롭게도 할아버지의 사십구재 날이었다.

"승혁이는 영원히 내 아들이야. 가슴 속에 묻은 아들이지. 이놈이 예전에는 꿈속에도 자주 나타나고 그랬는데, 요즘에는 통 나타나질 않아. 어른들이 망자가 꿈에 나타나면 안 좋은 거라고, 편히 있는 게 아니라고 그러는데…… 그래도 나타나 줬으면 좋겠어. 보고 싶으니까. 지난번 1주기 때 한 번 나오고 안 나타나는 것 같아. 이제 정리하고 지우라는 얘기인지. 이놈을 계속 끌어안고 살아야 하는 건지. 부모로서 무엇을 해야 하나 고민이 많아. 지워야 한다는 건 너무 슬픈 일이야, 나한테."

승혁이가 너무 평범해서 할 이야기가 없다던 아빠의 눈에 눈물이 맺혔다. 승혁이의 특별함은 무엇이었을지 계속 생각하게 됐다. 그러다 문득 엄마가 해 준 이야기가 떠올랐다. 승혁이는 빵과 과자 같은 걸 많이 좋아했다고. 집에서 엄마가 만들어 준 걸 한 번 먹고는 또 해 달라고 한 적도 있다. 일 다니는 엄마가 해 주기 어려워지자 자기가 제빵 믹스를 사서 반죽을 하고 팬에 구워서 케이크를 만들었다. 그 케이크 맛이 어땠을지 정말 궁금했다. 그 어디서도 먹어 보지 못한 특별한 맛이지 않았을까.

선명한 밝은 빛, 저를 기억해 주세요

안산 단원고 2학년 6반 **김승환**

'선명한 밝은 빛을 가진 아이' 승환이는
주위를 밝히고 어둠을 물러서게 하는 아이였다.

선명한 밝은 빛, 저를 기억해 주세요

「아빠, 이번에도 돈 안 내면 저 수학여행 못 간대요.」

아빠는 일하다 말고 문자를 확인했다. 정신이 없어 계좌 번호 보내 놓으라고 답신을 하고도 곧장 입금을 하지 못했다. 수학여행 안내를 받은 지는 오래였지만, 이상하게 조짐이 좋지 않았다. 아빠는 저녁 6시가 되어서야 겨우 짬이 났다. 아들의 수학여행비를 입금하면서 문득 자신의 고등학교 시절을 회상했다.

아빠는 고등학교 시절 수학여행을 가지 않았다. 당시에는 수학여행을 안 가면 오전 자율 학습만 하고 일찍 귀가를 할 수 있었다. 아빠는 그것도 나름대로 괜찮다고 생각했다. 그렇지만 아들이 워낙 친구들과 어울리기를 좋아하는 녀석이니, 고등학교 시절 뜻깊은 추억을 만들어 주는 게 좋겠다는 결심을 하게 됐다.

수학여행 가기 전날, 문자가 왔다.
「아빠, 저 수학여행 가요. 잘 다녀올게요.」
아빠는 그때도 일을 하던 중이었다.
「그래.」

그 짧은 문자를 끝으로 아들은 수학여행을 떠났고, 조금 특별한 모습으로 돌아왔다.

아들뿐 아니라 304명의 귀한 목숨이 저마다 빛나는 별이 되어 돌아왔다. 처음 아빠는 이 사실이 받아들여지지 않았다. 어떤 말로도 부족하고 어떤 말로도 넘치는 마음. 무엇과도 맞바꿀 수 없고 무엇으로도 해결되지 않는 마음.

이 마음을 표현할 길 없이 하루, 한 달, 일 년…… 속절없이 시간이 흘렀다. 아빠는 이따금씩 아이 생각에 먹먹해지지만 결코 우울한 얼굴은 하지 않는다. 그 대신 아이가 보고 싶을 때마다 조용히 눈을 감는다. 그러면 거짓말처럼 눈앞에 아이가 도착해 있다. '아빠 안녕? 저는 잘 지내고 있어요. 사람들이 저희를 잊지 않도록 잠 속에서도 계속 말할 거예요.' 아빠는 고개를 끄덕이며 아이를 맞는다. '승환아 보고 싶었어, 이리 가까이 오렴……' 아빠는 서두르지 않고 아이를 끌어안고, 아이의 말을 받아 적는다. '아빠, 제 이야기를 세상에 전해 주세요. 제가 누구보다 꿈이 많고, 순수하고 착한 아이였다는 것을 알려 주세요.'

그렇게 도착한 편지가, 여기, 있다.

안녕하세요? 저는 김승환이라고 해요. 한자로는 오를 승(昇)에 빛날 환(煥)자를 쓰는데, 빛남이 승하다는 뜻, 그러니까 선명한 밝은 빛을 가진 아이라는 뜻이에요. 저는 1997년 8월 7일에 태어났어요. 더운 여름에 태어나서, 아마 엄마께서 저를 낳을 때 고생을 많이 하셨을 것 같아요. 제가 처음 이 세상에 올 때 엄마는 어떤 꿈을 꾸셨을까요? 생각해 보니 엄마께 제 태몽을 여쭤 본 적이 없네요.

어떤 분들이 이 편지를 읽어 주실지 궁금해요. 제가 성격이 엄청 활달한 건 아니라서, 제 이야기가 어떻게 전해질지 조금은 걱정스럽기도 하고요. 그래도 이 편지를 끝까지 읽어 주셨으면 좋겠어요. 제가 어떤 아이인지, 얼마나 꿈이 많은 아이였는지 꼭 기억해 주셨으면 해요.

먼저 우리 가족을 소개할게요. 저는 가족이 많아요. 가족 이야기를 하는 것이 제게는 조금 조심스러운 일이기도 한데요, 아빠와 엄마가 제가 초등학교 저학년 때 이혼을 하셨거든요. 아빠가 좋은 분을 만나 새로 가정을 꾸리신 뒤엔 할머니 댁에서 형과 함께 지냈어요. 할머니께서 엄마처럼 저를 돌봐 주셨고, 거의 모든 시간을 형과 함께 보냈죠. 형은 저보다 한 살이 더 많아요. 이름은 승현이에요, 김승현.

우리 형에 관해서는 정말 할 말이 많아요. 연년생이라 많이 싸웠거든요. 정확히 말하자면 제가 형한테 자주 덤빈 건데요, 그때마다 형이 많이 져 줬어요. 우리 형이어서 하는 말이 아니라 정말 마음이 넓고 멋진 사람이거든요. 저는 키가 165센티미터였는데 우리 형은 키가 178센티미터나 되고, 얼굴도 정말 잘생겼어요. 그런데 발은 제가 형보다 더 컸어요. 형은 265밀리미터인데 저는 270밀리미터를 신었거든요. 솔직히 형이 키가 큰 건 부러웠어요. 발이 크면 키도 크다고 하잖아요. 그러니까 저도 형처럼, 아니 형보다 더 키가 클 수도 있었는데…… 그건 좀 아쉬워요. 아빠께 키 큰 제 모습을 보여 드리지 못한 거요. 아빠께서는 아빠가 없을 때 형이 아빠라는 말을 자주 하셨죠. 이제 와 하는 이야기지만 형이 있어서 늘 든든했던 것 같아요. 심심하지도 않았고요.

형만큼이나 제게 가까웠던 사람은 우리 할머니예요. 어릴 때부터 내내 할머니와 함께 살았으니까요. 가까웠던 만큼 저의 모든 모습을 다 알고 계신 분이기도 해요. 사실 제가 고집이 엄청 세거든요. 유치원 다닐 때에도 할머니께서 저를 돌봐 주셨는데요. 하루는 할머니께서 저를 유치원 문 앞까지 데려다주셨는데 안 들어가고 그냥 집으로 왔대요. 그날 입은 옷이 마음에 안 들어서요. 저는 사실 기억이 잘 안 나는데…… 원하는 옷을 안 입었다고 다시 집에 올 정도였다니, 저 한 고집 하는 거 맞죠?

그래도 저는 남자아이답지 않게 아주 순하게 자랐다고 해요. 어릴 땐 아빠가 제 분유 담당이었다고 하시더라고요. 입에 젖병 물리고 머리를 쓰다듬어 주면 그렇게 잘 잤대요. 어릴 때 크게 다친 적은 없는데 딱 한 번 이마를 꿰맨 적은 있어요. 유치원 다닐 때 미끄럼틀 타고 내려오다가 탁자에 이마를 부딪쳤거든요. 그땐 아빠가 너무 화가 나셨대요. 아이들 있는 곳에 왜 위험하게 탁자를 놓았냐고 소리치면서, 엄청 속상해하셨다고 하네요. 아무튼 제가 그래요. 평소에는 그토록 순하다가도 뭔가 마음에 안 드는 부분이 생기면 아무도 못 당하는 고집쟁이가 돼요. 그런데 시도 때도 없이 그러는 건 절대 아니고요. 사실 제 나름대로는 원칙이 있어요. 제가 정해 놓은 원칙에서 어긋나면, 그때 화가 나는 것이거든요.

수학여행 가기 얼마 전에도 그런 일이 있었어요. 원래 방 청소를 저랑 형이랑 번갈아 가면서 하기로 했거든요? 제가 하루 하면 형이 하루 하고, 그게 원칙인데, 원래 제가 청소하는 날이 아닌데 할머니가 저한테 청소를 하라고 하는 거예요. 그때 제가 컴퓨터를 했던 건 형한테 청소하라고 비켜 준 거였어요.

그런데 할머니는 자꾸 저한테만 잔소리를 하시니까, 너무 분하잖아요. 그래서 화장실에 들어가서 문 걸어 잠그고 안 나왔어요. 형이 아빠에게 전화를 걸었고, 아빠가 오셔서 당장 나오라고 하시니 할 수 없이 나오기는 했는데, 솔직히 정말 억울했거든요. 제 잘못이 아닌데 다 제 잘못인 것처럼 상황이 돌아가니까요. 속상해서 눈물이 뚝뚝 떨어졌어요. "너희들이 쓰는 방인데 누가 청소하면 어떠냐. 너그러운 마음을 가졌으면 한다. 앞으로 사회에 진출하면 이것보다 더 분하고 억울한 일이 많은데, 지금 당장은 손해라고 생각되더라도 나중에는 다 도움이 될 것이다." 아빠께서는 그렇게 말씀하시면서 저를 꼭 안아 주셨어요. 그날 할머니와 아빠 앞에서 눈물을 보인 게 후회가 돼요. 제가 울던 모습을 기억하며 가슴 아파하지 않으셨으면 좋겠어요.

그다음으로는 우리 아빠 얘기를 해야겠네요. 우리 아빠는 저를 무척 사랑해 주셨지만 그만큼 제게 엄한 분이셨어요. 예의범절을 중요하게 여기셔서, 제가 학교 밖에서 실내화 슬리퍼 신고 돌아다니는 것도 절대 해서는 안 된다고 하셨죠.

아빠께는 늘 존댓말을 썼어요. 아빠가 얼마나 무서웠는가 하면, 한번은 제가 학교에서 친구들하고 담배를 피우다 걸린 적이 있거든요? 호기심에 그냥 한번 해 본 거였는데 운도 더럽게 없지, 딱 걸린 거예요. 그때 할머니가 "아빠가 알면 너 죽어" 그러시는데 눈앞이 캄캄해지더라고요. 아빠가 아시면 얼마나 혼날지 불 보듯 뻔하니까요. 그 뒤로는 절대 안 했어요.

그래도 우리 아빠는 다른 아빠들이랑은 좀 달랐어요. 다른 아빠들은 공부하라고 잔소리 장난 아니잖아요. 그런데 우리 아빠는 저희랑 같이 피시방 가서 게임도 해 주시고요, 1등보다는 최선을 다하는 게 더 중요하다고 늘 말씀하셨어요. 가끔은 저를 '꼴통'이라고 부르시기도 하고 "공부하기 싫으면 말해. 아빠 친구들이 다 건달이니 소개시켜 줄게. 나중에 건달 해" 그러시기도 했지만 그게 아빠 방식의 사랑의 표현이라는 걸 모르지 않았어요.

학교에서 누가 괴롭히면 아빠한테 얘기하라고, 가만 안 두겠다고 하신 적도 있는데 그런 말들이 얼마나 든든했는지 몰라요. 저는 술도 아빠한테 배웠어요. 중학교 때는 아빠가 맥주 한 잔씩 주셨고요, 고등학교 들어와서는 무려 소주를 배웠죠. 아빠가 먹어 보겠냐고 물으면 완전 신나서 '네! 빨리 주세요!' 그랬어요.

물론 저는 공부를 잘하진 못했어요. 성적은 반에서 중후반? 학원을 다닌 것도 아니었으니까 학교 끝나면 늘 친구들이랑 놀거나 집에서 컴퓨터 게임을 했죠. 아니면 휴대폰 가지고 노는 걸 좋아했어요. 전에 제가 실수로 휴대폰을 잃어버린 적이 있거든요. 애들은 다 있는데 저만 없으니까 너무 갖고는 싶은데 어쨌든 휴대폰 잃어버린 건 제 잘못이니까, 아빠한테 새로 사 달라는 말을 못 하겠더라고요. 2년이나 휴대폰 없이 지냈어요. 그러다 아빠가 새 휴대폰 갤4를 사 주셨는데 그때 진짜 얼마나 기뻤는지 몰라요. 시간 가는 줄 모르고 하루 종일 휴대폰만 갖고 놀았어요.

동아리 활동도 했는데 아마 아빠는 모르고 계셨을 거예요. 집에는 얘기를 안 했거든요. 단원고 동아리 보컬부에서 노래했어요. 사실 우리 아빠가 노래를 잘 부르시거든요. 형이랑 셋이서 노래방에 간 적도 있어요. 그때 아빠가 부른 노래가 뭔지 유심히 봐 두었다가 나중에 찾아서 듣고 그랬어요. 제 컬러링도 서태지 노래였거든요. 아마 노래 잘하는 건 아빠 피를 물려받은 것 같아요. 참, 춤추는 것도 좋아해요. 제가 춤추는 모습을 영상으로 찍어 둔 것도 있는데 나중에 아빠가 보시면 깜짝 놀라실걸요. 집에서는 워낙 조용하기만 했던 터라.

아빠에게도 말씀드린 적 있지만 제 꿈은 헤어 디자이너예요. 전에 한번은 아빠에게 미용 학원에 가고 싶다고 했는데 별로 반기지는 않으셨던 것 같아요. 저는 제 머리도 제가 직접 자르거든요. 제 전용 미용 가위랑 빗도 있고요. 나중에 일본 유학도 다녀오고 싶고, 유명한 헤어 디자이너가 되어 꼭 이름을 떨치고 싶어요. 아빠께서는 아직 고등학교 2학년이니까 3학년까지는 기다려 보고, 대학 진학이 잘 되지 않으면 그때 가서 생각해 보자 하셨지만 저는 제 꿈을 꼭 이룰 거예요. 두고 보세요. 머지않아 누구나 헤어 디자이너 김승환의 이름을 기억하게 될 테니까요.

제가 누군가에게 제 이야기를 이렇게 많이 한 건 처음인 것 같아요. 저는 대통령도 연예인도 아니고, 그저 평범한 학생에 불과하잖아요. 오늘 한 이야기들도 너무 사소하다고 생각하실지 모르겠어요. 하지만 저는 이런 사소한 이야기조차 다시는 할 수 없게 되었어요. 아직 못 해 본 게 너무 많은데……

그날도 저는 친구들하고 신나게 수학여행을 가고 있었어요. 2014년 4월 15일에 저녁을 먹고 객실로 들어가서 잠옷으로 갈아입고 잠이 들었던 게 제 마지막 기억이에요. 제가 아침잠이 많거든요.

16일 아침에도 밖이 그렇게 부산스러운지 몰랐어요. 아침도 안 먹고 계속 자고 있었는데, 눈을 떠 보니 하늘의 별이 되어 있었죠. 저에게 무슨 일이 일어난 건가요? 왜 이런 일이 일어난 건가요? 저뿐 아니라 제 옆에 있던 모든 친구들이, 304명의 별들이 다들 대답을 기다리고 있어요. 그런데 아무도 대답을 해 주지 않네요.

여기선 모두 내려다보여요. 제가 별이 된 후에, 아빠께서 "우리 승환이는 목 한가운데 점이 있어요" 하시며 저를 애타게 찾고 계신 것도 보이고, 책가방에 들어 있던 시험지에 제 이름이 적혀 있는 것을 보고 아빠가 제 가방을 찾으시게 된 것도 보여요. 물에 젖었던 시험지가 빳빳하게 마르면서 제 이름이 꽃처럼 피어났죠.

제 가방을 열어 보신 아빠가 이태리타월, 무스, 보디 샴푸, 보디 로션을 하나하나 꺼내 보시며 "우리 아들 승환이는 워낙 깔끔해서 목욕하러 들어가면 1시간이 걸리는 애였어요. 남자애가 어쩜 그런지 모르겠어요" 괜히 핀잔을 놓으시는 것도 보여요. 아빠가 남몰래 우시는 거 많이 봤어요. 저에게는 한없이 무섭고 엄한 아빠셨지만, 그만큼 사랑한다는 말을 자주 해 주셨잖아요.

저는 다 알아요. 여기선 다 보여요. 저를 비롯해서, 별이 된 많은 사람들의 죽음이 헛되지 않게 하려고 사방으로 애쓰고 계신 우리 아빠, 겉으로는 씩씩한 척하지만 저를 많이 그리워하고 있는 우리 승현이 형, '어두운 곳에 승환이를 홀로 두고 싶지 않다'며 늘 방에 불을 켜 두고 외출하시는 할머니…… 여기선 다 보인답니다.

할머니께서 제가 없는 방안에만 계실까 봐 걱정스러웠는데 그래도 일을 다니기 시작하셔서 다행이에요. 우리 할머니는 아주 강한 분이시니까, 잘 이겨내시리라 믿고 있어요. 참, 형 소식도 반가웠어요. 우리 형이 대학생이라니! 여자 친구도 사귀고, 남들 앞에서 당당하게 발표도 하고, 공부도 무척 열심히 한다니 정말 자랑스러워요. 말은 안 했지만 아마도 제 몫까지 열심히 하려는 걸 거예요. 그 마음 다 알아요. 그래서 너무 고마워요.

그래도 나중에 제가 성인이 되고 나서 아빠랑 형이랑 술 한잔 못 마셔 본 건 아쉬워요. 누가 주량이 제일 센가, 셋이서 제대로 붙어 봤으면 좋았을 텐데…… 이럴 줄 알았으면 사진이라도 많이 찍어 둘걸 그랬어요. 아빠가 같이 사진 찍자고 할 때마다 왜 그렇게 오만상을 찌푸리며 싫어했을까요? 이렇게 아쉬울 줄 알았더라면 그때 잠자코 사진 찍어 둘걸.

아빠에게 꼭 하고 싶은 말이 있어요. 자라 온 환경 때문에 아이가 아이답지 못하고 너무 일찍 철든 것 같다고 속상해하시는 아빠를 볼 때마다 저 역시도 속상한 마음이 들어요. 아빠 말대로, 처음엔 조금 아플지 몰라도 살아가다 보면 이런 시간들이 다 도움이 된다고 믿거든요. 아빠 아들은 의젓하니까, 지금껏 아빠 속 한 번 썩인 적 없는 착한 아들이니까 앞으로도 제 걱정은 하지 않으셨으면 좋겠어요.

저는 별이 된 지금도 친구들과 몰려다니며 춤을 추고 신나게 노래 부르며 지낸답니다. 어제는 아빠가 효원공원 제 자리에 넣어 주신 미용 가위로 친구들 머리를 잘라 줬어요. 모두들 마음에 들어 했어요. 실력이 대단하다고 난리였다니까요. 그러니 염려 마세요. 앞으로도 저는 헤어 디자이너의 꿈을 향해 한 계단 한 계단 오를 거예요.

마지막으로 꼭 하고 싶은 이야기가 있어요. 제 친구 남현철. 현철이가 아직도 물속에 있어요. 현철이는 사진을 찍어도 항상 같이 찍고, 늘 찰떡같이 붙어 다니던 제 절친이잖아요. 현철이가 얼마나 추울지 걱정이 돼요. 효원공원의 제 옆자리가 아직 비어 있는데 하루빨리 현철이가 돌아왔으면 좋겠어요. 부디 저를 외롭게 하지 말아 주세요. 저희가 타고 있던 배를 인양해 주세요. 어두컴컴한 배를 건져 올려 밝은 빛을 비춰 주세요. 그리고 왜 이런 일이 일어났는지 대답해 주세요.

맨 처음 이 편지를 시작할 때, 제 이름을 한자로 하면 '선명한 밝은 빛을 가진 아이'라고 했던 것, 기억하세요? 밤하늘의 별이 빛날 때, 어두컴컴한 방으로 걸어 들어와 스위치를 켤 때, 밤을 몰아내며 아침이 올 때…… 우리 주변에는 언제나 빛이 있어요. 그 빛이 바로 저예요. 저는 '선명하고 밝은 빛'을 가진 아이이니까요. 그러니 저를 기억해 주세요. 제 죽음을 기억해 주세요. 제 죽음을 기억하는 한 저는 영원히 살아 있을 거예요.

편지는 거기서 끝나 있었고 어느덧 밤이 되어 있었다. 아빠는 고개를 들어 아이를 찾았지만 아이는 온데간데없이 사라져 있다. 어, 이상하다, 방금 전까지만 해도 여기 있었는데…… '승환아, 어디에 있니? 승환아!' 아빠는 아이를 애타게 부른다.

이것이 아이가 수학여행을 떠난 후 아빠에게 매일매일 반복되던 밤의 일과였다. 하루, 한 달, 일 년…… 지금까지의 모든 밤들이 이와 다르지 않았다. 아빠는 아이의 목소리를 매일 들었고, 아이의 언어를 받아 적으며 아이를 기억하려 했다. 오늘 밤에도 아빠는 아이에게서 온 편지를 가슴속 항아리에 파묻는다. 그 항아리는 너무나 깊은 곳에 묻혀 있어, 그 위치를 가늠조차 할 수 없다.

하지만 아빠는 씩씩하다. 오래오래 승환이를 기억하기 위해서, 앞으로 더 씩씩해질 것이다. 그사이 선명하고 밝은 빛이 곁으로 온다. 조용히 곁으로 와서, 내내 그곳에 머물러 있다. 아빠는 그 빛의 이름을 안다. '어서 와, 우리 아들.' 그리고 속삭인다. '사랑해, 아들. 아빠 아들로 태어나 줘서 고마워.'

선명한 밝은 빛, 저를 기억해 주세요

아직은 친구보다 가족이 더 좋았던 아이

안산 단원고 2학년 6반 **박새도**

1, 2 일곱 살 때 유치원 재롱잔치에서.
3. 새도 중학생 때.

형과 누나가 태어난 산부인과에서 태어난 막내둥이

털끝 하나 다칠 새라 뒤를 쫓아다니던 귀한 막내아들 새도는 1997년 3월 19일 서울 화곡동에 있는 산부인과에서 태어났다. 엄마는 새도와 네 살 터울인 누나와 세 살 터울인 형도 이 병원에서 낳았다. 같은 병원에서 태어난 세 남매는 의좋게 잘 자라 줬다. 성남에 살다가 안산으로 이사 오게 된 것은 새도가 세 살 때로, 새도는 그후 내내 안산에서 자랐다. 엄마는 새도를 낳기 전에 좀 망설였는데, 그런 생각을 했던 것이 미안할 정도로 새도는 삼남매 중에서도 유난히 순하고 착한 아들이었다.

어린 새도의 놀이터는 주공아파트 화랑유원지였다. 엄마와 어린 새도의 추억이 깃든 장소이다. 여섯 살이 될 때까지 새도는 이 유원지에서 뛰놀며 자랐다. 여섯 살 새도가 미끄럼틀에 오르면 엄마도 그 뒤를 따라 미끄럼틀에 올라간다. 여섯 살 새도가 미끄럼틀을 타고 내려가면 엄마도 따라서 미끄럼틀을 타고 내려온다. 계곡에 놀러가도 엄마는 새도가 앉은 자리 바로 뒤편에 따라 앉아 있었다. 아빠는 밥은 안 하고 청소는 미뤄도 좋으니 새도를 보살피는 것이 최우선이라고 당부했다. 그래서 엄마는 어린 새도의 뒤만 졸졸 따라다녔다. 늘 새도를 안고 있거나 업고 있거나 아니면 손을 붙잡고 있었다. 어린 시절 새도는 한 번도 엄마의 품, 엄마의 시야를 벗어난 적이 없었다. 그렇게 고이고이 자란 막내둥이였다.

이제 와서 돌이켜 보면 새도는 한 번도 엄마 아빠를 속상하게 한 적이 없다. 사춘기 때 반항적인 모습을 보이지도 않았다. 크게 아프거나 실수로 사고를 저지른 적도 없었다. 생각해 보면 신기할 정도로, 새도 때문에 속상해 본 일이 없었다. 엄마 아빠의 마음을 아프게 하는 말 한마디 그냥 뱉어 본 적이 없었다.

친구보다 가족이 좋은 아이

요즘은 초등학생들도 가지고 다니는 휴대폰을 새도는 가지고 있지 않았다. 누나와 형이 수학 능력 시험을 보고 난 뒤에 휴대폰을 샀기 때문에, 새도는 당연히 자기도 그러면 된다고 생각했다. 휴대폰뿐만이 아니었다. 새도는 그다지 욕심이 없는 아이였다. 친구들이 갖고 다니는 새 물건에 대한 호기심보다는 가족들의 의견에 따르고 부모님의 말씀에 따랐다. 휴대폰을 가지게 된 것은 최근의 일로, 고2가 되어서 형이 쓰던 것을 물려받았다. 무얼 사 달라거나 어디에 가고 싶다든가 조르는 일이 없었다.

가족을 유난히 좋아한 새도는 식구들의 라면 담당 요리사이기도 했다. 누나는 새도가 끓인 라면이 제일 맛있다며 늘 동생에게 라면을 끓여 달라고 했고, 그러면 새도는 기분 좋게 라면을 끓여 주었다. 형의 라면도 마찬가지로 새도의 담당이었다. 한 번도 귀찮다고 한 적이 없었다. 가족들이 기뻐하는 것이 자기의 기쁨이었던 새도는 조르거나 요구하는 것 없이 집에 식구들과 있는 것이 마냥 좋기만 했다. 밖에서 또래와 어울리기보다는 엄마와 아빠, 누나와 형이 있는 집에서 노는 것을 더 좋아했다.

언제나 짧은 커트머리

새도의 머리카락이 비죽이 자라오를 즈음이 되면 엄마는 새도를 거실에 앉히고 어깨에 보자기 천을 둘러씌운다. 새도는 허리를 세우고 앉은 채 얌전히 엄마의 가위질이 시작되기를 기다린다. 엄마의 손에는 가위가 들려 있다. 새도의 머리카락을 자를 때만 쓰는 새도 전용 가위다. 엄마의 손이 기분 좋게 가위질을 시작하면 어느새 성큼 자라오른 새도의 머리카락이 조금씩 짧아진다. 바닥에 깔아 놓은 종이 위로 새도의 검은 머리카락이 툭툭 떨어져 내린다.

한 달에 한 번 돌아오는 둘만의 행사, 엄마가 새도의 머리카락을 잘라 주는 날이다. 이날은 엄마가 새도의 머리카락을 쓰다듬는 날이기도 하고 새도가 엄마의 손길을 만나는 날이기도 하다. 이렇게 두 모자만의 작은 이벤트와도 같은 머리 손질이 새도의 집 거실 한가운데에서 시작된다.

엄마의 손에 머리카락을 맡긴 채 얌전히 앉아 있던 새도가 불쑥 말을 꺼냈다.

"엄마, 나는 엄마가 잘라 준 이 머리 스타일이 좋아."

새도의 이야기가 의외라서 엄마는 왜냐고 묻는다. 새도의 또래 아이들은 모두 미용실에서 머리카락을 자르니까, 새도도 다른 아이들처럼 한 번쯤 유행하는 헤어스타일을 따라 해 보고 싶은 마음이 있지 않을까, 하고 엄마는 염려했던 것이다. 누나 말대로 모델을 해도 좋을 만큼 예쁘고 작은 두상에는 긴 머리카락이 잘 어울릴지도 모른다고 엄마는 생각했다. 하지만 새도는 엄마의 그런 생각은 기우였다는 걸 알려 준다. 새도는 엄마가 잘라 준 이 헤어스타일이 상당히 마음에 드는 눈치다.

"이렇게 짧은 머리를 하고 있으면 친구들도 나를 쉽고 만만하게 보지 못하니까. 그래서 나는 엄마가 잘라 준 이 짧은 머리카락이 마음에 들어."

새도의 밝은 목소리에 가위질을 하는 엄마의 손이 가벼워진다. 새도가 초등학교에 들어간 이후로 새도의 머리 손질은 늘 엄마의 몫이었다. 그래서 새도의 머리 스타일은 항상 똑같이, 아주 짧게 자른 숏커트였다.

여덟 살 새도의 머리 스타일도 숏커트,

아홉 살 새도의 머리 스타일도 숏커트,

어느덧 이렇게 훌쩍 자라 의젓한 말을 할 줄 알게 된 열여덟 살 새도의 머리 스타일도 숏커트다. 하지만 이제 곱상하고 여리게 생긴 새도의 얼굴에 어울리는 예쁜 긴 머리를 해 보지 못한 게 엄마는 자꾸만 마음에 걸린다.

아직은 친구보다 가족이 더 좋았던 아이

박새도

새도는 어쩌면 엄마가 머리카락을 잘라 주는 게 좋아서 그렇게 말한 것은 아니었을까. 다른 아이들처럼 유행하는 헤어스타일을 한 새도의 얼굴은 어떻게 보일까. 새도의 예쁘장하고 작은 얼굴에 어울리는 긴 머리를 한 번쯤 해 주었으면 어땠을까, 하는 생각에 엄마는 마음이 무겁다.

엄마가 퇴근하는 길이면 조르르 마중을 나와 함께 집으로 나란히 걸어 들어가던 막내아들 새도. 무거운 짐을 들었을 때는 물론이고 가벼운 핸드백조차도 엄마가 들도록 그냥 두지 않았던 새도. 엄마의 핸드백을 빼앗아 자기 어깨에 짊어졌던 새도.

성실한 학창 시절

새도는 주말이면 도서관에서 시간을 보냈다. 아침 일찍 일어나 도서관이 문을 닫는 여섯 시까지 책을 읽다가 왔다. 도서관에서 무슨 책을 읽고 무슨 공부를 하는지 묻지는 않았지만, 성실한 아들이 도서관에서 자기가 해야 할 공부를 잘해 나가고 있다는 신뢰가 있었다. 공부를 아주 잘하는 편은 아니었지만 누구보다 성실했다. 지각을 한 적이 없었고 늘 등교 시간보다 미리 교실에 도착했다. 담임 선생님이 새도에게 교실 열쇠를 맡긴 적도 있었다. 새도는 선생님의 신임을 받는 근면한 학생이었다.

친구들 사이에서는 내성적인 아이였지만 몸을 움직이는 데 재능이 있었다. 새도는 특히 달리기를 잘했다. 초등학교 때는 늘 계주 선수였다. 중학교에 가면서는 달리기 대표를 맡지 않았는데 아마 모두의 시선이 집중되는 가운데 전속력을 내야 하는 그 긴장감과 부담감이 싫었을지도 모른다.

달리기 외에 다른 운동들도 좋아했다. 한동안은 옥상에 올라가서 형과 줄넘기 시합을 했고 초등학교 때는 검도를 배웠다. 집에 있는 운동기구로 팔심을 기르고 철봉에 매달리기 연습을 1년 정도 꾸준히 해서 처음에는 한 개도 하지 못했던 턱걸이를 열 개는 가뿐히 넘길 정도로 실력이 늘기도 했다. 긴 시간을 인내하며 목표를 이루어 나가는 새도의 모습을 지켜 본 가족들은 순해 보이기만 했던 막내에게 마음먹은 것은 꼭

아직은 친구보다 가족이 더 좋았던 아이

해내고야 마는 근성이 있다는 것을 알게 되었다.

새도가 학과 공부 중 가장 좋아하는 과목은 영어였다. 새도가 제일 자신 있는 과목 역시 영어였다. 학원에 다녀 본 적은 없고 집에서 혼자 공부를 했다. 영어 공부를 시작한 건 초등학교 4학년 때다. 영어로 된 이솝 우화 책을 공부하면서 알파벳을 익히고 영어 단어와 숙어를 꾸준히 공부했다. 날마다 영어 공부를 했기 때문에 영어 성적이 월등하게 높게 나왔다. 이렇게 영어 공부를 날마다 하라고 조언해 준 것은 아빠였다. 영어가 재미있기도 했겠지만, 새도가 유난히 따르던 아빠의 조언이었기 때문에 아마 새도는 더욱 열심이었을 것이다. 가족들은 새도가 조금은 느리지만 목표하는 바가 생기면 잘 해낼 수 있으리라고 믿었다. 그렇게 새도의 미래를 함께 응원했다.

아빠의 단짝 친구

학교 기숙사에서 생활하는 아빠가 주말이 되어 집으로 돌아오는 길이면 가족들의 얼굴이 환해지지만 누구보다 가장 아빠를 반기는 건 단연 새도다. 새도에게 아빠는 아빠이면서 친구, 아빠에게 새도는 아들이면서 친구. 유머러스하고 다양한 분야의 지식이 많아 이런저런 얘기를 들려주는 아빠와 내성적이면서 다른 사람의 마음을 잘 살피는 새도는 찰떡궁합이다.

아빠는 집에 오는 길이면 늘 새도를 생각한다. 밤늦게까지 그동안 있었던 일들을 이야기해 주면 새도는 신이 나서 얘기에 귀를 기울인다. 아빠가 재밌는 얘기를 해 주면 새도의 웃음이 터진다. 새도는 아빠가 자랑스러운 눈치다. 아빠는 뭐든지 알고 있다. 질문을 하면 척척 대답이 나온다. 이렇게 재밌게 얘기를 해 주는 아빠는 우리 아빠밖에 없을 거라고 새도는 생각한다.

"나중에 크면 나도 아빠처럼 용접 일을 할까 봐."

종종 엄마와 아빠는 새도가 자라서 무슨 일을 하면 좋을지 의논하곤 했다. 엄마가 특수학급 지도사로 일하고 있기 때문에 새도도 특수학교 교사가 되면 어떨까 생각해보기도 했고 성실하고 주어진 책임을 묵묵히 수행하는 성격을 살려 공무원이 되는 것도 괜찮겠다고 생각했다. 어릴 때는 경찰이 되고 싶다고 했는데 그건 벌써 옛날 이야기고 요즘은 새도가 딱히 생각해 둔 직업이 없다고 생각했다. 그런데 새도의 입에서 아빠가 하는 용접 일을 하겠다는 얘기가 나왔다.

아빠가 좋아서 아빠가 들려주는 얘기가 좋아서 아빠의 직업까지 닮고 싶은 새도의 마음을 알지만, 아빠는 새도의 그 말이 무작정 반갑지만은 않다. 새도가 다른 일을 했으면 좋겠다. 아빠는 새도에게 찬찬히 설명을 해 보지만 그런 아빠의 마음을 어린 새도는 알아듣는 것 같기도 하고 못 알아듣는 것 같기도 하다. 아마 더 크면 아빠의 설명을 이해할 때가 올 거라고 생각했다. 아빠는 이렇게 자기 이야기를 재밌게 들어 주는 사람은 새도밖에 없을 거라고 생각한다. 입을 열면 까르르 웃음이 터지며 바닥을 구르는 새도의 모습이 떠올라 집으로 돌아가는 아빠는 발걸음을 재촉하곤 했다.

주말 저녁마다 새도와 아빠는 밤늦게까지 수다를 나눈다. 친구에 대해서 이야기한 적도 있었다. 새도는 가족들과 아주 잘 지내는 반면 또래 친구들과의 관계가 그리 긴밀하지는 않아 아빠가 그 점을 걱정하니 새도는 친구보다는 아빠가 좋다고 한다.

"아빠가 언제까지나 너의 친구가 돼 줄 수는 없으니까 새도에게도 새도와 나이가 비슷한 친구가 더 필요해."

새도는 고개를 끄덕이지만 마음속으로는 그래도 친구보다 아빠가 좋다고 생각한다. 언제나 그랬다. 아주 어렸을 때부터. 새도는 친구보다 아빠가 좋다.

화랑초등학교로 가는 길목, 두 사람이 나란히 손을 붙잡고 걷는다. 왼쪽에 있는 사람은 키가 작은 어린이. 오른쪽에 있는 사람은 덩치가 좋은 어른. 그런데 둘이 꼭 붙든 두 손은 친구처럼 보인다. 아침 9시 무렵이면 늘 이렇게 이 길을 손을 꼭 붙잡고 걷는 두 사람. 새도와 새도의 아빠다. 아빠가 일하는 직장이 새도가 다니는 초등학교 부근에 있어서 새도의 등굣길에 아빠가 늘 동무가 되어 주었던 것이다. 그때부터 새도는 아빠를 친구라고 생각했는지도 모른다. 아빠와 손잡고 걷는 그 길이 너무 좋아서 교실에서 만나는 새 친구들에게 별로 관심이 없었는지도 모른다.

아직은 친구보다 가족이 더 좋았던 아이

새도는 아빠만으로 충분히 만족했지만 아버지는 새도가 또래 친구들과 더 어울려야 된다고 생각했다. 아빠는 새도가 좀 늦게 성장하니 지금은 아빠가 제일 말이 잘 통한다고 생각해도 결국 언젠가 품을 떠나야 할 때가 올 것이고 새도에게 친한 친구가 필요하다고 생각했다. 아빠는 새도에게 다른 친구가 필요하다고 생각했지만 아빠에게도 새도 외에 다른 친구가 필요하다는 생각을 한 번도 해 보지 못했다.

이제 아빠는 주말마다 집에 돌아와도 밤늦게까지 함께 이야기를 나눌 친구가 없어졌다. 새도에게 아빠의 자리가 컸던 것과 마찬가지로 아빠에게 새도의 자리는 생각했던 것보다 훨씬 컸다. 아들이면서 친구였던, 새도의 자리가 비어 버렸다.

수학여행

수학여행을 가는 날에도 새도는 새 옷을 사 달라고 조르지 않았다. 자기가 가방을 쌌고 엄마는 아침에 먼저 출근을 하러 나갔기 때문에 새도가 떠나는 모습을 보지 못했다. 수학여행에 가서 먹으라고 엄마는 출근하기 전에 초콜릿과 껌을 새도에게 건네주었다. 새도는 초콜릿을 받은 것으로 충분히 즐겁고 신나 했던 소박하고 따뜻한 아이였다.

이제 엄마는 새도가 수학여행에 갈 때 새 옷을 사 입히지 못한 것도 마음에 걸린다. 친척 형들이 많아서 새도는 어릴 때부터 새것을 가져 본 일이 없었으니까. 옷도 신발도 장난감도 다 형의 것을 물려받았다. 하지만 한 번도 그 점에 대해 푸념한 적이 없었다. 아마 새도는 새 옷을 입는 것보다도 엄마 아빠를 마음 편하게 해 주는 것이 더 좋았던 게 아닐까. 어쩌면 새도는 조금 늦게 자라는 아이가 아니라 이미 어른이었던 아이가 아니었을까.

배가 연착되는 바람에 아직 출발하지 못했다는 문자를 7시에 주고받았고 8시에는 다시 9시로 출발이 미루어졌다고 했다. 그리고 9시가 넘어서 출발했다는 문자를 받았다. 안개가 많이 끼어서 엄마는 밤새 걱정을 했다. 아침 8시 26분, 엄마는 새도와 통화를 했다. 아들의 목소리를 듣자 엄마는 겨우 안심을 할 수 있었다.

그 이후로는 연락이 되지 않았다.

새도는 돌아오지 못했다. 새도의 책상 서랍에는 아직도 엄마가 건넨 초콜릿 세 개가 그대로 들어 있는데 수학여행에 다녀온 뒤를 생각하며 초콜릿을 아껴 두었던 새도는 끝내 돌아오지 못했다.

새도는 가족을 따르는 만큼 친척을 좋아했다. 엄마 아빠를 따라 친척 집에 놀러 가는 길 새도의 발걸음은 신이 났다. 엄마 옆을 졸졸 따라오던 새도가 이제는 옆에 없어서 엄마와 아빠에게는 이제 친척 집에 가는 발걸음이 무겁기만 하다. 새도의 외할머니와 외할아버지는 아직 새도가 돌아오지 못한 사실을 알지 못하신다. 늘 새도가 함께였는데 이제 새도가 가지 않으면 이상하게 생각하실까 봐, 새도는 왜 오지 않았느냐고 물어볼 것 같으니까, 대답을 할 수가 없으니까, 식구들은 외가에도 가지 못하고 있다.

전에는 새도와 함께 하던 일들을 식구들은 이제 더 이상 하지 못하게 되었다. 엄마와 아빠는 흙에 묻지 못한 아들을 마음속에 묻어야 했다. 순하고 착하기만 했던 막내 새도가 왜 돌아오지 못해야 했는지 제대로 된 진상 규명조차 듣지 못한 채 가슴 안쪽에 아들을 묻어야 했다.

아직은 친구보다 가족이 더 좋았던 아이

큰 소리로 꿈을 말하다

안산 단원고 2학년 6반 **서재능**

1. 다섯 살이던 2001년 9월. 진안 마이산에 간 재능이의 사랑스러운 모습.
2. 2009년. 초등학교 졸업 앨범 사진을 찍던 날, 해맑게 한 컷.
3. 2009년 5월. 제주도 가족 여행 때 용두암에서 찍은 사진.

큰 소리로 꿈을 말하다

"서재능, 넌 최고의 외교관이 될 거야!"

재능이는 주먹 쥔 팔을 들어 올리며 가슴을 펴고 소리쳤다. 입에서 나온 숨이 잠시 눈앞에 하얀 구름을 만들었다. 차가운 공기가 몸에 부딪혔다. 눈 내린 날의 옥상은 통째로 하얬다. 희푸른 아침이 시리도록 아름다웠다. 아무도 밟지 않은 눈 덮인 옥상에 우뚝 서 있는 기분은 언제나 좋았다. 북동쪽으로 몸을 돌렸다. 언덕 위에 우뚝 서 있는 단원고등학교가 보였다. 며칠 후면 봄 방학이 끝나 친구들을 볼 수 있다.

재능이는 옥상에 올라오면 언제나 천천히 몸을 돌려 세상을 바라보았다. 남쪽 산 밑에 반월 공업 단지가 보였다. 공장 굴뚝에서 하얀 연기가 피어올랐다. 아주 어렸을 때, 저 굴뚝에서 나오는 연기는 검었다. 초등학교에 막 들어갔을 때 재능이가 그린 그림 속의 하늘은 굴뚝에서 뿜어져 나오는 연기에 덮이며 검게 칠해져 있었다. 검었던 연기는 언젠가부터 짙은 회색이 되었다가 이제는 하얀 색으로 바뀌었다. '세상은 점점 나아지는 거야.' 재능이는 굴뚝을 보며 다시 한번 가슴을 폈다.

옥상 창고에서 넉가래와 빗자루를 꺼내 왔다. 빗자루를 문 옆에 세워 놓고 넉가래로 옥상 한가운데부터 길을 내듯 눈을 밀기 시작했다. 아무도 밟지 않은 눈 위에 첫길을 내는 느낌이 좋았다. 운동을 하기 위해 눈을 치우지만, 어쩌면 자신은 첫길을 내는 이 느낌이 좋아서 눈 치우는 걸 좋아하는 건 아닐까 하는 생각을 했다. 우리 동네의 첫 외교관, 우리 집안의 첫 외교관, 우리 학교의 첫 외교관, 그리고 한국인들의 존경을 한 몸에 받는 첫 외교관. 외교관의 꿈을 갖고 있으면서 매일 운동도 시작하게 된 건 남윤철 담임 선생님의 말씀 때문이었다.

"꿈을 이루기 위해서는 끈기 있게 노력하는 것이 중요하다. 하지만 그것을 받쳐 줄 수 있는 체력을 갖고 있지 않으면 노력도 할 수 없다."

점퍼를 벗어 옥상 벽 난간 위에 올렸다. 운동을 위해 반바지와 반팔 옷을 입었는데도 몸에서 김이 올랐다. 넉가래를 세워 두고 빗자루로 운동할 곳을 깨끗이 쓸었다.

재능이는 선생님의 그 말이 크게 들어왔다. 운동을 좋아해서 친구들과 화랑유원지에서 가끔 농구를 하기도 하지만 간헐적인 운동이 체력을 기르는 데에 크게 도움이 될 것 같지는 않았다. 자신한테 맞는 운동을 꾸준히 하는 게 좋겠다고 생각했다. 그렇게 해서 시작한 운동이었다. 그리고 이렇게 아침 일찍 옥상에 올라와 운동을 했다.

줄넘기를 천 개 넘게 하고 나자, 반바지와 반팔 옷을 입고도 땀을 흘렸다. 바로 아령을 들고 팔뚝 근육을 키웠다. 잠시 숨을 돌리고는 팔 굽혀 펴기를 했다. 온몸이 땀에 흠뻑 젖었다. 다른 날보다 줄넘기를 더 많이 했다. 지금도 큰 키에 속하는 182센티미터이지만 190센티미터까지 키우고 싶었다. 땀을 흘리고 난 뒤의 즐거움은 아주 컸다.

재능이는 씻고 나서 일찍 출근하신 엄마한테 문자를 보냈다.

「엄마, 산본 중고 서점에 다녀올게요.」

「그래, 아들!」

엄마의 답문을 보면서 옷을 가볍게 입고 가방도 꾸렸다. 엄마가 어젯밤에 준 소설책 몇 권과 기초 문법책을 가방에 넣고, 지갑과 연습장도 챙겼다. 이미 읽은 책, 책꽂이에 있지만 들춰 보지 않을 책들은 팔고, 필요한 책들을 구입할 예정이었다.

고잔역 사거리에서였다. 외국인 두 명이 재능이에게로 다가왔다. 옷차림과 행동이 한국으로 일하러 온 외국인 노동자 같았다. 재능이는 이제 외국인을 흘깃 보는 것만으로도 그들이 어느 나라 출신인지, 한국에 온 지 얼마나 되었는지 대충 알 수 있게 되었다. 똑같은 공장 근로자의 옷을 입고 있어도 어쩐 일인지 사람들은 구별이 되었다. 어딘가 그들만의 몸짓이나 표정, 웃음이나 찡그림, 당황하는 방식이 달랐다. 아마도 그

큰 소리로 꿈을 말하다

런 게 문화라는 것인 모양이었다.

그들은 재능이에게 무언가를 물었다. 한국에 온 지 몇 달 되어 보이지 않은 그들은 네팔 사람들이었다. 재능이는 무슨 말인지 알아들을 수가 없었다.

"Can you speak English?"

재능이의 말에 그들은 네팔 사람들 특유의 표정이 드러나는 당황스러운 얼굴로 재능이를 바라보았다. 어떤 사람들은 당황하면 얼굴을 찡그리고, 어떤 사람들은 뒤로 물러서거나 양 손바닥을 들어 보인다. 두 사람은 울 것 같은 아이의 얼굴이 되었다. 그러더니 주머니에서 쪽지를 꺼내어 펼쳐 보여 주었다. 삐뚤빼뚤한 글씨로 적힌 집 주소였다. '서울특별시 구노구 구노동 728-1 사만주택 B02 알준'

"친구, 알준!"

두 사람이 종이에 적힌 주소를 가리키며 연달아 서툰 한국말로 친구, '알준'을 말했다. 아마도 구로에 있는 친구 알준을 찾아가려는 모양이었다. 사만주택은 알아듣지 못해서 몇 번이고 고쳐 쓴 흔적이 그대로 드러나 있었다. 재능이는 '구노동'을 가리키며 '구로동'에 가려고 하느냐고 물었다. 구로라는 말에 두 사람의 얼굴이 밝아졌다. 재능이는 가방에서 볼펜을 꺼내어 그들의 종이 밑에 다시 글씨를 적었다.

'서울특별시 구로구 구로동 728-1 사만주택 / 삼환주택(?) B02 알준

〈구로역에 갑니다!〉 고잔역→금정역→구로역'

손짓 발짓으로 지하철 노선을 이야기했지만 외국인들은 잘 못 알아듣는 눈치였다. 이들이 지하철을 타는 건 어렵다는 생각이 들었다. 지하철 적은 걸 다시 죽죽 그어서 지웠다. 재능이는 그들에게 따라오라는 손짓을 했다. 여기서 조금 멀긴 하지만 안산에서는 구로로 가는 버스가 있었다. 버스정류장에 도착하자마자 재능이는 가방을 열어 연습장을 꺼냈다. 그러고는 검은색 볼펜으로 적었다.

'기사 아저씨, 이분들을 구로역에서 내려 주세요. 부탁드립니다.'

그러고는 겨우 그들에게 버스 번호와 색깔을 알려 주었다. 쪽지를 기사 아저씨에게 보여 주라는 이야기도 했다. 얼마 되지 않아 버스가 왔다. 재능이는 기사 아저씨에게

다시 한번 말했다. "이분들을 구로역에서 내려 주세요. 부탁드립니다. 감사합니다."

떠나는 버스를 보며 재능이는 자신이 왜 외교관이 되겠다는 꿈을 가지게 되었는지 생각했다. 어렸을 때 보았던 많은 외국인 노동자들. 그들은 웃으면서도 얼굴 표정 어딘가에 짓눌리고 당황스러운 얼굴들을 가지고 있었다. 일한 돈을 못 받아도, 사장에게 맞아도 그들은 도움받지 못했다. 외국에 나와서 열심히 일하면서도 누구의 도움도 받지 못하는 사람들을 보면서 재능이는 우리나라 사람들도 외국에서 그렇게 살았을까, 하는 생각을 했다. 어쩌면 자신이 외교관의 꿈을 갖게 된 건 그들 때문이 아니었을까 생각했다. 그때, 어디선가 승훈이의 목소리가 들렸다.

"야, 재능아, 서재능!"

재능이는 자신을 향해 달려오는 승훈이를 보았다.

"외국인들 누구야? 아는 사람들이야?" 재능이는 고개를 저었다.

"친구 찾아가는 거 도와드렸어. 그거 있잖아, 한국에 일하러 온 지 몇 달 만에 처음으로 아는 친구 찾아가는 거." 승훈이가 고개를 끄덕였다.

"난 영어 학원에 가는 거야. 근데 넌 어째 반바지가 좀 추워 보인다."

승훈이는 재능이의 옷차림을 훑어보고는 말했다. 그러자 재능이가 씩 웃었다.

"안 추워. 시원해서 딱 좋아!"

재능이는 승훈이와 헤어지고 나서 산본에 있는 중고 서점에 갔다. 가져간 책을 팔았다. 기초 문법책은 2,800원, 소설책은 3,200원 정도로 3,000원 안팎이었다. 재능이는 책을 팔고 사고 싶은 책들을 고르느라 시간 가는 줄 몰랐다. 책을 판 돈과 휴대폰 캐시로 다른 책들을 사서 나오니 벌써 해가 넘어가 세상이 어둑해져 있었다. 금요일 이른 저녁의 산본역은 여느 때보다 더 북적거렸다.

집에 오니 엄마가 저녁 밥상을 준비하고 있었다.

"다녀왔습니다!"

"아들 왔어? 어서 와, 배고프지?"

재능이를 본 엄마의 눈이 동그래졌다.

큰 소리로 꿈을 말하다

"어머, 재능아! 너 그렇게 입고 산본까지 갔다 온 거야?"

재능이는 얼른 고개를 숙여 자신의 복장을 훑어보았다. 하지만 영문을 알 수 없었다.

"재능아, 지금이 여름이니? 2월말이면 아직 추울 때야, 아무튼 이 옷차림으로 외출을 하는 건 말도 안 돼."

"엄마, 이 옷이 어때서요?"

재능이는 하의는 반바지를 입었지만 상의는 두꺼운 점퍼여서 보온에도 별 문제가 없다고 생각했다.

"길에서 남들이 널 보고 뭐라 했겠니? 쟤는 계절도 모르고 옷을 입네, 했겠지. 으이구."

"엄마도 참, 내가 좋으면 되는 거지. 남의 눈을 왜 의식해요? 내가 편하고 가볍고 만족스러우면 되잖아요."

재능이는 자꾸 남들의 눈을 신경 쓰는 엄마를 이해하기 힘들다고 했다. 재능이 말을 듣고 난 엄마는 재능이 말에도 일리가 있다고 생각했다. 추운 날, 가벼운 옷을 입고 나간 게 무슨 대수라고, 체력이 되니 그랬겠지, 생각하니 비식 웃음이 나왔다.

며칠 전만 해도 그랬다. 엄마가 청소년들 사이에서 크게 유행하는 노스페이스 점퍼를 사 주겠다고 했다. 하도 많이 입어서 '두 번째 교복'이라고 불리는 브랜드의 점퍼였다. 어떤 아이는 너 나 할 것 없이 죄다 입는 옷이어서 그걸 안 입으면 왕따를 당하는 느낌이라고 했다. 마치 무리에 끼지 못해 도태되는 느낌이 든다고. 그래서 점퍼를 사기 위해 아르바이트를 해서 옷 사는 데에 보태기도 했다. 그리고 어떤 아이의 엄마는 아이에게 그걸 사 줘야 할지 말아야 할지 고민이라고 했다. 사 줄까 말까 고민하던 어떤 아이의 엄마는 자신의 아이만 못 입으면 뒤처지는 느낌이 들어 눈 질끈 감고 월급에서 큰 금액을 뚝 떼어 매장을 찾기도 했다.

하지만 재능이는 달랐다. 눈곱만큼도 그 옷을 입고 싶은 마음이 없었다. 엄마는 세상에 하나뿐인 아들에게 좋은 것은 무엇이든 해 주고 싶었다. 다른 아이들처럼 유명 브랜드의 옷과 신발을 사 달라고 한 번도 조르지 않는 아이가 기특하기도 했지만, 내심 그 또래만의 문화를 즐겨도 괜찮으리라는 생각을 한 것이다.

"재능아, 너도 노스페이스 점퍼 하나 사 줄까? 요즘 애들 다 입는다던데."

그러자 재능이는 단호히 거절했다.

"엄마, 전 그런 옷 필요 없어요. 너무 비싼 데다가 나만의 개성이 없잖아요. 생각해 보면 남들 따라서 옷 입는 것처럼 줏대 없는 행동도 없는 것 같아요. 저는 지금 있는 점 퍼로도 충분해요……" 엄마는 재능이를 보며 흐뭇하게 웃었다.

"어느새 이렇게 철이 들었을까? 아들아, 너 어렸을 때 별명 기억나니?"

초등학생 시절, 공부보다는 친구들을 웃게 만드는 데에만 관심 있었던 철부지 아들, 개그맨이 꿈인 아들이었다. 때와 장소를 가리지 않고 귓불을 씰룩이며 우스꽝스러운 표정을 짓던 개구쟁이였다. 그래서 재능이 주변에는 늘 아이들이 몰려들었다.

"한 번만 더 해 봐, 재능교육!"

"야, 재능이는 그 별명을 아주 싫어해. 그렇게 부르면 또 안 해 준다고!"

"그래, 그래! 재능아! 재능교육이라고 안 부를게. 한 번만 더 해 봐. 응?"

재능이가 눈을 동그랗게 뜬 천연덕스러운 얼굴로 두 팔을 크게 벌려 우주의 기를 당긴다며 가슴 쪽으로 모으면 아이들은 배꼽을 잡고 웃었다.

"넌 정말 웃겨. 엉뚱하고 재밌어. 꼭 개그맨 돼야 해. 알았지?"

쉬는 시간이 끝나고 수업 시간이 되었는데도 아이들은 재능이를 보며 웃었다. 심지어 수빈이는 생일날 이런 편지를 주었다. '재능아, 생일 축하해! 재능아, 넌 웃는 게 너무 웃겨. 니가 공부 시간에 웃으면 내가 공부를 못 하겠어. 어쨌든 재능아, 지금도 친하지만 앞으로도 더 친해지자.' 먼 훗날, 그때 친구들에게 "나 외교관이 되었어" 하고 나타나면 아이들은 어떤 얼굴을 할까 생각하다 재능이는 빙긋 웃었다.

재능이는 저녁밥을 먹고 나서 엄마가 밥상 치우는 걸 도우려 했다. 그러자 엄마는 그냥 두라고 했다.

"아니다, 아들아! 좀 쉬어. 내가 일찍 퇴근한 날이라도 우리 아들 챙겨 줘야지."

엄마는 재능이를 보며 흐뭇하게 웃었다. 공인중개사무실에서 근무하는 엄마가 저녁에 계약이라도 있어 늦게 오는 날이면 스스로 밥을 차려 먹고 나서 설거지에 정리 정돈까지 말끔하게 해 놓는 대견한 아들이었다.

재능이는 오늘 사 온 책들을 엄마한테 내보였다. 《영어 전치사 연구》, 《경선식 영단어》, 《옥스퍼드 영어 문법》, 《독학 스페인어 첫걸음》, 《손자병법》, 《괴짜 심리학》.

"어머, 가져간 책으로 이렇게 여러 권을 산 거야?"

재능이는 엄마가 읽고 나서 다시는 안 볼 책들을 골라 달라고 했다. 자신이 보고 싶은 책으로 바꾸고 싶어서였다. 엄마가 사무실에서 손님이 없는 시간에 틈틈이 읽은 소설이나 지식 정보서들은 무척 많았다. 지난번에 샀던 책들인 《체코어 첫걸음》과 《범죄수학》은 무척 쉽고 재미있어 만족스러웠다. 특히 로베르토 사비아노가 쓴 '고모라'라는 이탈리아 나폴리를 근거지로 한 마약, 건설, 유독성 폐기물 처리에 대한 검은 손과 지하경제를 다룬 범죄 소설을 볼 때는 세계 지도에 들어 있는 이탈리아의 도시들을 눈여겨보았다.

재능이가 인터넷 동영상 강의를 듣고 있을 때였다. 퇴근한 아빠가 재능이를 불렀다. 하지만 강의에 빠져 있느라 재능이는 알아듣지 못했다. 하지만 늘 바쁜 아빠까지 함께할 수 있는 시간을 놓치고 싶지 않은 엄마가 과일 접시를 내며 재능이에게 거실로 나오라고 했다. 세 식구만의 오붓한 시간이었다.

"아들, 우리 여름 방학 때 해외여행 가자. 어디 가고 싶어?"

아빠의 말에 재능이의 얼굴이 금세 환해졌다.

"유럽이요!"

"그래, 유럽이다! 내일 당장 여권부터 만들자."

"아빠 일도 잘 풀리시고, 엄마도 좋아. 여태까지 계획만 세워 놓고 여러 가지 일 때문에 차일피일 미루기만 했는데 이번엔 꼭 가자."

엄마의 말에 재능이는 흠뻑 기분이 좋아졌다. 자신의 꿈인 외교관이 되려면 외국어는 물론 국제 정세나 세계 여러 나라의 지리에도 밝아야 할 터였다. 엄마의 얼굴이 행복해 보였다. 아빠의 사업에 여유가 생기고, 엄마의 일도 안정되자 엄마는 종종 미래를 설계하였다. 재능이가 고등학교 2학년이 되면서 새로운 계획이 생겼다. 엄마는 아빠에게 이렇게 말했다.

"이제부턴 당신 수입은 생활비로 쓰고, 내 수입은 차곡차곡 저축해서 나중에 우리 아들 유학 자금으로 쓰려고요. 물론 노후 준비도 어떻게 할지 생각해 놨지요."

재능이는 다시 책상에 앉았다. 인터넷 강의를 듣는 것이었다. 국어나 영어 성적은 상위권이었으나 수학이 너무 떨어졌다. 수학 학원을 알아보자는 엄마의 말에도 재능이는 인터넷 강의를 고집했다. 이해가 안 되는 부분을 다시 들을 수 있고, 독학이 편한 데다가 경제적으로도 이득이라는 이유에서였다. 아빠가 재능이를 불렀다.

"재능아, 좀 쉬었다 해라."

"아, 아빠! 전 괜찮아요. 이 정도는 공부를 해야 가고 싶은 대학을 가지요."

"그래, 우리 재능이는 어느 대학에서 무얼 전공하고 싶니?"

"전 한국외대 스페인어과를 가고 싶어요. 영어는 물론, 체코어도 공부할 거고."

재능이를 본 아빠는 뿌듯했다. 엉뚱하면서도 호기심이 많던 철부지 아이, 용돈이 너무 적다고 투정 부리던 아이, 계단에서 장난을 치다가 발가락이 골절되어 고생하던 아이가 자신의 꿈을 세우고 나서 그 꿈을 실현하기 위해 노력한다는 것은 벅찬 감동이었다.

"재능아, 우리 다음 주말에 작년에 갔던 구봉도 다시 한번 가자!"

아빠가 말했다. 그러자 엄마가 말을 이었다.

"그래, 이번엔 바다 둘레길도 걷고 예쁜 민박집에서 하룻밤 자고 오자. 작년처럼 그냥 오지 말고. 응?"

그러자 재능이는 바쁘다며 고개를 흔들었다.

"야, 넌 뭐가 그렇게 바빠?"

엄마의 말에 재능이는 웃으며 크게 소리쳤다.

"난 외교관이 될 거거든요! 그래서 바빠요!"

재능이는 책상 위에 놓은 세계 여러 나라의 책을 보며 빙긋 웃었다.

유럽 여행, 재능이는 여름 방학이 무척 기다려졌다.

큰 소리로 꿈을 말하다

네가 있는 세상보다 더 좋은 건 없을 거야

안산 단원고 2학년 6반 **선우진**

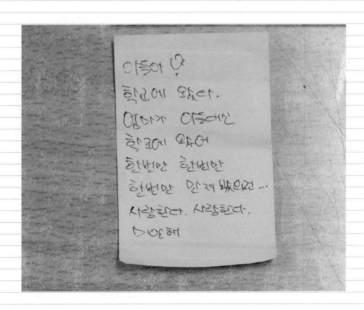

1. 축구를 정말 좋아했던 우진이. 직접 하는 것도 좋아했지만 우진이의 꿈은 축구 해설가였다.
2. 우진이의 단원고 학생증 사진. 서글서글한 인상에 키가 크고 옷도 잘 입는 멋쟁이였다.
3. 친구들과 서울로 떠난 여행. 아이들은 스무 살이 되는 해에 더 큰 여행을 약속했다.
오른쪽에서 두 번째가 우진이다.

네가 있는 세상보다 더 좋은 건 없을 거야

"순남아."

우진이가 가장 사랑했던 사람의 이름이다. 하루에도 몇 번씩 그 이름을 불렀다. 아침에 눈을 떠서 식탁에 앉았을 때 "순남아", 학교를 가려고 자전거를 끌고 나가면서도 "순남아", 또 집에 돌아와서 잠들기 전에도 "순남아", 그렇게 불렀다. 그리고 아주 가끔 "엄마"라고 불렀다. 그렇게 사랑했던 사람을 두고 떠난 아들, 우진이.

1997년 6월 10일, 우진이는 세상에 왔다. 그리고 얼마 지나지 않아 IMF가 터졌다. 모두가 힘들어하던 시기, 엄마와 아빠에게는 우진이가 살아가야 하는 이유였다. 사실 그때 우진이의 이름은 재원이었다. 아빠가 지어 준 이름이다. 아빠가 사고로 의식불명이 돼 오랫동안 누워 있게 된 이후 '우진'으로 엄마가 이름을 바꿨다.

아빠는 우진이가 5학년에서 6학년으로 올라가던 겨울에 큰 사고를 당했다. 의식이 없는 상태가 계속됐다. 우진이는 아빠를 좋아했고, 아빠도 마찬가지였다. 둘은 정말 친했다. 우진이는 그렇게 누워 있는 아빠를 쉽게 받아들이지 못했다. 점점 약해져만 가는 아빠의 모습을 보기 싫어했다. 우진이는 그때부터 조금씩 달라지기 시작했다.

5학년까지는 우등생이었지만 6학년이 돼서는 공부에서 손을 놓았다. 하지만 담임 선생님은 평소 우진이를 보고 학생 회장 출마를 권유해 볼 생각도 했다. 의젓하고 철이 든 모습 때문이었다. 그 나이에 어울리지 않게 인생을 비관하는 모습이 있었을지도 모른다. 어찌 됐든 다행히 그 방향은 삐뚤어지지 않았다.

물론 중학교에 가서도 공부는 뒷전이었다. 엄마는 병원에서 일을 했다. 그러면서 아빠의 수발도 들어야 했다. '중2병'이라는 말이 있을 정도로 사춘기 청소년에게 가장 격변의 시간을 우진이는 혼자 견뎌야 했다. 엄마가 우진이의 이름을 바꾼 것도 이때쯤이었다. 엄마는 자신의 사나운 팔자를 우진이가 닮을까 걱정을 했다.

공교롭게도 우진이가 엄마를 '순남'이라고 부른 것도 이때다. 엄마는 그게 정확히 언제인지는 기억하지 못했다. 중학교 2학년 어느 날부터인가 갑자기 이름을 불렀다고 한다. 방황의 위기를 스스로 헤쳐 나온 결과였을까. 그때부터 우진이는 엄마의 버팀목을 자처했다. 우진이는 그때 이미 엄마의 키를 넘어 머리 하나가 더 있을 정도로 컸다.

"순남아."

"너 왜 자꾸 엄마 이름 불러?"

"그럼 순남이를 순남이라고 부르지 남순이라고 불러?"

"우진아, 엄마도 이름 바꿀까?"

"왜? 난 순남이가 좋은데."

그게 우진이가 엄마를 위로하는 방법이었다. 엄마가 의지할 수 있게 자신을 키워 나간 것이다. 그 뒤로 "엄마"라고 부른 적은 거의 없다. 그것은 여동생 효진이에게도 마찬가지였다. 우진이는 아빠의 빈자리를 느끼지 못할 정도로 열 살이나 어린 효진이를 끔찍하게 돌봤다. 그렇게 엄마에게는 믿음직한 아들, 동생에게는 아빠 같은 오빠가 됐다.

아빠가 쓰러졌을 무렵 효진이는 이제 막 말을 배우기 시작했다. 우진이는 효진이를 한 번도 아빠에게 데려가질 않았다. 효진이는 지금도 아빠 기억이 거의 없다. 심지어 장례식에도 가지 못했다. 그래서 효진이는 아빠가 세상을 떠난 지 1년 반이 지나도록 아직 그 사실을 모른다. 다만 오빠가 없다는 건 알고 있다.

효진이는 그늘이 없는 아이다. 붙임성도 좋고 성격도 활발하다. 말도 잘했고, 노래는 더 잘했다. '아빠 없는 아이'라는 편견은 무섭다. 엄마는 아빠가 없어 걱정했지만 효진이는 밝게 자랐다. 엄마는 그런 효진이의 성격을 우진이가 다 만들어 준 거라고 생각했다. 아빠가 줘야 할 사랑을 오빠에게서 다 받았다는 얘기다.

둘이서 수다를 한참 떨 때도 있었다. '남자애들이 괴롭히면 어떻게 해야 하나' 같은 주제로 효진이에게 강연 아닌 강연을 하기도 했다. 먹방 사진을 찍겠다며 익살스럽게 음식을 입에 집어 넣으면서 웃고 떠들고. 동생을 씻기는 것도 오빠 몫이었다. 목욕할 때는 버스커버스커의 노래를 자주 틀었다. 효진이는 그 노래를 들으면 오빠를 떠올린다.

우진이는 그렇게 동생을 챙기느라 자기 시간을 많이 갖지 못했다. 친구들과 놀러 나가고 싶어도 자주 그럴 수 없었다. 그래서 가끔 친구들이 우진이 집으로 놀러 오고는 했다. 집에서 놀았다는 게 들키면 혼날까 봐 흔적을 없애려고 했지만 엄마 눈에는 금방 보였다. 가끔 그런 불만을 털어놓고 투정도 부렸지만, 자기가 해야 할 일은 항상 다 했다.

세 사람은 가족 여행을 몇 번 다녀왔다. 그것도 우진이가 힘을 썼다. 아빠가 누워 있으니 엄마는 어디 여행을 다닐 엄두를 내지 못했다. 그러다 어느 날은 우진이가 엄마에게 "많이 힘들지 않아? 이모네 좀 가서 놀다 와"라고 말했다. 가끔 엄마는 그렇게 숨을 돌렸다. 우진이가 가고 싶어 했던 곳은 부산이었다.

"나는 어렸을 때 추억이 없는데, 효진이는 안 그랬으면 좋겠어."

"응. 그래야지."

"시간 날 때 우리 같이 여행도 하자. 순남이가 운전해서 부산에 한번 갈까?"

"어휴. 난 못 해. 너무 힘들어."

"그럼 순남아. 내가 딱 스무 살 되면 바로 면허 딸 테니까 부산 한번 가자."

엄마와 의견 대립으로 목소리를 높였을 때도 먼저 사과하는 건 우진이었다. "순남아 미안해" 하면서 다시 능청스러운 아들이 됐다. 병원에서 야간 근무를 할 때면 엄마는

네가 있는 세상보다 더 좋은 건 없을 거야

종종 배가 고프다고 연락을 했고, 우진이는 툴툴거리면서도 간식을 사 왔다. 엄마는 그렇게 아들을 보고 싶어 했고 그걸 아는 우진이는 엄마를 보러 나섰다.

엄마에게 손편지도 자주 썼다. 마음을 전하는 방법 중에 상대를 가장 감동시키는 것이 무엇인지 우진이는 알았다. "순남이는 오빠만 믿어." 우진이가 편지에 자주 남겼던 말이다. 엄마는 이런 우진이가 특별하다고 느끼지 못했다. 다른 집 아들들도 다 그럴 거라 생각했다는 얘기다. 그런 애인 같은 아들을 둔 엄마를 병원 동료들은 무척 부러워했다.

그런 우진이가 가장 싫어하는 것은 술을 마시는 엄마였다. 엄마는 우진이 아빠가 다시 일어설 수 없는 상태가 된 이후 술에 의지했다. 우진이가 자신을 믿으라고 그렇게 강조했던 건 엄마가 술이 아닌 자신에게 기대기를 바랐던 마음이었을 것이다. 그래서인지 우진이는 술과 담배에 일절 관심이 없었다.

"순남아, 내일 일하려면 술 그만 마셔야지."

"아니야. 엄마 술 깨면 멀쩡해. 내일이면 괜찮아."

"주사 놓다가 손 떨고 그러면 어쩌려고 그래. 그만 마셔."

"엄마가 술 아니면 어떻게 견디냐."

"나를 보고 줄여. 엄마가 엄마를 조금 더 사랑했으면 좋겠어."

아빠가 엄마를 놓아준 건 우진이가 제주도로 떠나기 불과 몇 달 전이었다. 아직은 추운 겨울이었다. 새벽에 전화벨이 울렸다. 통화를 마친 엄마는 우진이를 깨웠다. 잠에서 깬 우진이도 엄마의 표정을 보고 직감 했을 것이다. 우진이는 울먹이는 엄마를 끌어안고 등을 토닥였다. 큰 키에 벌어진 어깨에 긴 팔로 엄마를 감싸 안았다.

"우진아…… 아빠 돌아가셨대……"

"고생했어, 순남아. 이제 오빠만 믿어. 울지 말고."

"우진아, 엄마 무서워……"

"나만 믿어. 내가 시키는 대로만 하면 돼. 나 믿지?"

네가 있는 세상보다 더 좋은 건 없을 거야

우진이는 알고 있었던 것 같다. 자신이 무너지면 엄마도 더 이상 버틸 수 없었다는 것을. 우진이는 그렇게 엄마의 버팀목이 됐다. 아버지가 떠나고 우진이는 더 단단해졌다. 우진이에게는 '집안의 기둥'이라는 말보다는 그냥 '집'이라는 말이 어울렸다. 어린 동생과 힘들어하는 엄마가 보호받고 쉴 수 있는 그런 '집' 말이다.

우진이는 유치원 때 교통사고가 났다. 엄마 뒤를 쫓아가다가 차와 부딪혔는데 그 자리에서 울지 않았다. 병원에 가서 진료를 하는데 노래를 불렀다. 왜 노래를 부르는지 물어보니 "무서워서"라고 말했다. 오는 내내 아프고 무서웠지만 울음을 꾹 참았던 거다. 병원에 와서도 계속 자신에게 밀려드는 두려움을 이겨내려고 애를 썼다.

운동을 잘했다. 초등학교 1학년 때 태권도 검은 띠를 따서 더 진도를 나갈 게 없을 정도였다. 축구를 특히 좋아했다. '축구병'이 있었다면 100퍼센트 걸렸을 아이다. 엄마는 축구하는 걸 말렸다. 돈 되는 일을 하라고 반대했다. 엄마를 힘들게 할 우진이가 아니었다. 그래서 관심을 갖기 시작한 게 축구 해설이었다. 뭐 그쪽 길도 힘들기는 매한가지지만.

축구를 하는 것만큼이나 보는 것도 좋아했다. 새벽에 인터넷 중계되는 유럽 축구를 자주 봤다. 축구를 보면서 직접 해설 연습을 했다. 헤드폰을 끼고 모니터 앞에 앉아 중얼중얼, 때로는 소리를 지르기도 했다. 엄마가 듣기에는 꽤 그럴듯해 보였다. 엄마는 우진이가 축구를 했거나 축구 해설을 했어도 잘했을 것이라고 믿고 있다.

실력도 좋았다. 중학교 때는 친구들을 모아서 축구팀을 만들기도 했다. 그냥 같은 학교 친구들끼리 몇 명 모여서 하는 건 줄 알았는데 그렇지 않았다. 초등학교 때부터 같이 축구를 했던 친구들을 모았다. 다른 학교로 흩어진 애들도 있었다. 자기들 용돈을 모아서 유니폼을 맞췄다. 다른 학교를 돌아다니면서 경기를 했다.

우진이는 공격수였다. 팀에서 가장 골을 잘 넣는 선수들이 받는 등번호 9번, 10번을 달고 뛰었다. 또래 다른 친구들처럼 우진이도 컴퓨터로 하는 온라인 게임을 즐겼지만,

우진이는 그것도 오로지 축구 게임만 했다. 동생을 챙기는 와중에도 시간이 나면 축구를 했고, 축구 경기를 봤고, 축구 해설을 했고, 축구 게임을 했다.

뛰어노는 걸 좋아하다 보니 많이 다치기도 했다. 어디가 부러지거나 수술을 하는 것처럼 문제가 된 적은 없었지만 인대가 늘어나 병원을 갔고, 반깁스를 한 적도 있다. 사고로 쓰러진 아버지를 보고 아들이 다치는 걸 그냥 볼 수는 없었다. 그래서 엄마는 축구하는 걸 말려야 했다. 그것이 그녀에게는 지금도 가장 큰 마음의 짐이다.

우진이는 아침을 항상 먹어야 했다. 국도 꼭 있어야 했다. 밥을 먹고 나면 우유를 머그컵에 한 잔 따라 마셨다. 워낙 건강했기에 따로 챙기는 건 없었다. 종종 엄마가 홍삼을 챙겨 주면 마시고 집을 나섰다. 학교는 자전거를 타고 다녔다. 집에서 나갈 때면 엄마에게 "자가용 나가게 현관문 좀 열어 봐"라며 장난을 쳤다.

우진이는 친구들하고도 여행을 떠나고 싶어 했다. 하지만 엄마와 동생만 두고 며칠씩 집을 떠날 수는 없었다. 방학 때 친구들과 1박 2일로 엠티를 다녀온 게 전부였다. 친구들끼리 대학 들어가서 함께 배낭여행을 가자는 약속도 했다. 초등학교 때부터 고등학교 때까지 가장 친했던 종혁, 재연, 찬희가 그 멤버였다.

한번은 넷이 서울에 갔다. 경복궁에서 포즈를 취했다. 그 사진을 보면서 인기 드라마였던 〈신사의 품격〉을 떠올렸다. 드라마의 주인공들처럼 되고 싶었다. 나이가 들어도 변하지 않는 우정. 다른 무엇보다 서로가 가장 소중한 사이. 그때 친구들은 2년 후수능을 마치고 나면 같은 장소에서 똑같은 포즈로 사진을 찍자고 약속했다.

우진은 패션 감각도 뛰어났다. 184센티미터의 큰 키, 호리호리한 몸매에 무슨 옷을 입혀 놔도 멋이 났지만 옷을 고르고, 입는 걸 워낙 좋아했다. 어떻게 입어야 더 멋져 보이는지 알고 있었다. 교복을 입어도 안에 받쳐 입는 티셔츠나 외투에 신경을 썼다. 그리고 약속이 있으면 꼭 집에 와서 교복을 벗고 옷을 갈아입었다.

우진이는 한 번의 연애를 했다. 중학교 때였다. 물론 제1 관심사는 축구였다. 적어도 엄마가 보기에는 그랬다. 집에서는 전혀 티를 내지 않았다. 상대는 같은 반 친구였다. 평범한 중학생의 연애였다. 서로 잘 챙겨 주고 힘들 때 위로해 주는 사이였다. 우진이 방에는 당시 연애의 흔적도 남아 있었다.

주고받았던 편지와 백일 기념 선물 같은 것들이 책장에 놓여 있었다. 시간이 흘렀지만 꽤나 소중하게 보관된 모습이다. 우진이가 그 친구를 더 좋아했는지, 아님 반대였는지는 잘 알 수 없다. 다만 친구들에게는 종종 조언을 구했던 것 같다. 어떻게 하면 친해질 수 있는 건지, 그런 이야기들 말이다.

엄마는 종종 우편함에서 모르는 아이들의 편지를 발견하고 우진이가 은근 인기가 있나 보다 생각했다. 키가 크고 운동으로 몸매도 다부졌다. 거기에 눈꼬리가 아래로 살짝 내려온 선한 눈을 하고, 옷도 센스 있게 입었으니 그럴 만도 했다. 오히려 연애가 한 번뿐이었다는 게 이상하다. 물론 그 애정을 다 축구에 쏟아서 그랬겠지만.

우진이는 조금 늦게 뭍으로 나왔다. 5월 5일이었다. 2주가 넘게 지났지만 너무 예쁜 모습이었다. 엄마는 우진이가 떠나면서도 엄마를 생각해 너무 놀라지 말라고 온전한 모습으로 나와 줬다고 생각한다. 손톱 하나 빠진 것 없이 어디 상처 하나 없이 나왔다. 발견된 곳은 우진이가 원래 배정받은 방이 아닌 그 옆방이었다.

우진이는 수학여행에 싸 간 옷을 그대로 입고 있었다. 차고 있던 시계도 그대로였다. 누워 있는 모습 자체가 그냥 우진이었다. 흉터 자국도, 중학교 때 귀에 피어싱을 한 흔적도, 화상 자국도 모두. 딱 한 가지, 입고 있는 속옷만 우진이 것이 아니었다. 수소문을 해 보니 그날 아이들이 서로 속옷을 바꿔 입으면서 놀았다고 했다.

우진이는 제주도로 떠나는 날에 동생 효진이에게 "엄마 말 잘 듣고, 금요일까지만 기다리면 돼"라고 말했다. 엄마는 "우진아, 안 가면 안 돼?"라고 붙잡았다. 우진이는 "괜찮아. 갔다 올게"라며 긴 손가락을 들어 올려 까딱이며 고개를 숙이고 눈인사를 했다. 우진이가 자주 하던 제스처다. 엄마는 지금도 그 모습으로 우진이가 돌아올 것만 같다.

엄마는 가끔 노래를 듣는다. 우진이가 알려 줬던 노래다. 우진이가 학교 음악 시간에 배웠던 노래다. 우진이가 한 소절 부르고 엄마가 또 따라 불렀다. 하지만 잘 안 됐다. 우진이는 엄마의 스마트폰에 그 노래를 내려받았다. "이거 듣고, 제대로 한번 불러 봐." 우진이가 마지막으로 들려준 노래, 〈시월의 어느 멋진 날에〉.

눈을 뜨기 힘든 가을보다 높은 저 하늘이 기분 좋아
휴일 아침이면 나를 깨운 전화
오늘은 어디서 무얼 할까
창밖에 앉은 바람 한 점에도 사랑은 가득한걸
널 만난 세상 더는 소원 없어
바램은 죄가 될 테니까

가끔 두려워져 지난밤 꿈처럼 사라질까 기도해
매일 너를 보고 너의 손을 잡고 내 곁에 있는 너를 확인해
창밖에 앉은 바람 한 점에도 사랑은 가득한걸
널 만난 세상 더는 소원 없어
바램은 죄가 될 테니까

살아가는 이유
꿈을 꾸는 이유
모두가 너라는 걸
네가 있는 세상
살아가는 동안
더 좋은 것은 없을 거야
시월의 어느 멋진 날에

네가 있는 세상보다 더 좋은 건 없을 거야

18세의 아리랑고개

안산 단원고 2학년 6반 **신호성**

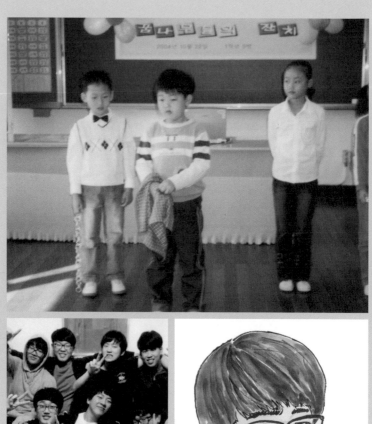

1. 마술을 연기하는 호성이(초등학교 1학년).
2. 수학여행 때 배 안에서 친구들과 어울려. 가운뎃 줄 오른쪽이 호성이.
3. 캐리커처.

18세의 아리랑고개

안녕하세요?

나는 단원고 2학년 6반에 재학 중이던 신호성이라고 합니다. 흔히들 인생에는 기쁜 일과 슬픈 일이 교차한다고 합니다. 살다 보면 기쁠 수만도 없고, 그렇다고 슬프기만 한 것도 아니라는 것이겠죠. 나는 이 말에 전적으로 동감합니다.

아직 인생을 많이 살아 본 것은 아니지만, 지금까지 살아온 짧은 내 인생에 비추어 보아도 그 말은 맞는 것 같습니다. 나는 인생에 기쁨보다는 슬픈 일이 더 많다고 생각해요. 기쁜 일 2에 슬픈 일 3, 기쁘지도 슬프지도 않은 일 5가 인생이라고 생각합니다. 아무튼 살다 보면 기쁜 일과 슬픈 일이 번갈아 가며 찾아오겠죠? 그래서 이 글의 제목에 '아리랑고개'라는 말을 붙였습니다. 그동안 내가 살아온 이야기를 아리랑고개를 넘어가듯 해 보려고요.

나는 1998년 2월 7일 오후 1시 51분 안산 선부동에 있는 황경원산부인과에서 태어났습니다. 엄마 정부자 씨는 고흥 분으로 안양에 살다 서울이 고향인 아빠 신창식 씨를 만나 서로 사랑하여 결혼한 후 나를 낳았습니다. 나는 태어날 때 4.25킬로그램의 우량아였습니다. 3일이 지나면서 목을 가눌 정도로 건강하였답니다. 내 위로 형이 하나 있는데, 형은 나하고 나이가 일곱 살 차이 납니다.

나는 어려서 걷는 일보다 말을 먼저 했다고 합니다. 보통 아기들이 서고 걷고 말하는데, 나는 그런 행동보다 말을 먼저 했다고 합니다. 8개월부터 할머니를 "할미, 할미"라 하였고, 돌 지나면서 걷기 시작했습니다.

나는 이 말, 내가 말을 먼저 했다는 사실을 상당히 의미 있게 생각합니다. 나는 나중에 성장한 후에도 누군가와 조곤조곤 말하길 좋아했는데, 그런 내 성격이 어려서부터 말하기 좋아하는 버릇에서 비롯되지 않았나 생각합니다. 나는 나중에 커서 학교에 다닐 때도 말 잘하는 아이, 배려를 많이 하고 자기 인생에 고민을 많이 하는 아이라는 말을 듣게 되는데, 이것도 그런 성격에서 비롯되지 않았을까 생각합니다.

나는 세 살 때 안산시 고잔동에 있는 한 사설 어린이집에 들어갔습니다. 초등학교 들어가기까지 두 군데 어린이집을 다녔는데, 처음 다닌 곳은 기억나는 일이 별로 없습니다. 다만 한 가지, 이 일은 정말 내 인생에 아주 중요한 영향을 미친 사건인데, 어린이집 할머니가 내 손톱을 깎아 주다가 손톱 아래 살점까지 깎아 버렸다는 것입니다. 그 후 나는 손톱 깎는 일에 대한 두려움이 있어서 나중에 커서까지 손톱이 채 자라기도 전 이빨로 물어뜯었습니다. 그때의 공포가 나중에 커서까지 그대로 남아 나는 손톱 깎는 일이 무서워 이빨로 손톱을 갉아 댔던 것입니다.

2004년 3월 일곱 살 때 나는 고잔초등학교에 입학했습니다. 나는 태어나서 지금까지 한 번도 안산시 단원구 고잔동을 벗어나 보지 않았습니다. 그러니까 내가 태어나 자란 고잔동, 특히 고잔초, 단원중, 단원고가 있는 동네는 내가 좋아하는 내 고향입니다. 정도 많이 들었고, 무슨 골목에 무엇이 있는지 훤히 다 알 정도로 친숙한 곳입니다.

초등학교에 들어가 친구들도 새롭게 사귀었습니다. 처음엔 낯설고 어려워서 친하지 못했는데, 시간이 지나면서 최평근, 최지운, 진경원, 이창환, 장진성, 신동환 같은 아이들과 친해졌습니다. 이 친구들은 초등학교 때 만나 단원중학교도 같이 다닌 절친이었고, 고등학교를 각자 다른 곳으로 갔지만 여전히 친했습니다.

초등학교 1학년, 그러니까 2004년 가을에 있었던 '꿈나무들의 축제'에서 마술 공연을 한 일이 기억에 많이 남습니다. 여러 아이들이 보는 앞에서 수건으로 손을 가리고 손에 없던 물건을 꺼내 보여 주는 마술이었는데, 나는 연습을 많이 해서 무사히 공연을 마쳤습니다.

나는 초등학교 2학년 때부터 수영을 했습니다. 수영을 하게 된 동기는 아빠의 적극적인 권유 때문입니다. 아빠는 살아오면서 지금까지 수영을 못해 세 번이나 죽을 뻔했다고 합니다. 그래서 물만 보면 공포심이 일어 자식에게는 꼭 수영을 배우게 해야겠다고 생각했답니다. 아빠가 우리에게 꼭 가르치려고 한 것은 수영 말고 더 있는데, 운동, 악기 연주입니다.

수영은 집 근처에 있는 올림픽기념관 수영장에서 했습니다. 나는 수영의 최고 단계인 '최상급'까지 땄습니다. 나중에 나는 커서 키가 179센티미터에 몸무게가 76킬로그램이었는데, 이런 탄탄한 몸으로 수영을 하면 누가 보아도 마치 국가 대표 선수가 수영하는 것처럼 느껴졌을 겁니다. 실제로 안산시에서 나를 수영 선수로 발탁하려고까지 했으니까요.

초등학교 생활 가운데 빼놓을 수 없는 게 책 읽기입니다. 나는 도서 대여 회사에서 배달해 주는 책을 읽었습니다. 일주일에 4권씩 매주 다른 책을 배달해 주었는데, 역사 문학 과학 사회 등 그 종류가 다양했습니다. 나는 책 읽기를 중학교 때까지 계속했는데, 책 읽는 속도가 빠르고 성실하게 읽어서 책 읽기 프로그램을 수료하여 주식회사 아이북랜드에서 독서상도 받았습니다.

초등학교 때 나는 친구들이 하는 농담을 잘 이해하지 못했습니다. 농담이나 허튼 말을 들으면 왜 말을 그렇게 하나, 정직하고 진실되게 하지 않나 하는 생각이 먼저 들었습니다. 나는 중고등학교 다닐 때도 그런 문제의식을 갖고 있었습니다. 물론 초등학교 때처럼 농담을 이해 못 한 것은 아니지만, 말을 장난으로 농담으로 하는 것을 보면 왜 저래야 하지, 하며 의아했습니다.

돌이켜 볼 때 중학교 3년 동안은 제 인생에서 가장 큰 변화가 있었던 시기였습니다.

그에 따라 여러 가지 사건도 많았던 때였습니다. 흔히 중학교부터 본격적인 사춘기가 시작된다고 하는데, 아마도 그래서 그런지도 모르겠습니다. 내 경우에는 특히 중2 때와 중3 때, 그러니까 고등학교 입학하기 전 겨울 방학 때까지가 인생에서 큰 전환점을 이룬 것 같습니다. 그 시기 부모님과 기성세대에 대한 반항심도 싹텄고, 사물과 세계를 바라보는 주관이 자리 잡기 시작했으며, 내 관점에서 볼 때 옳지 못한 것에 대해서는 항의하고, 정의를 추구하려는 마음이 자리 잡기 시작했습니다.

이성에 대한 관심이 싹튼 것도 그때였고, 나 자신의 능력과 우리 가정의 경제 등에 대한 현실 인식이 싹터, 앞으로 내가 나아가야 할 진로에 대한 대체적인 방향이 정해진 것도 그때였습니다.

나는 2010년 3월 단원중학교에 입학했습니다. 앞서 말한 대로 나는 고잔초를 졸업하고 단원중에 입학한 것인데 우리 집에서 내내 걸어서 20분 남짓한 거리에 있었습니다. 우리 부모님은 나에게 공부해라 뭐 해라 같은 간섭을 거의 하지 않았습니다. 한마디로 나를 믿었던 것이겠죠. 그렇지만 나는 그게 이상했습니다. 형에게는 많은 신경을 쓰면서 나는 거의 방치하다시피 내버려 두었거든요.

중2 때의 일입니다. 이성에 대해 처음으로 관심을 갖고 사귀게 된 것도 중2 때입니다. 같은 반 여학생이었는데 어쩌다 친해지게 되었고 중3 올라가면서 헤어졌습니다. 헤어진 후에도 친구처럼 지냈는데, 헤어진 게 몹시 후회되었습니다. 우리는 그때 학교 뒤쪽 주차장에 우리들만이 모여 노는 곳이 있었는데, 거기서 많은 이야기를 했습니다. 초등학교 때부터 친했던 친구들과 먹을 것도 가져와 이야기하며 놀았는데, 특히 진경원이라는 친구에게 마음속 고민을 많이 털어놓았습니다.

중학교 생활이 끝나 갈 무렵 우린 친한 친구들끼리 단합 대회를 가졌습니다. 나는 이미 단원고에 배정된 상태였고, 다른 친구들은 단원고가 아닌 다른 학교에 배정된 상태였습니다.

중3에서 겨울 방학이 끝나고 고등학교에 진학하기까지가 나에게는 진로와 관련하여 중요한 시기였습니다. 나는 이때 그동안 내가 해 온 많은 일들을 정리하고 내가 할 일은 오로지 공부뿐이라는 생각을 했으니까요. 운동도 취미도 앞으로 살아가는 데 그다지 필요한 게 아니었습니다. 나 자신을 엄밀히 따져 볼 때 내가 해야 할 일은 공부라고 생각했고, 고등학교에 가서 정말 열심히 공부했습니다.

2013년 3월 단원고에 입학한 첫날. 나는 밤 10시 30분에 집에 왔습니다. 입학 첫날부터 학교는 공부 시스템으로 돌아갔습니다. 나는 첫날부터 그러한 학교가 긴장되기도 했지만 또 마음에 들었습니다. 이제부터 빡세게 공부하리라 작정했던 내 마음과 맞아떨어졌기 때문입니다.

고1 때 나는 우리 담임 선생님을 잊을 수 없습니다. 그분은 총각이었는데, 국어를 가르치면서 학생들의 마음을 잘 이해했습니다. 우리들과 함께 있는 것을 좋아했고, 실력도 좋은 데다 재미있게 수업을 하셨습니다. 내 꿈이 국어 선생님이 되는 거였는데, 아마도 1학년 때 담임의 영향을 받아 그런 것 같습니다. 엄마는 내가 다른 사람을 잘 배려하고 오지랖 넓게 이것저것 잘 챙긴다면서 사회복지사가 되라고 하셨지만, 나는 국어 선생님이 되고 싶었습니다. 말하기를 좋아하고 책을 좋아해서 그런 것도 있었지만, 아마도 고1 때 담임 선생님의 영향이 커서 그랬던 것 같습니다. 그분은 나의 롤 모델이었으니까요.

그런데 내가 충격을 받은 것이 그렇게 내가 존경하고 따르던 선생님이 고2 때 학교를 그만두고 집에서 쉬고 있다는 이야기를 들었습니다. 자세한 내막은 알 수 없었지만, 아무튼 그렇게 훌륭한 분도 직장을 잃고 쉬나, 하는 생각에 나는 적잖이 충격을 받았습니다.

고1 때 두 가지 일이 생각납니다. 하나는 '독도는 우리 땅'이라는 주제로 열린 글짓기 대회에서 〈나무〉라는 시를 써서 최우수상을 받은 일과, 한글날 기념 대회에서 〈그 이름〉이라는 시로 장려상을 받은 일입니다.

나무

새들의 보금자리가 되는 곳
식물들이 모여 살 수 있는 곳
이 작은 나무에서 누군가는 울고 웃었을 나무
이 나무를 베어 넘기려는 나무꾼은 누구인가
그것을 말리지 않는 우리는 무엇인가
밑동만 남은 나무는
추억을 지키고 싶다면
나무를 끌어안고 봐 보아라

그 이름

부모 부모 부모 어머니 어머니 어머니
아버지 아버지 아버지 부르는 것은 쉽지만
되는 것은 어려운 그것 불려지는 것은 쉽지만
책임감을 가져야 되는 그것 부모

아플 때나 슬플 때나 든든한 모습인 아버지
힘들 때나 화날 때나 따뜻한 모습인 어머니
항상 같은 모습인 우리 부모님

뒤에서는 울적하지만 술 한잔에 웃어 버리는
우리 아버지
옆에서는 도와주지만 힘든 티 안 내고 드라마에
웃어 버리는 우리 어머니

언제나 자식들이 걱정할까 티 안 내는 부모님

신호성

항상 부르지만 다가가기 힘든 그 이름 부모

가끔은 공원에 있는 벤치처럼 자식에게
기댈 수도 있지만 자식이 힘들어할까
바로 일어나 버리는 그런 그런 부모

자식이 자기 때문에 맘 상할까 언제나
걱정하는 그런 그런 부모 그런 그런 부모

다른 일 하나는 친구들과 여행을 다녀온 일입니다. 중학교 때까지 부모님은 절대 외박을 허락하지 않았습니다. 그러다 내 친구들이 나보다 더 착실하다는 것을 아시고 외박을 허락하셨는데, 그렇게 해서 가게 된 것이 제주도와 청양입니다.

제주도는 진성이라는 친구가, 청양은 근형이라는 친구가 전학을 간 곳인데, 그 친구들을 찾아 간 여행이었습니다. 우린 제주도에서 일주일 동안, 그리고 청양에서 2박 3일 동안 정말 즐겁고 행복하게 지냈습니다.

이런 즐거운 일이 있기도 했지만, 나는 나의 장래, 우리 집 가정 경제, 부채, 부모님의 건강과 노후 대책 같은 것에 관심이 많았습니다. 가끔 친구 부모님이 돌아가셨다는 말을 들으면 그것이 남의 이야기 같지 않아, 인기척 없이 주무시고 계신 아버지를 흔들어 깨우기도 했습니다.

또 길가에서 물건을 팔고 있는 아줌마나 할머니들을 보면 매일 쉴 새 없이 일하는 엄마를 보는 것 같아 마음이 안쓰럽고 안타까웠습니다. 나는 실제로 학교에서 돌아온 늦은 시간에도 엄마가 마트에 가면 따라갔습니다. 엄마 혼자 무거운 것을 들면 안 되겠기 때문이었죠.

고2가 되어 한껏 마음을 부풀게 한 것은 단연 수학여행이었습니다. 4월 15일부터 3박 4일, 그것도 제주도. 그러나 나는 수학여행을 가지 않으려고 했습니다. 왜냐하면

고1 때 제주도로 전학한 친구를 찾아간 여행에서 제주도를 다 보았기 때문입니다. 내가 수학여행 가기를 싫어하자 엄마가 말했습니다. "아들, 그래도 갔다 오는 게 어때? 학창 시절에 많은 추억을 쌓는 게 좋아. 수학여행 갔다 온 일은 나중에 오래도록 추억에 남을 거야." 나는 엄마의 말에 따라 수학여행을 가기로 했고, 가기 전 그동안 책꽂이에 꽂아 둔 중학교 때 쓰던 문제집을 모두 정리했습니다.

수학여행 가는 날 4월 15일. 아빠가 방에서 티브이를 보고 계셨습니다. 내가 아빠에게 초콜릿을 주면서 "아빠, 나 가" 하니까 아빠가 건성으로 "어, 그래, 그래" 하셨습니다. 그래서 내가 다시 "아들이 가는데 아빠가 뭐 그래?" 하니까 아빠가 "너 좋은 데 가는데, 갔다 안 올 거야?" 그러셨습니다. 그래서 내가 "아빠, 사랑해요. 엄마랑 싸우지말고 잘 지내요"라고 말한 후, 학교에 갔습니다.

그렇게 인사하고 학교에 갔는데, 오후 3시 30분 엄마한테서 전화가 왔습니다. 내가 아침에 학교 올 때 깜박하고 음료수를 놓고 왔기 때문입니다. 나는 학교 근처 독서실 앞에서 엄마를 만나 음료수를 건네받았습니다. 그 자리에서 엄마는 내 용돈이 부족할 거라면서 3만 원을 더 주셨습니다. 그러나 나는 별로 돈 쓸 일도 없는 것 같고, 또 꼭 필요하다면 친구들한테 빌려도 될 것 같아 2만 원을 다시 돌려주었습니다. 나는 엄마와 함께 손을 잡고 학교 정문까지 왔습니다. 그리고 거기서 엄마와 헤어졌는데, 그렇게 손을 흔들며 헤어진 것이 엄마와의 마지막이 되었습니다.

엄마와 헤어진 후 오후 4시에 우리는 학교를 출발하여 인천항으로 갔습니다. 그러나 안개가 많이 끼어 배가 제때 출발하지 못할 것 같았습니다. 지루한 기다림 속에 나는 엄마와 통화했고, 배가 늦게 출발할 것 같다고 하자 엄마가 너무 조급해하지 말고 잘 갔다 오라고 했습니다. 배는 결국 저녁 9시쯤 돼서야 출발했고, 우리는 드디어 기다리고 기다리던 수학여행 길에 오른 것입니다.

우린 배 안에서 너나없이 기분이 들떠 즐거웠습니다. 그건 선생님들도 마찬가지였습니다. 우린 친한 친구들끼리 모여 사진 찍기에 바빴습니다.

나는 세월호가 침몰되어 바다에 수장된 지 16일째, 5월 2일 12시쯤에 떠올랐습니다. 내 가방에 있던 다른 소지품들은 모두 바닷물에 휩쓸려 떠내려가고, 지갑과 학생증만 남아 있었습니다. 지갑에는 돈 2만 6천 원이 들어 있었고요.

장례를 치른 후 사십구재 때 엄마가 그동안 내가 쓰던 물건 등 모든 것을 태웠습니다. 스님이 그래야 좋은 곳에 갈 수 있다는 말에 그렇게 하신 것입니다. 그때 내 신발이 없어서 신발은 사서 태웠다고 합니다. 부모님은 지금도 일주일에 한 번 나를 만나러 시흥에 있는 정각사라는 절에 오십니다.

이제 그만 내 이야기를 마쳐야겠습니다. 그동안의 삶을 돌이켜 보니 가족들과 함께했던 시간이 가장 기억에 남는군요. 또 친구들과 즐거웠던 시간도 많이 떠오르고요. 엄마 아빠 그리고 형! 내 방 창문가에 나무 한 그루가 있죠? 그 나무 이름이 뭔지 모르겠는데, 나는 그 나무를 참 좋아했어요. 바람에 살랑대는 나뭇잎을 바라보며 많은 생각을 하고 또 위안을 얻었죠. 이제 내가 그 나무가 되어 우리 가족들과 함께할게요. 해마다 그 나무가 자라듯 나도 우리 가족들 품 안에서 푸르게 자랄 거예요. 영원히, 영원히 내 가족과 친구들의 품 안에서.

내가 알고 있는 건계

안산 단원고 2학년 6반 이건계

1. 2013년, 가족이 함께.
2. 고1 C&C 미술 학원에서. 그래픽 디자이너를 꿈꿨다.
3. 고1 여름에 누나와.

내가 알고 있는 건계

건계 어머니의 전화를 받는 순간, 가슴이 먹먹해졌다. 어떤 어조로 얘기를 나누어야 하나, 어떤 말부터 시작해야 하나, 위로의 말을 먼저 하는 게 좋을까, 아니면 그저 담담하게 대할까…… 건계 어머니의 목소리는 울음을 막 닦아 낸 듯 축축하게 젖어 있었다.

"안녕하세요?"

조심스레 말을 트고 약속을 잡았다. 5월 26일. 집 근처에서 뵙기로 했다.

여름이 아직 멀었다는 것을 잠시 잊었는지 등 뒤의 햇볕이 제법 따가웠다. 중앙역에 내려 길을 건너려고 횡단보도 앞에 멈춰 섰는데 건너편으로는 요란스런 간판으로 뒤덮인 큰 건물들이 도열해 있다. 전철 역사의 소박함과는 너무 대조되는 풍경이었다. 음식점과 화장품 가게, 커피숍과 맥줏집들, 양품점과 핸드폰 가게…… 보통 때였다면 상점에서 흘러나오는 시끄러운 음악 소리들과 호객꾼들을 피하려고 고개를 숙인 채 걸었을 것이다. 그러나 나는 미로와도 같은 길을 이리저리 접어들면서 거리의 풍경을 눈에 넣으며 유심히 오가는 사람들을 살폈다. 나도 모르게 누군가를 찾고 있었다. 내가 모르는 아이, 한 번도 이름을 불러 보지 않았던 아이, 어깨를 부딪치고 지나쳤어도 몰랐을 아이를 나는 찾고 있었다.

쇼핑몰을 벗어나니 고만고만한 아파트들이 붙어 있는 아파트촌이다. 건계의 집 가까이 가서 건계가 하루에 적어도 한 번은 다녔을 것으로 보이는 골목길을 눈으로 더듬었다. 인적이 끊긴 듯 고요하기만 했다. 잠시 숨을 고르고 어머니께 전화를 거니 몸소 마중을 나오셨다. 이미 알던 사람을 오랫동안 못 보다가 다시 보는 듯 건계 어머니는 스스럼없이 나를 집으로 안내했다. 수박을 잘라 내오고 빵을 건네며 이야기가 시작되었다.

"건계는 평소에도 늘 입꼬리가 올라가 있었어요."

사진을 보고 좀 놀랐다. 고2의 남학생 사진으로 볼 수 없을 정도로 앳된 얼굴이었고 더구나 장난스럽게 웃고 있었다. 이 시기의 사진에 이런 얼굴을 하고 있기는 참으로 어려운 일인데 건계는 웃는 얼굴이다. 다른 사진에서도 마찬가지였다. 뭔가 웃을 일을 막 찾아낸 듯 늘 웃고 있는 모습이었다. 이런 얼굴로 얼마나 가족들과 친구들을 웃음 짓게 했을까?

건계 생각이 날 때면 혼자 사진을 꺼내 본다는 어머니…… 사진을 보고 있으면 눈으로, 입으로 늘 웃는 얼굴이라 건계가 좋은 데 갔으리라 생각된다고 했다. 손으로 사진을 쓰다듬는 어머니의 표정에는 엄마 품보다 더 좋은 데가 어디 있다고 그리 갔을까 하는 아쉬움이 어려 있다.

가족사진은 그리 많지 않다. 그중 누나의 졸업식 때 찍은 가족사진이 눈에 띈다. 모두 입을 꼭 다물고 있는데도 건계는 보란 듯이 활짝 웃고 있다. 당시 어머니와 아버지가 함께 가게를 운영하느라 식구들끼리 모여 앉아 식사 한 번 하기 어려운 때라고 했다. 꼭 다문 누이의 입을 보니 부모에게 하고 싶은 말이 많아 보인다. 결국에는 누이가 '엄마 아빠랑 저녁밥 같이 먹고 싶다'는 말을 하고 만다. 부부는 그날로 가게 문을 닫고 강원도 계곡으로 가족 여행을 떠났다. 여행을 마치고 돌아와 가게를 처분하고 아이들과 저녁밥을 먹기 시작했다.

"건계는 아픈 아이였어요."

건계는 '양대혈관우심실기시'라는 어려운 병명의 질환을 갖고 세상에 나왔다. 심장에 잡음이 들린다는 담당 인턴의 말에 어머니와 아버지는 가슴이 철렁했다. 수술하면 살 수 있다고 하자 아버지는 수술을 결정하고 보름 만에 아기를 수술대에 눕힌다. 수술은 잘 되었지만 아기는 백일 때까지 중환자실에 누워 있게 된다. 품에 안아 키워야 할 아기를 혼자 병원 침대에 올려놓았지만 건계는 이때 아버지의 사랑을 충분히 받았다. 아버지는 매일같이 건계를 찾아가 동요와 자장가를 불러 주었다. "나비야, 나비야, 이리 날아오너라……" "자장자장 자장자장 우리 아기 잘도 잔다……" 아버지의 나지막한 노랫소리와 따뜻한 손길을 건계는 어찌 잊을 수 있을까. 수술 이후 2차로 시술을 한 차례 받고 세 살 때 3차 수술을 받았다. 이후로는 정기 검진 외에는 병원 신세를 지지 않았다. 추울 때 유난히 입술이 파리하고 많이 뛰는 운동은 좀 삼갔다. 친구들은 건계에게 이런 내력이 있는 줄 알지 못했다. 잔병치레도 없을 정도로 건계는 건강하게 자랐다. 키 172센티미터에 몸무게 70킬로그램. 몸이 불어난다며 걱정하면서도 누나에게 피자를 사 달라고 조르던 보통 아이였다.

"둘이 다니면 연인 사이냐고 물었대요."

누나와 찍은 건계 사진을 보여 주며 어머니의 입꼬리가 살짝 올라간다. 건계의 입꼬리 웃음은 어머니에게서 온 것임을 알 수 있었다. 거실 벽에도 같은 사진이 걸려 있다. 안산 화랑유원지의 분향소에도 같은 사진이 있었다. 분향소의 다른 사진들은 보통 혼자 찍은 사진들인데 외롭지 않게 보이려고 누나와 함께 찍은 사진을 세워 주었나 했다. 사진 속 건계는 누나의 어깨에 살며시 얼굴을 기댄 모습이다. 앳된 얼굴이 더 앳되게 나와 중학교 1, 2학년 정도의 나이로 보인다. 누나의 입꼬리도 살짝 올라가 있지만 누나의 얼굴은 웃음을 간직한 얼굴이라기보다는 내면의 고독이 엿보인다. 아버지를 닮았다.

누나와 동생은 잘 어울렸다. 동생은 누나를 자기 인생의 멘토라고 칭하며 무슨 일에나 "누나! 누나!" 했다. 누나가 카페에서 알바를 마치는 시간은 건계가 학원을 마치는 시간이기도 했다. 학원을 나오면 누나가 일하는 카페로 가서 누나가 일을 마무리할 때까지 기다렸다. 그러곤 "누나, 과자 과자!" "누나, 꼬치, 닭꼬치!" 하고 애교 어린 주문을 했다. 누나가 있어서 건계는 정말 행복했겠다 싶었다.

수학여행을 가는 날도 건계는 누나를 대형 쇼핑몰로 잡아끌며 "누나, 모자!" "누나, 가방!" 하고 외쳤다. 누나는 건계가 사 달라는 대로 다 사 주었다. 가방까지.

누나는 청소년 건계의 변호인이었다. 어머니가 "우리 건계는 너무 착해. 그래서 담배도 안 피우고 술도 안 마시고 야동도 안 봐" 하고 말했더니 누나가 나서서 "아냐, 한 가지는 해. 야동은 봐. 이 나이 때 야동 안 보는 아이가 어디 있어. 보는 게 당연하지" 하고 건계를 두둔했다. 건계는 부끄러운지 얼굴이 벌개져서 방으로 달아났다고 한다. 엄마는 아들의 등 뒤에다가 "아냐, 우리 건계가 그럴 리가 없어. 다른 아이들이 다 그렇다고 해도 우리 건계는 안 그래" 하며 아들을 놀려 댔다.

누나는 건계의 연애 코치도 되어 주었다. 좋아하는 여자 친구가 생일이 되었을 때 누나는 목도리를 생일 선물로 골라 주었다. 그걸 건계가 두르고 나가서 여자 친구의 목에 걸어 주는 깜짝 이벤트를 하라고 했다. 건계는 그렇게 했다. 여자 친구에게 마음도 전했는데 바로 답이 오지는 않았다. 부끄러움을 많이 타는 건계로서는 대단한 용기를 낸 거라 몹시 서운해했다. 그래서 3월 9일 건계의 생일에 그 애가 영화를 보자며 데이트를 청했지만 건계는 모른 척했다.

"여자아이들에게 인기가 많았어요."

세 살 터울 누나와 늘 말을 하고 지내서인지 건계는 여자아이들과 말이 잘 통했다. 여자아이들은 얘기를 잘 들어 주는 건계에게 고민도 털어놓고 상담도 청했다. 건계와 얘기를 하다 보면 건계가 남자아이란 것을 잊게 된다고 했다. 그만큼 서로 말이 잘 통했다.

건계는 남자아이들에게도 인기가 많았다. 초등학교 친구들과는 자주 어울려 다녔고 미술 학원에서도 친하게 지내는 아이들이 더러 있었다. 고등학교 친구 중 미술 학원도 같이 다니는 장환이는 단짝 친구였다. 다른 친구들과 함께 장환이 집에 자주 모여 놀았다. 건계가 음식도 만들고 설거지도 했다. 장환이와 건계, 두 아이는 마지막 순간까지 같이 있었을 거라며 어머니는 눈물짓는다. 친구가 있어서 덜 외로웠기를, 덜 무서웠기를 바란다.

"집안일을 잘 도와주는 아이였어요."

건계 어머니는 일을 다녔다. 셋톱박스 완제품을 테스트하는 일이었다. 잔업을 하는 날이 많아 집안일은 늘 쌓여 있었다. 어릴 때부터 일하는 부모를 보고 자란 건계는 잔심부름을 도맡아 했다. 음식도 곧잘 했다. 떡볶이와 라면은 건계의 주 메뉴였다. 한 번은 라면에 우유를 넣고 끓이고는 어머니께 먹어 보라고 건넸다. 어머니가 먹어 보니 맛이 아주 좋았다.

장을 보고 오면 건계가 알아서 냉장고에 넣었다. 집에 밥이 없으면 전화를 걸어 "엄마, 밥해 놓을까요?" 하고 물었다. 어머니가 음식을 만들 때는 항상 건계가 나와서 간을 보았고 두 손이 바쁜 어머니께 음식을 입에 넣어 주기도 했다. 설거지를 하고 재활용품 분리수거도 하고 쓰레기를 알아서 갖다 버렸다. 깔끔한 성격이라 자기 방도 깔끔하게 정리 정돈했다. 밖에 나가서도 가스 밸브를 잘 잠갔는지, 비 오는데 창문 열어 놓지 않았는지, 어머니에게 수시로 물었다.

저녁을 먹고 나서는 어머니, 아버지께 커피를 타 드렸다. 거실에 누워 텔레비전을 보면서 건계가 타 준 커피를 마시는 시간을 어머니는 행복하게 기억하고 있다. 그럴 때 건계도 옆에 와 눕는다. 텔레비전을 보며 아이들처럼 함께 깔깔거리던 그때, 건계 가족은 세상 부러울 게 없었다.

"건계는 야식을 좋아했어요."

그맘때는 쇠도 씹어 삼킨다는 말이 있을 정도로 어느 아이나 식욕이 왕성하다. 어릴 적에 병치레를 하느라 건계는 잘 먹지 못했고 그때 사진을 보면 가는 몸에 눈이 유난히 커 보인다. 얼굴도 말라 있었기 때문이다. 초등학교 때부터는 밥을 잘 먹기 시작했다. 중학교 때 부쩍 몸무게가 늘더니 고등학교 때는 야식을 좋아하는 아이가 되었다.

171

하지만 건계가 좋아하는 것은 야식보다는 식구들과 함께 있는 시간이 아니었을까. 식구들이 다 모이는 시간, 아빠와 엄마가 야근을 마치고 돌아오고, 건계와 누나는 미술학원에 알바를 마치고 돌아오는 시간, 거실에 함께 모여 앉아 하루 일을 얘기하는 시간이 10시 반 경. 건계는 먹는 것 중에서 피자를 아주 좋아했는데 아버지와 어머니는 살이 찐다며 경계했다. 매운 닭발도 좋아했는데 시켜 먹는 것보다 엄마가 해 주는 것이 더 맛있다고 했다. 야식을 먹을 때 누나는 건계를 위해 샐러드를 후딱 만들어 내왔다. 건계는 그것도 맛나게 먹으며 즐거워했다. 진도에서 건계를 기다릴 때 어머니와 아버지는 피자를 준비했다. 피자 먹으러 나오라고. 이제 그만 좀 나오라고. 건계는 어버이날 하루 지나 5월 9일에 왔다.

"그림도 잘 그리고 글 쓰는 것도 좋아하고……"

어머니가 건계가 그린 그림들을 쏟아낸다. 완성한 그림도 있고 그냥 끄적거린 것들도 있다. 아주 어릴 적에 그린 것도 있고 최근 것도 있다. 어릴 적 건계의 그림도 웃고 있다. 꼬꼬닭이 웃고 나무가 웃고 집이 웃는 그림이다. 커서 그린 그림은 약간 도회적이다. 그중 양복을 입은 한 남자가 고층 빌딩을 들고 있는 모습의 그림이 인상적이다. 그림에는 남자의 손이 클로즈업 되어 있는데 마치 카지노에서 배팅을 하는 사람처럼 남자의 손이 회전하는 느낌을 내고 있다. 빌딩 그림 주변으로는 지하철 역에서 볼 수 있는 안산, 중앙역, 오이도 등의 방향 표지들이 흩어져 있다. 무엇을 그리려고 했을지를 가늠하며 그림을 자세히 보게 된다.

건계는 그래픽 디자이너의 꿈을 키우고 있었다. 초등학교 때 미술 학원에 다니면서 미술에 소질이 있음을 느꼈다고 한다. 학원을 계속 다니고 싶었지만 아버지가 공부를 하라고 해서 그만두었다. 중학교 때 공부보다는 미술이나 예능 쪽에 더 재능이 있음을 알고 어머니와 건계는 집 가까이 있던 실업계 고등학교를 지원할까 했다. 하지만 아버지는 공부도 어느 정도는 해야 한다며 인문계를 고집했다. 단원고는 그렇게 가게 되었다.

아버지는 글도 잘 쓰고 그림도 잘 그렸다. 어디서 배운 실력이 아니라 마음에서 우러난 솜씨였다. 아버지의 재능을 물려받아 누나는 글쓰기를 좋아했고 글을 내기만 하면 상을 받아 왔다. 건계는 뭐든지 잘하는 누나에게 가려 있었다. 글쓰기 상도 두어 차례 받아 왔지만 건계는 그림을 더 좋아했다.

미술 학원 선생님들은 건계가 잘 나서지 않고 뒤에서 성실한 아이라고 했다. 장환이와 함께 다녔는데 장환이가 장난기가 많고 활발한 아이였던 반면, 건계는 묵직한 아이였다고. 남들 앞에서 그림을 발표할 때는 주뼛주뼛하면서도 차분하게 설명을 이어나갔다 한다.

어머니께서 보여 주신 사진 중에 고1 때 미술 학원 친구들과 함께 그린 벽화가 있었다. 안산 청소년수련원의 어느 한 건물 벽에 강물인지 바닷물인지 모를 물을, 출렁거리도록 그려 넣었다. 그림을 다 그리고 찍었는지 아이들의 등 뒤로 큰물이 넘실대고 그 물로 뛰어드는 사람, 첨벙거리는 사람, 허우적대는 사람이 보인다. 심지어 하늘로 오르는 모습도 있다. 그림을 보고 가슴이 철렁했다. 나와 같은 연상을 하는 사람이 또 없기를, 이런 마음을 감추려고 어머니 앞에서는 "아이들이 예쁘네요" 하고 말했다. 건계는 여자아이들과 춤의 한 동작을 흉내 내며 사진 한 장을 더 찍었다. 아이들이 예뻐 보인다.

이번 여름은 그 어느 때보다도 더 뜨거웠다. 태양이 타고 있는 불덩어리라는 것을 실감하듯 이른 아침부터 햇볕이 지글거렸다. 조금만 걸어도 땀이 흥건해지는 터라 안산으로 건계 어머니를 만나러 가는 것도 마음만큼 쉬운 일은 아니었다. 지하철에는 사람들의 땀 냄새가 배어 있었다.

첫 번째와 두 번째 때 더위와 땀 냄새로 고생을 한 터라 세 번째 안산 중앙역으로 가는 시간을 나는 일부러 늦은 오후로 잡았다. 건계가 다니던 미술 학원 가까이 유가족을 위한 치유센터가 있어 그곳에서 이야기를 하기로 했다. 건계 어머니의 얼굴에서 나는 여전히 깊은 슬픔과 번민, 그리움과 안타까움, 분노와 체념을 읽을 수 있었다. 나 역시 여전히 위로의 말을 건넬 수 조차 없는 암담한 마음, 그대로였다. 어머니는 그간 사정을 전하며 이야기를 하나하나 풀어놓았고 나는 그 모습에서 건계를 위해 뭐라도 하고 싶은, 하나라도 더 해 주고 싶어 하는 간절함을 전해 받았다.

어머니의 이야기는 내가 그전에 들었던 내용들 주변을 맴돌았다. 동심원을 그리듯 퍼져 먼 과거로 갔다가 다시 먼 훗날로도 갔다. 나는 이야기를 듣기만 했다, 보여 주는 사진을 손으로 매만지고 건계 아버지가 만든 동영상을 보며 눈물지었다. 어떻게 이런 목숨이 허망하게 사라질 수 있나 하는 참담함이 가슴을 짓눌렀다. 모든 것이 다 그대로인데…… 덮고 자던 이불도, 그림을 끄적대던 공책도, 늘 물을 따라 마시던 컵도 다 그대로인데, 사람만 없다니……

무슨 이야기를 나누었는지 메모를 하지 않아 기억할 수 없다. 아마도 기억할 수 없는 가볍고 작은 것들이었을 것이다. 하지만 그것들은 내가 그전에 들었던 이야기들의 빈틈을 메우면서 건계의 실존을 채워 주었다. 나는 이제 건계가 정말로 살아 있는, 그리고 나에게서 다시 살기 시작하는 아이로 느껴졌다. 어머니는 건계의 빈자리가 더욱 느껴진다고 했지만 나에게는 건계의 자리가 더욱 확고해졌다. 그리고 그때가 되어서야 내가 건계의 짧은 삶에 대해, 건계가 남긴 것들에 대해 어떤 이야기를 전할 수 있을 용기가 생겨났다. 건계를 조금씩 느끼면서, 그 많은 아이 중에서 특히 건계를 잃은 슬픔이 내게 각별하게 전해 왔다. 그리고 건계 어머니와의 대화는 밤늦은 시각까지 이어졌다. 다시 역으로 돌아오는 길은 무척 어두웠다. 사람들은 다 흩어져 보이지 않았고 거리의 음악도 꺼졌다. 거리의 풍경은 이미 낯이 익어 마음 편했지만 그 거리에서 건계를 다시 찾지는 않았다. 건계는 내 마음속으로 옮겨 왔고 나는 아무 곳에서나 건계를 발견할 수 있었다. 건계 어머니는 며칠 전 꿈에서 아들을 보았다고 했다. 건계가 거실로 들어오며 어머니를 불렀다고 한다. 어머니가 "살았구나, 살아 돌아왔어. 그래, 너처럼 살아 돌아온 아이가 많니?" 하고 물으니 건계는 "많아요. 많이 살아왔어요" 했다고 한다. 문득 잠든 남편이 생각나 "여보, 건계가 살아왔어요. 건계가……" 하며 남편을 부르다가 잠이 깼다. 건계는 사라지고 먹먹한 어둠밖에 만져지지 않았다. 어머니는 지금 시골에 가서 바람 부는 대청마루에 앉아 있고 싶다고 했다. 어머니의 마음을 빌어 아래의 시를 썼는데 이것으로 이 글을 마무리한다.

시골에 가서 바람 부는 대청마루에 앉아 있었으면

시골에 가서 바람 부는 대청마루에 앉아 있었으면
거기 앉아 빈 들판을 바라보며
너를 부르고 너를 그리고 너를 기다린다면

스산한 바람
저녁이 걸어오는 소리
푸드덕대는 산새의 날갯짓

언젠가 어깨 기대고 함께 앉아 본 적도 있었겠지.
바람 부는 대청마루. 거기 다시 앉아
너를 부르고 너를 그리고 너를 기다리다가

멀리 날아가는 산새
흩어지는 구름들
기우는 해와 함께

떠나는 너를 배웅하고 싶다.
오래도록, 너의 큰 등을 쓸어 주며
너를 오래오래 배웅하고 싶다.

내가 알고 있는 건계

이 노래 그대에게 들릴 수 있기를

안산 단원고 2학년 6반 **이다운**

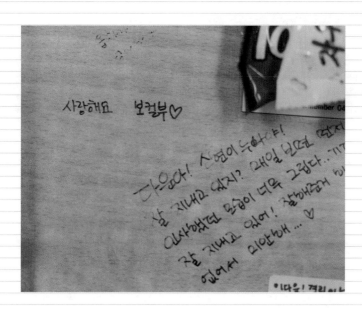

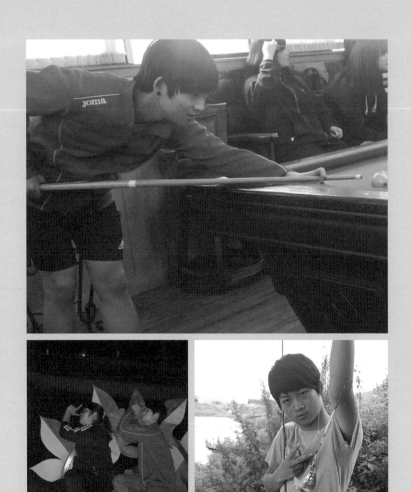

1. 당구를 하는 다운이. 당구장에서 모범적이고 유능한 알바생이었다.
2. 다운과 다슬. 오누이는 쌍둥이 소리를 들을 만큼 가까웠다.
3. 아빠와 함께 간 낚시터에서.

노래로 시작하고 노래로 하루를 끝내는 소년, 이다운은 그런 아이였다. 아침에 눈을 뜨면 작지만 밝은 목소리로 흥얼거린다. '나의 노래는 나의 힘……!' 그리고 잠자리에 들기 전 짧은 기타 반주로 하루를 닫는다. 어떤 슬픔도, 그 어떤 시련도 그를 주저앉히거나 주눅 들게 할 수 없었다. 할머니를 포옹하고, 아빠를 응원하고, 동생을 다독이는, "집안의 에너지 발전소였다"고 아빠는 기억한다. 연년생 동생 다슬이와 함께 수학여행에서 장기 자랑으로 선보일 창작곡 연주를 준비하고 있었다.

"이 대목은 좀 올라가야 되겠지?"

어릴 적 다운이는 연년생 동생 다슬이와 함께 유치원을 다녔다. 둘은 유치원에서는 각자 친구들과 놀았지만, 하루 일과가 끝나고 집으로 돌아오는 길에는 손을 잡고 나란히 걸었다. "선생님이 길을 건널 때는 손을 들라고 했지. 차가 섰는지 확인하고, 이렇게 손을 들고 건너는 거야."

오누이는 시시때때로 붙어 다녔다. 유치원도, 학교도 함께 다녔고, 함께 자랐다. 매일 붙어 다녀서 "쌍둥이 같다"는 소리도 많이 들었다. 학교 운동회에서 달리기를 하면 1등 상품을 놓치지 않는 다운이는 상품이 부족한 동생 다슬이와 자기 상품을 나누곤 했다. 다슬은 기억한다. "학교에서 친구 부모님이 돌린 빵을 저를 생각해서 먹지 않고 집에 가져와서 제게 주던 오빠였어요."

다운이는 동생에게 한없이 너그러웠으나 할머니에게 투정하는 동생은 그냥 보고 있지 않았다. "왜 이래! 너보다 할머니가 더 힘드시잖아. 네가 이러면 할머니는 누구한테 도와달라고 할 수 있겠니. 우리가 할머니를 도와야 하는 거잖아?" 다슬이에게 다운은 든든한 버팀목이었고, 크고 작은 걸 가르치는 진정한 선생님이었다.

다운이는 자기보다 남을 먼저 살피는 아이였다. 어려서부터 그런 성품을 타고난 듯했고, 남을 편안하게 하기 위해 자기가 불편한 걸 기꺼이 감수하는 아이였다. 중학생이 되고 나서는 집 계단, 집 앞 청소를 도맡아 했다. 겨울철 눈이 내리면 새벽에 일어나 계단을 치우고 집 앞 눈을 쓸었다. 일하러 갈 아빠, 할머니의 길을 자기가 여는 것이었다. 청소를 끝내고 제자리에 와서 부족한 잠을 보충하러 가면서 일하러 나서는 할머니에게 그는 말했다. "할머니 눈길 조심하세요. 제가 집 앞은 치웠는데, 거리엔 눈이 많아요. 천천히 걸으세요."

그런 다운이 곁에 항상 친구들이 끊이지 않았다. 그는 친구들을 모으는 중심이었다. 잘생긴 외모, 몸에 밴 재치 때문에 친구들이 따랐다.

"다운이는 공정했어요. 중학교 때 우리 반에 한 친구를 상대로 왕따 비슷한 게 있었어요. '그 친구와 말하지 않기' 비슷하게…… 놀리기도 하고. 그걸 다운이도 알게 되었죠. 다운이는 그 친구와 일부러 어울렸어요. 우리에게 그러면 안 된다고, '네가 그런 일을 당하면 어떻겠냐'고. '남 괴롭히는 게 가장 나쁜 일'이라고 했어요. 그 덕에 그 친구도 우리와 어울리게 되었어요."

친구들이 기억하는 것처럼 그는 너그러웠고 마음은 넓었다. 공정함을 몸에 익힌 다운이는 친구들 사이 크고 작은 분쟁을 수습하는 중재자였고 해결사였다. 싸우고 말 안하는 친구가 있으면 둘을 한꺼번에 올림픽공원에 불러내서 같이 자전거를 타며 놀았다. 고등학생이 되면서는 그렇게 싸우는 친구들과 함께 노래방에 갔고, 노래방을 다녀온 친구들은 언제 그랬냐는 듯 어울릴 수 있었다.

단원중학교를 다닐 때부터 크고 작은 소모임, 클럽 활동이 다운이를 중심으로 끊이지 않고 이어졌다. 볼링반도 있었고, 보컬 그룹도 만들었다. 주말이면 올림픽공원에 클럽 활동으로 모였고 그가 이끈 모임은 해를 거듭하며 이어졌다. 다툼은 그를 중심으로 이내 해결되었고, 항상 새로운 걸 배우는 모임으로 이어졌다.

이렇듯 다운이가 갈등 해결사를 도맡아 할 수 있었던 건 친구들이 그를 좋아했기 때문이고, 무엇보다 다운이에게 놀라운 흥이 있었기 때문이었다. 농구, 볼링, 당구 같은 운동에 재능이 있었고, 노래, 춤에서 남을 이끄는 능력이 있었다. 특히 기타를 잘 쳐서 단원중학교 때부터 주위 친구들에게 그는 기타 선생으로 통했다.

중학교 1학년 때 가족이 함께 대부도를 갔다 오다가 다운이가 아빠에게 기타를 사 달라고 청했다. "아빠 기타 치는 거 멋있어. 나도 하게 제게 기타 사 주세요. 제가 혼자 배워 볼게요."

그렇게 다운이는 기타와 인연을 맺었다. 다운이는 새로운 걸 배우기를 즐겼다. 기타는 그에게 꼭 맞는 악기였다. 줄을 튕기면 화음이 어울리고 맑고 밝은 소리로 마음을 쓰다듬어 주는 것이 여간 친숙하지 않았다. 다운이는 학교에서 돌아오면 인터넷을 통해서 기타 연주법을 익혔다. 〈황혼〉, 〈바람의 시〉 같은 곡 악보를 내려받아서 완주할 수 있을 만큼 실력은 빠르게 늘었다. 아빠가 기타를 사 주고 6개월 뒤, 아빠는 자기도 모르는 곡을 완주하는 다운이를 데리고 기타를 샀던 악기점에 데리고 가서 기타 강습을 이끄는 사장에게 다운이의 연주를 들어 보라고 청했다. 다운이가 연주했다.

"호, 대단한데. 나한테 4~5년 기타 공부한 사람 못지않아. 너, 다른 데 눈 돌리지 말고, 이 길로 쭉 가라. 내가 잘 알려 줄게."

이런 평가를 받는 연주였으니, 친구들 사이에서 다운이의 인기가 높은 건 당연했다. 다운이는 친구들에게 기타 연주를 들려주고, 아빠가 자기에게 가르쳐 준 대로, 자신도 친구들에게 기타 주법을 가르쳤다.

다운이의 꿈은 가수가 되는 것이었다. 향후 진학에 대한 계획도 세웠다. 대중의 사랑을 받는 뮤지션이 되는 것이었다. 그래서 집, 학교에서 가까운 안산 단원구에 있는

이 노래 그대에게 들릴 수 있기를

서울예술대학 교정을 가끔씩 둘러보는 게 즐거움이기도 했다.

"이 교정에서 실용 음악의 대가가 탄생할 거야", 함께 간 친구들에게 웃으며 장담한, 자신의 꿈이기도 했다. 비록 예선에서 탈락하기는 했지만, 고등학교 1학년 때 〈슈퍼스타 K〉 오디션 무대에 서기도 했다. 기타와 함께 노래 작곡에도 관심을 가졌다. 그는 아직 악보를 쓸 정도는 아니었지만, 탁월한 음감으로 기타를 튕겨 가며 노래를 만들었다.

다운이는 자기 마음을 표현하는 게 자연스럽고, 적극적이었다. 장난기도 많아서 먼저 장난을 걸어서 서로의 벽을 지워 버렸다. 할머니에게 볼을 부비며 인사하고, 설거지하는 아빠에게 등 뒤 허그로 응원했다.

"아빠, 설거지하는 모습 멋져! 나도 아빠 같은 남자가 될게."

아빠는 말한다. "다운이하고 같이 시장에 가면 제가 다 신이 나요. 가게 주인들이 다운이가 예쁘다고 콩나물 한 주먹, 생선 한 마리 더 얹어 주거든요. '어머님, 많이 파세요.' 이런 인사도 잘해요." 이렇듯 다운이는 아빠의 친구이기도 했다.

둘이는 미용실에 가서 머리 염색도 같이 했다. 같이 팔짱을 끼고 걸으며 아빠가 담배를 피우다가 동네 어른들이 아빠의 뒤통수를 친 적도 있다. "학생이 공부를 해야지, 담배 피면 뼈 삭아 이놈아." 그러자 다운이가 웃으며 가볍게 항의했다.

"아버님, 저는 학생이지만, 형은 성인이거든요. 형이 힘들어서 담배 한 개비 피우는데 그것도 못 하게 하시면 우리 형 자살해요." 서로 웃을 수밖에. 그렇게 서로 웃고 화해하고, 사귀고, 사랑하게 하는 힘이 그에게 있었다.

자라며 어려운 일이 없지 않았다. 초등학교 5학년 때 '자반성 혈관증'이라는 병이 생겨 한 학기 동안 입원과 퇴원을 반복해야 했다. 고등학교 1학년 때는 아르바이트를 갔다 오다가 건널목에서 25인승 버스에 치여 병원 응급실에 실려 가야 했다. 발목 골절로 수술도 받았다. 중학생 시절 엄마가 가족을 떠나는 상실을 견뎌야 했다.

이런 일들을 겪으면서도 그는 노래를 잃지 않았다. 다운이는 자신과 모든 이들을 위로하는 노래를 만들고 싶었다. 가정 일, 직장 일로 고생하는 형 같은 아빠, 그에게 위로를 전하고 싶었다. 할머니에게 신나는 노래를 들려드리고 싶었다. 동생을 응원하고 싶었다. 그리고 친구들에게, 여자 친구에게 위로를 전하고 자신의 노래 실력을 뽐내고 싶었다.

고1 겨울 방학 동안 그런 노래를 만들었다. 연습하고, 고치고, 다시 기타 줄을 튕겼다. 동생 다슬이를 노래 만드는 작업의 조수로 삼아 연주를 거듭하며 다듬었다. 집에서 아빠, 동생, 할머니에게, 친구들과 함께하는 자리에서, 그리고 여자 친구에게 그는 새로 만든 노래를 기회 있을 때마다 들려주었다. "제가 만든 노래를 들어 보세요. 괜찮아요? 따라 부를 수 있을 것 같아요?" 그렇게 그의 노래는 그의 목소리를 타고 퍼져 나갔다.

사랑하는 그대여

사랑하는 그대 오늘 하루도 참 고생했어요
많이 힘든 그대 힘이 든 그댈 안아 주고 싶어요

지금쯤 그대는 좋은 꿈 꾸고 있겠죠
나는 잠도 없이 그대 생각만 하죠

그대의 어깨를 주물러 주고 싶지만
항상 마음만은 그대 곁에 있어요
내가 만든 이 노래 그댈 위해 불러 봐요

힘이 든 그대를 생각하면서
내가 만든 내 노래 들어 봐요

오늘도 수고했어요

이 노래 그대에게 들릴 수 있기를

사랑하는 그대여

내가 만든 이 노래 그댈 위해 불러 봐요

힘이 든 그대를 생각하면서

내가 만든 내 노래 들어 봐요

오늘도 수고했어요

사랑하는 그대여

사랑하는 그대여

노래를 들은 친구들은 자랑스러워했고, 아빠는 대견해했다. 그의 음악은 이렇게 남의 노래를 연주하는 단계에서, 자신의 노래를 부르는 새로운 단계로 나아가고 있었다. 박수치며 환호하는 친구와 가족의 응원을 들으며, 그는 그들의 삶이 자기가 부르는 노래만큼 더 밝고 평안해지기를 소망했고, 자신의 노래가 그렇게 불려질 수 있으리라 믿었다.

다운이는 중3 때부터 자기 용돈을 벌기 위해서 아르바이트를 계속했다. 집 근처에서 꾸준히 일거리를 찾았고, 그 대가로 받은 돈으로 자신과 동생 다슬이의 용돈을 충당했다. 때로 할머니의 선물을 챙기는 것도 잊지 않았다. 스승의 날 담임 선생님의 선물도 빠뜨리지 않았다. 간혹 주말 야간 용역 일을 맡아 밤새워 물건을 포장하거나, 편의점 매장을 지키는 일도 기꺼이 해냈다.

워낙 믿음직한 아이인지라 아빠나 할머니는 일하는 다운이를 걱정하지 않았다. 고등학생이 되고 난 뒤 그는 꽤 오랫동안 당구장 일을 했다. 그와 함께 일했던 사장 김○진 씨는 말한다.

"성실하고 기특한 아이죠. 다운이만큼 당구장 잘 보는 애들이 없어요. 공정하고, 잘하고, 다툼이 없어요. 특별한 재능이 있는 아이예요."

당구장에서 담배 피우는 형님들에게는 조심스럽게 '흡연 구역에서 피워 달라'고 부탁하고 안내했다. 당구장에서 손님들이 음식을 먹고 난 뒤 뒷수습도 깔끔히 했다. 집

이 노래 그대에게 들릴 수 있기를

에서 청소와 설거지에 나름 숙달된 솜씨인지라 어색함이 없었다.

다운이는 자기의 일을 다른 누구에게 맡기거나 기대는 아이가 아니었다. 고2 봄 학기 수학여행 준비도 스스로 했다. 가방을 장만하고, 옷을 챙겼다. 신발은 아빠와 함께 가서 골랐다. 수학여행 출발 열흘 전, 주민센터에 가서 처음으로 발급된 주민등록증을 받아 왔다. '이제 나 혼자서 무슨 일이든 할 수 있고, 해야 하는 것'이라는 책임감과 자부심이 스스로를 뿌듯하게 했다.

'제주에 가면 새로 만든 노래로 반 친구들을 깜짝 놀라게 할 거야.' 기대되는 수학여행의 출발이었다. 형 같은 아빠는 등을 두들겨 주었고, 동생 다슬이는 며칠 보지 못하는 오빠의 출발을 아쉬워했다. 다운이가 집을 나서면서 다슬이를 위로했다.

"제주도 가서 많이 보고, 맛있는 거 사 올게. 나 없는 동안 보고 싶다고 울지 말고, 학교 잘 다니고 있어." 15일 아침, 그는 그렇게 집을 나섰다.

＊＊＊＊

후일담

유독 인기 많고, 친구가 많은 다운이에게 애틋한 친구 하나가 있었다. 2학년이 되어 같은 반이 된 박진수였다. 진수는 같은 반 친구들이 제주도 수학여행을 떠나기 직전 4월 14일에 뇌종양 수술을 받았다. 다운이와 친구들은 수학여행을 떠나기 전 담임 이해봉 선생님과 함께 진수의 병실을 찾아 진수를 위로했다.

"제주도 갔다 와서 다시 들를게. 기다리고 있어. 노래방에 가서 내 노래 들려줄게. 너 완전 뿅 갈 거다."

그러나 이날 병문안은 그들의 마지막 만남이 되고 말았다. 진수는 제주도 여행을 떠났던 친구들이 돌아오지 못한 뒤, 눈물로 친구들을 기다렸다.

"친구들이 보고 싶다."

이 말은 진수가 마지막 남긴 말이었다. 진수는 2015년 6월 16일 병을 이기지 못하고 세상을 떠나, 먼저 세상을 뜬 친구들 곁으로 갔다.

다운이의 노래 〈사랑하는 그대여〉는 그가 세상을 뜨고 한 달 뒤, 다운이가 좋아하던 가수 포맨 멤버 신용재 씨에 의해 다시 녹음되었다. 신용재 씨는 다운이가 작사 작곡한 원곡을 살려 노래를 완성했고, 이 곡은 기성 가수의 노래 못지않은 관심 속에 음악을 좋아하는 뮤지션들, 대중들의 사랑을 받았다.

신용재 씨가 부른 다운이의 노래 〈사랑하는 그대여〉는 친구 진수의 장례식에서 추도곡으로 불렸다.

후배 홍○영은 다운이의 사이버 영안실에 들르곤 한다. 그가 남긴 글 하나.

오빠 안녕! 잘 챙겨 주고 많이 웃겨 주던 오빠 고마워! 오늘 밤 오빠 노래 듣다가 생각나서 한마디. 오빠랑 노래방 갔던 것부터 하나하나 놀던 게 생각나. 오빠, 우리 언제 또 노래방 가냐? 다시 만나고 싶다. 언젠가 다시 만날 날 있겠지? 같이 장난치고, 같이 놀고, 그런 날 또 있겠지? 착하고 장난기 많은 오빠. 단원고가 보이면 그곳에 있을, 있었던 오빠 생각 엄청 많이 해. 내가 나중에 오빠 곁에 가면 반겨줄 거지? 기타도 알려 줄 거지? 같이 놀아 줄 거지? 그럴 거지?

다슬이는 아직도 수학여행을 떠나는 오빠의 당부를 잊지 않고, 생활을 추스르면서 오빠를 기다린다.

오빠 있을 때 같이 밖에 나갔다가 집에 들어올 때면 계단에서 업어 주기도 하고 친구들이랑 노래방 가고 당구 내기해서 맛있는 거 사 주고 그랬는데…… 나 오빠가 항상 옆에 있는 것처럼 생각하고 행동할게. 사랑해! 그리고 잘 지내!

나타날 수 없지만 분명히 존재한다

안산 단원고 2학년 6반 **이세현**

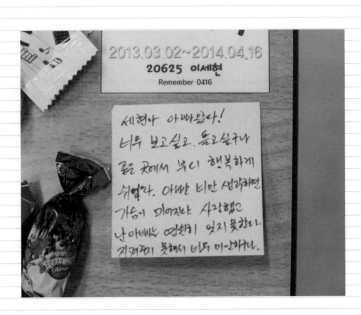

1. 고잔초 2학년 때 설악해수욕장에서.
2. 단원고 입학 증명사진.
3. 초등 3학년. 집에서 폼 잡고 한 컷.

나타날 수 없지만 분명히 존재한다

나의 어머니는 러시아 사람이다. 그리고 난 어머니를 딱 한 번 보았다.

나는 1997년 9월 26일 경기도 안산에서 태어났다. 아버지는 전북 김제에서 살다가 할머니와 함께 1990년대 초반에 안산으로 오셨다고 했다. 안산에 있는 한 제조업체에서 일하다가 그 회사에서 엄마를 처음 만났다고 한다. 엄마는 한국으로 돈 벌러 온 러시아 사람이었다. 아빠는 그렇게 엄마와 같이 살게 되었고 나를 낳았다.

그런데 내가 돌이 지나고 얼마 지나지 않아 엄마는 러시아로 돌아갔다고 한다. 엄마는 왜 나를 두고 러시아로 갔을까? 엄마는 한국 생활에 적응을 못하고 힘들어했다고 한다. 엄마는 어떤 사람이었을까? 왜 힘들었을까? 어떻게 아빠를 만나게 됐을까? 두 사람은 서로 사랑했을까? 결혼은 했었나? 알 수 없다.

아빠는 나한테 엄마 이야기를 하지 않았다. 엄마는 하늘나라로 가셨다고만 했다. 나도 그 이후로는 엄마 이야기를 물어보지 않았다. 가족들 모두 엄마 얘기를 하고 싶어 하지 않는다는 것쯤 금방 눈치로 알 수 있었다. 자라면서 어떤 향기를 맡았을 때 문득, 엄마의 냄새 같다는 느낌이 들 때가 많았다. 그렇게 엄마는 내게 향기처럼, 그립고 사무치지만 잡을 수 없는 그 무엇이었다.

난 말을 늦게 배웠다고 한다. 다섯 살 되어서야 말을 제대로 하게 되었다고 했다. 엄마의 말이 아니었기 때문에 그랬을까. 세 살까지 할머니와 함께 지내다 네 살부터 삼례에 있는 할머니의 남동생 집으로 가서 지내게 되었다. 거기서 말문이 트였다고 했다. 김제에서의 생활은 잘 기억나지 않는다. 신나게 뛰어놀았던 기억들이 어렴풋이 떠오른다. 여섯 살이 되어서 다시 안산으로 돌아와 할머니와 함께 살게 되었다. 그렇게 엄마 같은 할머니와의 생활이 시작되었다.

유치원은 아주 긴 시간으로 기억된다. 7시에 유치원에 가서 혼자 놀고 있으면 9시쯤 친구들이 오고 함께 신나게 놀기도 하고 선생님들과 수업도 하고 점심도 먹었다. 그렇게 놀다 보면 시간이 금방 가서 3시가 된다. 친구들은 엄마 손을 잡고 집으로 돌아간다. 그때부터 무척 시간이 길어진다. 6시까지, 할머니가 일 끝나고 오실 때까지, 혼자서 기다린다. 그때 처음 기다림은 무척 길고 긴 무엇이라는 걸 알았다.

그 기다림의 끝에는 항상 같은 질문이 있었다. '왜 엄마는 나를 두고 하늘나라로 가버렸을까.' 물론 할머니가 부르는 소리에 부리나케 달려가다 보면 그 질문들은 어느새 허공으로 흩어져 사라졌다. 엄마가 없는 대신 할머니가 있으니까 괜찮았다.

2003년. 내가 일곱 살에 아빠가 결혼을 했다. 그리고 여덟 살에는 예쁜 여동생이 생겼다. 이보현. 보현이가 커 가면서 나는 오빠라는 호칭을 얻게 되었다. 오빠라는 소리를 들을 때마다 마음이 따뜻해지고 행복했다. 새엄마는 나에게 잘해 주었지만 엄마라고 부를 수 없었다. 같이 살지 않아서 더 낯설었는지도 모르겠다. 처음에는 이모라고 불렀지만 나중에는 점점 호칭을 부르지 않게 되었다. 엄마. 누군가에게 꼭 불러 보고 싶었던 말인데 결국 엄마라는 말은 한 번도 불러 보지 못했다.

고잔초등학교에 들어가면서부터 중학교 들어갈 때까지 나는 무척 밝고 활발한 아이였다. 까불고 장난기 많고 호기심도 많았다. 새로운 친구들, 새로운 공간, 새로운 음식, 무엇이든 새로운 것들이 좋았다. 이 세상은 새로운 것들로 가득 차 있었다.

숨 한 번 들이마실 때마다 내 키가 자라는 것 같았다. 6학년이 되어서 승재와 건우가 한 반이 되었다. 그때는 승재와는 별로 친하지는 않았었다. 건우는 아빠들끼리 먼저 친해서 서로 돌잔치에도 같이 참석하고 사진도 같이 찍었다고 한다. 건우는 태어나서부터 지금 여기에서도 나와 함께 있는 친구이다.

6학년 가을 어느 날, 문득 하늘을 올려다보았다. 이상한 느낌이 들었다. 파아란 하늘이 끝없이 깊어 보였다. 난 누구지? 그런 생각이 들면서 꼭 저 하늘 높이서 나를 바라보는 느낌이 들었다. 그렇게 하늘을 보고 있는데 건우가 다가왔다. 건우는 아무 말 없이 나를 따라서 하늘을 올려다보았다. 우리는 그렇게 하늘을 올려다보며 하늘은 우리를 내려다보았다.

중학교에 들어가면서 승재와 건우는 나와 함께 같은 중학교에 들어갔다. 건우와 승재와 나는 그렇게 초등학교 중학교 고등학교를 같이 다니게 되었다.

중학교 때는 친구들과 몰려다니며 게임에 빠져든 시기였다. 피시방에서 게임하다 보면 시간 가는 줄 몰랐다. 할머니가 그렇게 잔소리를 하셔도 게임에서 빠져나올 수가 없었다. 게임하는 순간만큼은 아무 생각 안 해도 됐으니까. '나는 누구일까'라는 생각도 미래에 대한 걱정도 친구들이 장난스럽게 던지는 혼혈이라는 놀림도 모두 사라졌으니까.

초등학교 때는 그냥 좀 피부색이 하얗다고 생각했는데 중학교 들어서면서 친구들의 수군거림이 아니더라도 거울을 보다 보면 점점 다르다는 생각을 많이 하게 되었다. 난 정말 다른 아이들과 다른가? 왜? 생각이 많아질수록 더욱 게임에 빠져들었고 말수는 줄어들었다.

사람들이 말하는 중2병을 앓는 것인지 공부도 싫었고 집에 가기도 싫었고 할머니 잔소리도 싫었다. 그냥 밤늦게까지 친구들과 이 골목 저 골목 배회하며 수다를 떨었고 돈만 생기면 피시방에 갔다. 술을 마시거나 담배를 피우지는 않았다. 왜인지 그렇게까지 하면 안 될 것 같았다. 같이 몰려다니던 친구들도 그렇게 생각하는 것 같았다. 주말에 하루 종일 피시방에 있다가 아빠가 잡으러 온 적도 몇 번 있었다. 그렇게 억지로 집

　　　　　　　　　　　나타날 수 없지만 분명히 존재한다

으로 끌려 들어가면 반항하듯 또 컴퓨터를 켜고 게임을 했다. 아빠는 화를 내며 컴퓨터를 부순다고 했지만 나는 말없이 컴퓨터를 노려보았다.

그렇게 중학생 시절을 보내고 나니 남는 것이 없었다. 할머니와 아빠의 잔소리만 늘어났고 게임의 레벨만 올라가 있을 뿐 현실에서 달라지거나 나아진 게 아무것도 없었다. 난 점점 더 외모가 친구들과 달라지고 있었고 엄마라는 말은 여전히 할 수 없는 말이었고 사람들의 눈빛은 점점 더 낯설었다. 결국, 게임도 시들해지고 친구들과 만나는 횟수도 줄어들었다.

중3 겨울 방학에는 집에 박혀 나는 누구이며 앞으로 무엇을 할 것인가를 생각해 보았다. 하도 집에만 있으니 아빠가 좀 나가라고 했다. 친구들 안 만나냐고. 쓸데없이 돌아다니지 말고 집에 좀 있으라고 할 때가 바로 얼마 전이었는데, 내가 변하긴 변했나 보다. 그렇게 길고 긴 겨울 방학 동안 겨울잠을 자는 곰처럼 동굴 속에서 웅크리고 있었다.

단원고 1학년. 고등학교 올라가면서 승재와 같은 반이 되었다. 낯선 친구들 속에서 우리는 단짝이 되었다. 둘이서 같이 걷고 수다도 많이 떨고, 야자 쉬는 시간에 깡통 차기 할 때면 정말 즐거웠다. 야자 째고 중앙동에 놀러 가기도 했다. 그러다 유한이와도 친하게 되었다. 우리는 셋이서 중앙동에 가서 노래방에도 가고 피시방에서 게임도 하고 재밌게 놀았다. 하지만 난 공부에 열중했다. 꿈을 정했기 때문이다.

회계사. 회계사가 되려면 괜찮은 대학 경영학과에 들어가야 하고 공인 회계사 시험을 봐야 하기 때문에 공부를 잘해야 했다. 그 당시 성적으로는 부족했다. 그래서 열심히 공부했다. 또 열심히 공부한 만큼 성적도 올랐다. 회계사가 되면 돈도 많이 벌 수 있고 사무실을 차려 독립할 수도 있다는 점이 마음에 들었다. 돈을 많이 벌면 아빠 차부터 바꿔 주고 싶었다. 할머니 옷도 사 주고. 아빠한테 지금 차는 항상 작아 보였다. 좀 더 큰 차가 잘 어울릴 것 같았고 고객들 만날 때도 폼이 날 것 같았다. 할머니는 매일 일 나가시느라 옷은 거의 신경 쓰지 않았다. 항상 내 옷만 사 오시고 할머니 당신의 옷을 사는 경우를 거의 못 봤다.

꿈이 생기니 돈을 모으고 싶었다. 1학년 여름 방학 때 방과 후 째고 승재와 함께 자전거 타고 중앙동에 통장 만들러 갔다. 아빠가 만들어 준 신협 통장이 있긴 했지만 아무래도 제대로 된 은행 통장을 갖고 싶었다. 시청에 자전거를 묶어 두고 걸어서 하나은행에 갔다.

통장을 신청하니 시간이 좀 걸린다고 해서 승재와 나는 영화관에 갔다. 별로 재밌지는 않았던 거 같다. 영화를 다 보고 다시 은행에 가니 창구에 있던 누나가 내 이름이 찍힌 새 통장을 주었다. 기분이 좋았다. 이 통장으로 내 꿈에 다가가기 시작한 것 같아 기분이 너무 좋았다. 벌써 부자가 된 기분이었다.

1학년 동안 공부를 열심히 한 덕분에 성적이 많이 올랐다. 2학년 때 더 열심히 하면 충분히 서울에 있는 대학에 진학할 수 있을 것 같았다. 드디어 1학년 겨울 방학을 맞이했다. 유한이가 아이폰으로 갈아타서 너무 부러웠다. 그래서 아빠한테 핸드폰을 바꿔 달라고 했다. 아빠는 내 성적이 올라서 기분이 좋았는지 너무나 쉽게 내 부탁을 들어주었다. 아이폰으로 바꾸고 나서 유한이와 나는 승재를 많이 놀렸다. '쓰레기 폰'을 들고 다닌다고. 이제 공부만 열심히 하면 되었다.

겨울 방학 때 방과 후 수업을 듣고 공부에 집중하며 지내고 있었는데, 어느 날 우연히 지하실에 내려갔다가 거기에 있던 사진들을 보게 되었다. 외국 여자가 보였다. 엄마. 직감적으로 알았다. 엄마는 한국 사람이 아니었다. 결혼식 사진도 있었는데 사람들이나 장소가 한국이 아닌 것 같았다. 움직일 수 없었다. 사진을 뚫어지게 바라보았다. 엄마. 어느 정도 예상은 하고 있었지만 충격이었다. 나는 누구지? 다시 그 질문이 떠올랐다. 엄마는 살아 있을까? 정말로 하늘 나라로 간 것일까? 만약 살아 있다면 어디에 있을까? 이 사진 속의 나라는 어디지? 엄마는 어느 나라 사람일까? 아무것도 알 수 없었다. 분명한 것은 엄마는 외국 사람이고 내 옆에 없다는 것뿐이었다.

며칠을 고민하다 아빠에게 털어놓았다. 아빠는 담담하게 말해 주었다. 엄마는 러시아 사람이고 지금 러시아에서 살고 있다고. 내가 좀 더 크면 말해 주려고 했다고. 없었던 엄마가 갑자기 생겼다. 러시아. 한 번도 가 본 적 없는 나라가 갑자기 친숙하게 느껴졌다. 구글 지도에서 러시아를 살펴보았다. 한국보다 수십 배는 큰 나라. 그중 어디에 엄마가 있을까. 공부를 더 열심히 해야 할 이유가 생겼다. 엄마의 나라, 러시아. 언젠가는 꼭 가고 싶었다.

단원고 2학년 6반.

겨울 방학이 끝나고 2학년 새 학기가 시작되었을 때 아빠에게 영어 수학 학원에 다니고 싶다고 했다. 아빠는 어디 있는 학원인지 물어봤고 나는 월피동에 있는 학원이고 유한이가 이미 다니고 있다고 했다. 아빠는 허락해 줬다. 승재도 같이 다니게 되었다. 우리 셋은 학교 수업이 끝나면 같이 학원까지 걸어갔다 걸어왔다.

4월의 밤바람은 아직 차가웠지만 봄기운이 실려 있어 친구들과 얘기하며 걷는 동안 상쾌하고 기분이 좋았다. 어느 날 밤, 친구들에게 나는 혼혈이라고 고백했다. 엄마가 러시아 사람이라고. 친구들은 담담하게 내 얘기를 들어 주었다. 속이 후련했다. 이제 이 친구들 앞에서는 있는 그대로의 나로 존재할 수 있었다. 난 차가운 밤공기를 가슴 깊이 들이마셨다. 그러고는 시원하게 내쉬었다.

4월 15일 아침. 할머니가 교복 상의는 수학여행 가면 짐 되니까 셔츠와 조끼만 입고 가라고 하셨다. 교복을 벗어 놓고 다시 한번 가방을 확인했다. 반바지를 살 걸 그랬나. 며칠 전 롯데백화점에 갔을 때 승재가 반바지 사라고 그렇게 얘길 했는데 결국 안 샀다. 여자애들 앞에서 반바지 입는 게 싫었다.

제주도 가면 덥긴 할 텐데. 조금 걱정이 되긴 했다. 할머니와 아빠, 삼촌이 준 용돈 중에 3만 3천 원만 남기고 빼서 숨겨 두었다. 수학여행 다녀와서 은행에 넣을 작정이었다. "먼 놈의 학교가 수학여행 가는 날 수업을 하고 간댜. 그냥 낮에 가지 위험스럽게 밤에 배를 탄댜." 할머니의 잔소리를 뒤로 하고 학교로 나섰다. 뭐 수학여행이 별

건가. 어제까지만 해도 그렇게 생각을 했는데 막상 당일이 되니까 가슴이 설렜다. 배도 처음 타 보고 친구들과 배에서 밤을 보낸다고 생각하니 학교 가는 길에 콧노래가 절로 나왔다.

학교에 가니까 친구들 모두 들떠 있었다. 기분 좋게 웃고 떠들고 장난치면서 수업을 어떻게 들었는지도 모르게 시간이 지나갔다. 쉬는 시간에 승재가 반바지를 빌려 줘서 가방에 넣었다. 바닷가에서는 아무래도 필요할 것 같았다. 나 혼자 긴바지 입고 있으면 더 튈 것 같았다. 친구야 고마워. 수업을 끝내고 운동장에서 배정받은 버스에 올랐다. 승재와 나는 옆자리에 앉아서 이어폰을 하나씩 끼고 음악을 같이 들었다. 버스가 출발했다. 오후의 햇살이 창가에서 음악에 맞춰 춤을 추는 것 같았다. 따뜻하고 행복했다.

5시 반쯤 인천항 여객장에 도착해서 대기했다. 안개가 많이 껴서 좀 기다려야 한다고 했다. 설마 안 가진 않겠지. 아빠한테 카톡이 왔다. 어디야? 여객장. 뭐해? 안개 껴서 기다리고 있어. 1시간쯤 기다리고 있는데 할머니한테 전화가 왔다. 어디여? 여객장. 뭐혀? 응 안개 껴서 기다리고 있어. 밥은? 먹겠지. 할머니 끊어. 얼마나 지났을까. 드디어 배에 타라고 했다. 우리는 소리를 지르며 여객선에 올랐다. 세월호는 마치 타이타닉호처럼 거대하고 멋있었다.

방 배정을 받고 나는 승재와 유한이가 있는 방으로 가서 거기 있는 친구 한 명과 방을 바꿨다. 마침 그 친구도 친한 친구들이 내가 배정받은 방에 있어서 우리는 모두 만족했다. 방 하나에 침대는 여덟 칸이었는데 일곱 명만 있고 침대 한 칸은 짐을 두는 용도로 사용했다. 우리는 옷을 갈아입고 저녁을 먹었다. 저녁 먹고 로비에 있는 소파에 앉아서 친구들과 웃고 떠들고 사진 찍으며 놀았다. 배가 출발했다. 우리는 창가에 가서 밖을 바라봤지만 안개가 껴서 보이는 게 없었다. 갑판으로 나가보고 싶었지만 문이 잠겨 있었다. 이제 그만 방에 들어가서 자라는 선생님의 말씀에 우리는 방으로 가서도 계속 조잘대며 얘기꽃을 피웠다. 너무 즐겁고 행복해서 이야기가 끝날 줄 몰랐다. 나는 친구들의 이야기를 들으며 언젠가 엄마 만나러 이렇게 여행을 가겠지 생각하며 잠으로 빠져들었다.

16일에 대한 이야기는 없다. 너무 아픈 이야기들뿐이라 말하고 싶지 않다. 아빠와 할머니가 슬퍼할 테니까. 나는 5월 1일 건우와 함께 바다에서 나왔다. 5월 2일 안산으로 올라가 장례를 치르고 화성 효원공원에 있다. 할머니는 장례를 치르고 5월에 망치 들고 학교에 찾아가서 난동을 피우셨다. 내 손주 죽인 학교 모두 부숴 버리겠다고. 소식을 듣고 아버지가 학교에 가서 할머니를 모시고 왔다. 할머니는 6월에 한 번 더 망치를 들고 학교에 올라갔다. 할머니는 1년이 넘도록 내가 벗어 놓고 간 교복을 그대로 걸어 두고 한 번씩 입어 보시면서 우신다. 아버지는 8개월 동안 일을 못하고 유가족 대기실에서 시간을 보내셨다. 요즘도 매일 오후 2시쯤 분향소에 가서 멍하니 티브이만 보다가 밤늦게 집으로 돌아가신다.

난 가만히 아빠와 할머니를 바라본다. 내가 뭘 해 줄 수 있을까. 나의 부재가 당신들의 슬픔인데 내가 뭘 해 줄 수 있을까. 나는 당신들 앞에 나타날 수가 없다. 하지만 난 분명히 존재한다. 아빠와 할머니를 느끼고 그들의 슬픔을 바라보고 그들의 행복을 기도한다. 그리고 새엄마와 하나뿐인 내 동생 보현이도 부디 행복하길 기원한다.

9월에 엄마가 효원공원에 나타났다. 아빠가 슬라바의 어머니를 통해서 엄마에게 연락을 했다고 한다. 난 처음으로 엄마라고 불러 봤다. 아무도 들을 수 없는 엄마라는 말을 해 보았다. 엄마는 우두커니 서서 울기만 했다. 왜 우리는 좀 더 일찍 만나지 못했을까. 하지만 엄마가 원망스럽진 않다. 그녀 역시 최선을 다했을 테니까. 그녀가 행복하기를 진심으로 기원한다.

평상시에 무뚝뚝해서 잘 못 했던 말을 하고 싶다. 아빠 사랑해. 할머니 너무 고맙고 사랑. 이제 그만 슬퍼하고 내 교복 태워 버려. 할머니가 슬퍼하면 내가 너무 힘들어. 삼촌, 보현아, 새엄마, 친구들아 모두 너무 사랑해. 그리고 엄마, 사랑해.

나의 이야기를 이제 끝내려고 한다. 여기 304명의 사람들이 함께 있다. 우리는 왜 여기에 있어야 하는지 그 이유를 알 수 없다. 그건 우리의 일이 아니라 살아남은 사람들의 일이기 때문이다. 하지만 우리의 죽음으로 다시는 이런 일이 생기진 않았으면 좋겠다. 그래야 지상에서의 짧았던 우리 삶이 의미가 있을 테니까.

우리 모두 그렇게 생각한다. 우리는 사라진 게 아니다. 눈에 보이지 않지만 분명히 존재한다. 살아있는 사람들의 삶을 묵묵히 바라볼 뿐이다.

따뜻한 웃음, 순수한 영혼

안산 단원고 2학년 6반 **이영만**

영만아~~

영만아 안녕옹옹 오래만이야 ㅋㅋ 나 너랑 페메에한거랑
말하는 거 다 그대로 있고 너가 나한테 고백한 것도
그대로 있다 ㅋㅋㅋ 귀여워 영만이 ㅋㅋ ⓥ
빼빼로 데이 때 좀 빼빼주려고 너가 챙겨킴
간식거리들 많이 있었는데 그거 껍질이라도 가지고 있을걸
ㅋㅋㅋ ㅠㅠ 하지 누가 이렇게 될 줄 알았나만은,
너랑 더 많은 추억을 쌓지 못한게 너무 아쉽고 미안해.
착하고 귀엽고 순수한 영만아. 너 같은 치구를 만날 수
있어서 너무 좋았고 너랑 알고 지내는 동안 행복했어.
거기서도 잘 지내고 나중에 꼭 다시 만나자옹옹
    친구해줘서 고마웠고 정말 즐거웠어. 너랑 얘기하는게
내 꿈에도 좀 나오고!! 잘지내 나중에 봐자 ~~~

1. 2008년 초등 5학년 때 가족 모임에서.
2. 2013년 6월. 고등학교 1학년 때 집 거실에서.
3. 2002년 10월(다섯 살). 충주 충렬사에서 형과 함께.

따뜻한 웃음, 순수한 영혼

엄마에게
엄마 설거지랑 집도 치우고 옷도 게났으니까
와서 편안하게 쉬세요
영만씀

'일곱 살밖에 안 된 녀석이, 어떻게 이런 마음을 가졌을까?'

영만이가 건넨 따뜻함을 오래 간직하고 싶어, 엄마는 쪽지 한 구석에 '2004년'이라고 적었다. '기관지 식도루'라는 병을 갖고 태어난 아이였다. 건강하게 자라는 것만도 고마운데, 다른 사람을 배려하는 마음까지 깊었다.

'나는 특별한 사랑을 받고 자랐다.'

영만이는 그런 믿음 위에 마음 뿌리를 내렸다. 부모님께 들은 아기였을 때 겪은 일 때문이었다. 태어난 지 닷새 만에 큰 수술을 받은 이야기, 얼마나 울었는지 두 달 가까이 목이 쉬어 울음소리가 나지 않았지만 씩씩하게 견뎌 낸 이야기, 똑바로 눕지 못하고 커다란 쿠션을 받치고 앉아서 잔 이야기, 음식이 기도로 넘어가서 응급실에 실려

간 이야기…… 영만이는 아무것도 기억할 수 없었다. 기침을 할 때 쇳소리가 나는 것, 감기에 걸리면 가래 끓는 소리가 유달리 큰 것, 옆구리와 가슴에 남은 수술 자국이 고통스러웠던 시간을 증명할 뿐이었다.

부모님께

엄마아빠 저를 키워주셔서 감사합니다. 제가 태어났을 때 제가 식도가 않좋아서 식도 수술을 할 때 엄마 아빠는 계속 울기만 하셨죠. 하지만 엄마 아빠의 도움으로 제가 않죽고 살아났어요. 제가 사라난 게 엄마 아빠의 사랑과 영광이 통한 거겠죠? 엄마와 아빠가 저를 이렇게 커서 8살이 되었어서 2학년이 되었어요. 생일이 빨라 2학년이 되었죠. 2학년이 되어 학교를 잘 다니고 있어요. 앞으로도 학교 잘 다닐게요.

2005. 5. 6 영만이 올림

'엄마 아빠의 사랑과 영광이 통해서 내가 살아났다'는 믿음 위에 영만이는 행복하게 자랐다. 제일 좋아하는 텔레비전 프로그램은 〈텔레토비〉, 제일 좋아하는 인형은 연둣빛 뚜비였다. 두 살 터울인 형 영수와는 세상에 하나뿐인 형제이자 둘도 없는 친구였다. 충주 집 마당은 최고의 놀이터였다. 형제는 흙 마당을 파고 노는 걸 좋아했다. '타임캡슐' 놀이를 한다고 흙을 파내고 물건을 묻기도 했다. 영만이가 여섯 살 되던 해, 아버지 사업에 어려움을 겪으면서 가족은 안산으로 터전을 옮겼다. 마당이 없는 낯선 환경이었지만 형제는 집 안팎에서 잘 놀며 자랐다.

'보드게임기나 닌텐도를 사 달라고 조르지도 않는구나.'

어머니는 넉넉하지 못한 형편이 안타까웠다. 하지만 형제는 그런 게 없다고 별로 속상해하지 않았다. 닌텐도가 없는 대신 밖에 나가 실컷 뛰어놀았다. 집에 있는 재료를 재활용해서 게임 보드를 만들었다. 규칙은 스스로 궁리해 냈다. 어머니는 그 애틋하고 창의적인 게임 보드, 형제의 글과 그림, 친구들에게 받은 편지와 선물, 유치원에 가지고 다니던 컵과 식판까지 챙겨 두었다. 형제가 자라 부모가 되었을 때 아이들과 함께 어릴 적 기억을 나누는 행복한 순간을 상상하면서.

영만이는 짜증 내는 일이 별로 없었다. 대체로 웃는 얼굴이었다.

"넌 뭐가 그렇게 좋아서 웃고 다녀?"

엄마는 영만이가 생각 없이 웃는지, 행복해서 웃는지 궁금했다.

"난 정말 행복해요. 학교도 재밌고 친구들도 좋아요."

영만이 웃음은 따뜻하고 밝았다. 뭔가 장난칠 꿍꿍이를 숨기는 듯한 '능청스러운 웃음'을 지을 때도 있었다.

"가위바위보로 정하자."

"또 니가 이길 거잖아? 너 다른 사람 내는 거 보고 하지?"

형 영수가 꿍꿍이를 짐작하며 물었다. 식구들은 영만이에게 지는 줄 알면서도 가위바위보를 했다. 그리고 영만이는 순식간에 다른 사람 몸짓으로 뭘 낼지 짐작하고는, 제가 이길 수 있는 패를 냈다. 그러고는 시치미를 뚝 떼고, 우연히 이긴 척하며 씩 웃었다.

외할머니는 이런 영만이를 '능글능글한 녀석'이라고 했다. 능글능글 영만이는 나중에 한의사가 되겠다고 스스로 한자 공부를 했다. 초등학교 1학년 때부터 일기장에 날짜와 요일을 한자로 썼다.

十一月 十日 (水)

제목 : 만두 만들기

만두를 만들었다. 밀가루를 쪼물쪼물 반죽하여 작은 밀대로 밀어서 모양 모양 만들었다. 형은 우주 왕복선 모양과 바나나 모양을 만들었고, 나는 공 모양과 외계 생물 모양을 만들었다. 엄마는 보통 만두를 만들었다. 잘 만들고 오동통통했다. 맛있는 만두를 찜통에 쪄서 먹었다. 김이 모락모락나는 만두가 정말 맛있었다.

영만이는 가족과 함께하는 일상이 즐거웠다. 역사와 과학을 다룬 책을 무척이나 좋아했다. 《세계의 국기와 국가》, 《비주얼 박물관》 시리즈, 만화 《그리스 로마 신화》는 표지가 너덜너덜해지도록 읽었다. 다정하고 잘 웃는 녀석이라 그런지, 영만이를 좋아하는 여자아이들이 적지 않았다. 3학년 땐 '현주'라는 여자아이와 '커플'이 되기도 했다.

영만이에게
Hi~이건 내가 미리주는 christmas 선물. 방학 잘 보내~
참!, 이거 커플장갑이다. 내껀 핑크! 네껀 하늘! 너무너무 따뜻한 장갑입니다욧. 선물배달
은 산타(2006년 크리스마스 즈음).

현주에게
현주야! 난 널 보니 좋았어. 니가 날 고민한 건 니가 날 별로 좋아하지 않아서였지. 하지
만 난 달랐어. 니가 이제 날 좋아하니 다행이라고 생각해. 지금까지 날 좋아했던 친구들중
니가 제일 나았어. 그러니 나와 목걸이와 반지로 잘해보자. 알겠지. 그럼 끝낼게 안녕. ^^
♡♡♡♡♡♡♡♡♡♡ 2007년 3월 29일 영만이가.

형 영수와는 두 살 터울이었지만, 영만이가 학교를 일찍 들어가는 바람에 한 학년 차이였다. 둘 다 친구들과 관계가 좋고 리더십이 있어, 같은 해에 영수는 석호초등학교 전교어린이 회장, 영만이는 전교어린이 부회장에 뽑히기도 했다. 하지만 성적은 영수가 훨씬 더 좋았다. 부모님 역시 영수에게 많은 기대를 걸고 더 많이 관심을 가졌다.
"엄마 아빠는 왜 형한테 더 잘해 줘?"
영만이가 그런 얘기를 한 적은 없다. 영수와 자신을 비교하며 불평을 터뜨리지도 않

았다. 6학년 일기에는 '형이 전교 1등을 했다고 했다. 마음속으로 잘했다고 축하가 나와 날뛰었다', '꼭 알려 형의 이름을 알려야겠다'라고 적혀 있다. 영만이 내면에는 형을 자랑스러워하는 마음과, 공부가 아닌 다른 면에서라도 형을 이기고 싶은 마음이 공존했다. 게임이나 운동에서 꼭 형을 이기려 들었고, 아빠도 이기려고 했다. 지면 속상해서 어쩔 줄 몰랐다. 울기도 했다.

영만이는 운동을 좋아했다. 특히 달리기를 좋아했는데 초등학교 5학년 때는 5킬로미터 미니 마라톤 대회에 나가 4등을 했다. 한번은 아버지와 함께 경기도 시흥에 있는 마라톤경기장에 갔다가, 마라톤 동호회원에게 스카웃 제의를 받기도 했다.

7월 23일 목요일(초등학교 6학년 때 일기)
제목 : 화랑유원지 기록 갱신

오늘도 어제와 내일과 같이 3시 이후에 아빠와 운동을 갔다. 오늘은 집에서 15분(?) 거리에 위치한 화랑유원지에 가기로 했다. 나는 오늘 컨디션이 좋아 아빠와 내기를 했다. 오천원을 내고 아빠는 걸어서 1바퀴, 나는 뛰어서 2바퀴 도는 내기였다. 1바퀴가 1.7km 정도 되는 유원지를 2바퀴 즉 3.4km를 뛰어야 했다. 하지만 나는 1년 전에 단원마라톤대회에서 5km에 도전해 4등을 했던 적이 있어 3.4km는 아무것도 아니었지만 거의 무리였다. 내기는 시작했다. 시간이 지나고 1바퀴 반을 뛰었는데 아빠가 보이지 않아 죽기 살기로 뛰었다. 거의 막판에 아빠가 보였고 결승점은 아빠에게 50m전이었고 나는 150m전이었다. 최선을 다해 뛰었고 결국!! 승리하였다. 이것으로 나는 기록 갱신과 할 수 있다는 용기와 자부심을 안게 되었다.

'용기와 자부심을 안게' 만든 운동은, 영만이가 성취감을 맛보고 자존감을 키우는 데 큰 역할을 했다. 영만이는 학교에 갈 때도 걷는 법이 없이 항상 달려갔다. 축구도 달리기만큼 좋아하고 잘했다. 엄마는 보라색 나이키 축구화를 선물로 사 줬다. 그 축구화는 영만이가 부모님께 받은, 가장 비싼 선물이었다.

따뜻한 웃음, 순수한 영혼

영만이는 2010년 안산 선일중학교에 들어갔다. 형 영수가 사춘기가 되면서 조용히 혼자 있으려고 하는 시간이 늘어났다. 천진하게 장난치며 마음껏 형과 놀던 유년기는 그렇게 막을 내렸다. 하지만 엄마랑은 여전히 다정하기 짝이 없었다.

「엄마 언제 와요?」

「왜 엄마 젖 더 먹으려고?」

엄마와 영만 사이에 수없이 오간 말, 수없이 오간 문자였다.

사랑하는 부모님! 제가 태어날 때부터 사랑을 베풀어주시고 제가 태어날 때 가지고 태어난 큰병에도 끄떡하지 않으시고 이렇게 살아서 숨쉴 수 있도록 노력해주신 부모님. 부모님께서 부르시는 '사랑하는 아들'이라는 뜻이 얼마나 큰 것인지 모르겠습니다.

부모님, 사랑합니다.

2010/5/8 사랑하는 아들 영만이가

'사랑하는 아들', 말 그대로 사랑스럽기 짝이 없는 녀석이었다. 사춘기가 되었는데도 엄마랑 손깍지를 끼고 다니고, 엄마랑 같이 자는 걸 좋아했다.

"엄마 잘 자용."

영만이는 콧소리를 섞어 애교를 가득 담아 말하곤 했다.

"영만아, 쓰레기 좀 버리자."

"영만아, 슈퍼에 장 보러 같이 가자."

"영만아, 부엌에 혼자 있는 거 심심해."

엄마가 그렇게 말하면, 영만이 대답은 한결같이 "네"였다. 이불을 둘둘 말고 부엌일을 하는 엄마 옆에 앉아 책을 읽거나 이야기를 했다.

"아들, 너는 왜 이렇게 예쁘니?"

엄마가 그렇게 말하며 눈, 코, 입, 볼, 이마, 온 얼굴에 뽀뽀를 해도, 영만이는 싫어하지 않았다. 밝고 능청맞은 특유의 웃는 얼굴이었다. 초등학교 때 한의사가 되겠다던 꿈은, 중학생이 되면서 요리사로 바뀌었다. 퇴근한 엄마가 편안하게 쉬라고 설거지를 해 놓던 7살 아들은, 어느새 볶음밥을 만들어 놓고 기다리는 청소년이 되어 있었다.

영만이는 요리를 좋아했지만 비린 음식은 잘 먹지 못했다. 비위가 약한 편이었다. 생선은 싫어하고, 채소를 좋아하는 아이였다. 영만이 제일 좋아하는 김치는 설렁탕집에서 나오는 깍두기였다.

"이 녀석아, 설렁탕 시켜 놓고 깍두기로 배를 채울래?"

아빠는 한창 자랄 나이에 설렁탕을 배불리 먹이고 싶은데, 음식이 나오기 전에 깍두기 한 접시를 다 먹어 치우는 영만이가 안타까워 그렇게 나무라곤 했다.

사춘기가 되면서 영만이는 부쩍 더 노래를 좋아했다. 샤워를 할 때, 똥을 눌 때도 노래를 불렀다. 영만이가 제일 자주, 잘 부르는 노래는 키네틱 플로우의 〈몽환의 숲〉이었다.

이 새벽을 비추는 초생달 오감보다 생생한 육감의 세계로
보내 주는 푸르고 투명한 파랑새
술 취한 몸이 잠든 이 거릴 휘젓고 다니다 만나는 마지막 신호등이
뿜는 붉은 신호를 따라 회색 거리를 걸어서 가다 보니
좀 낯설어 보이는 그녀가 보인 적 없던 눈물로 나를 반겨
태양보다 뜨거워진 나 그녀의 가슴에 안겨

식구들은 변기 위에 책상다리를 하고 앉아 똥을 누면서, 랩을 하는 아들을 보고 폭소를 터뜨렸다. 친구들은 수학여행에서, 그리고 노래방에서 영만이의 랩을 만났다. 깡마른 영만이를 '난민랩퍼'라고 부르기도 했다.

To. 영마이

안녕 영만!! 정민이야. 마라톤도 잘하고 몽환의 숲 랩도 잘하고!! 고등학교 가서도 건강하

게…… 살 좀 찌고…… 잘 지내~

To. 달리기 잘하는 영만2
안녕 나 지은이야 ㅎ 너 정말 잘 달리드라 굿!! 그리고 랩도 잘 해 ㅋㅋ
만나면 인사하자 ㅃ2

영만아 어른 돼서 마라톤 선수 돼 - 마누

영만이는 집에서도 학교에서도 착한 소년이었다. 가위바위보를 할 때 꾀를 부리는 것 말고는 누굴 속이는 법이 없었다. 그런 영만이가 중학교 3학년 때 피시방에 가 놓고, 가지 않았다고 거짓말을 했다. 엄마는 영만이를 앞에 두고, 단짝 친구 재영이에게 전화를 걸었다.

"재영아, 너 아침에 영만이랑 피시방 갔지?"

"예."

엄마의 질문에 친구 김재영은 사실대로 고백했다. 엄마는 전화를 끊고 등긁이를 집어 영만이 발바닥을 때렸다. 영만이는 피하지도 않고 매를 맞았다.

"너 왜 엄마한테 거짓말을 해!"

엄마는 힘을 주어 때리다가 오른쪽 엄지손가락 아래쪽 뼈가 튀어나왔다. 영만이는 그래도 잘못했다고 빌지 않았다. 체벌이 끝나고 식구들은 아무도 입을 열지 않았다. 조용히 안방에 모여 텔레비전을 봤다. 그러고는 언제 그랬냐는 듯, 일상으로 돌아갔다.

형 영수가 '수원외국어고등학교'로 진학하면서, 영만과 영수는 주말에만 만날 수 있었다.

"형 오면 맛있는 거 뭐 해 줄까?"

영만이는 기숙사에서 생활하다 돌아오는 형을 기다리며 형을 위한 음식을 만들고 싶었다. 형은 아이처럼 엉기는 동생이 때로 귀찮았다. 하지만 마음속으로 깊이 동생을 사랑했다.

'내 동생이지만 정말 순수한 애야. 내가 이 세상에 태어나서 본 사람 중에 영만이처럼 영혼 자체가 순수한 사람은 없는 것 같아.'

형은 물끄러미 영만을 보면서 생각했다. 혹시 영만이가 지나치게 착해서, 화가 나도 내색을 못하는 게 아닐까 걱정이 되었다. 부모님도 마찬가지였다. 형에게 들어가는 외국어고등학교 학비와 기숙사비를 생각해서, 갖고 싶은 게 있어도 참는 게 아닐까 염려했다. 친구들이 거의 다 스마트폰을 가지고 있는데, 영만이는 계속 2G폰을 썼다. 스마트폰을 사 달라고 조르는 법도 없었다.

"이제 옷 좀 사야 되겠다."

영만이가 그렇게 말할 땐, 정말 옷이 꼭 필요하고 갖고 싶을 때였다. 단원고등학교에 입학할 즈음, 영만이는 직접 인터넷 사이트를 돌며 고르고 골라 아웃도어 점퍼 하나를 샀다. 영만이가 제일 좋아하는 파란색이었다. 엄마는 넉넉하지 못한 형편에, 자꾸 형 옷을 물려입는 녀석이 안타까웠다.

그래서 고등학교 1학년 여름에 맘먹고 아웃렛에 데리고 가서 파란색과 흰색 반바지, 그리고 반소매 티와 남방을 사주었다. 초등학교 입학할 때 입었던 옷, 중학교 교복, 파란색 아디다스 트레이닝복, 나이키 양말…… 고등학교 2학년 봄날까지 영만이가 즐겨 입고, 아껴 보관한 옷들이었다.

중학교 친구 재영이와는 단원고등학교에도 함께 갔다. 고등학생 영만이는 갓 태어난 아기에서나 볼 수 있는 '살인미소'가 매력이었다. 친구들은 웃음 많고 착한 영만이를 좋아했다. 박성호, 김창헌, 김승혁, 이건계, 고우재, 김민성, 박성복과 새로 가까운 친구가 되었다. 영만이는 엄마 몰래 학원이나 야간 자율 학습을 빠지고, 친구들과 노래방에 가기도 했다.

영만이는 친구들과 어울리는 게 무척이나 좋았다. 아껴 둔 세뱃돈으로 노래방 비용

따뜻한 웃음, 순수한 영혼

을 내곤 했다. 그렇게 놀고 나서는 야간 자율 학습이 끝나는 시간에 맞춰 집에 돌아왔다. 엄마는 아들이 '그렇게 즐거운 시간'을 보내고 왔는지 모르고, 늦도록 공부하는 줄만 알고 있었다.

"엄마, 라면 먹어도 돼?"

"엄마, 라면 물 좀 올려 줘."

영만이는 야식으로 먹는 라면을 무척이나 좋아했다. 라면을 어찌나 맛있게 먹는지, 엄마 아빠는 곁에 있다가 군침을 삼켰다.

"한 젓가락만 줘라."

엄마 아빠는 영만이 라면을 자주 뺏어 먹었다.

밤마다 야식을 먹어도 영만이는 살이 찌지 않았다. 그리고 키는 쑥쑥 커서 178센티미터에 다리가 길고 예뻐서 스키니진이 잘 어울리는 고등학교 2학년생이 되었다. 고1 때 담임 남윤철 선생님이 또 담임 선생님이 되었다고 기뻐했다. 수학을 싫어해서 문과를 선택했지만, 과학을 무척이나 좋아했다.

"문과지만 열심히 공부해서 대학은 이과 쪽으로 진학할 거예요."

영만이의 꿈은 어느 새 요리사에서 우주 과학자로 바뀌어 있었다. 그리고 4월 15일 밤에 떠날, 제주도 수학여행을 한껏 기대했다.

여행을 떠나는 날 아침, 엄마는 용돈을 3만 원만 줘서 보낸 게 마음에 걸렸다. 평소처럼 베란다 창가에 서서 뛰어가는 아들을 배웅하다가, 점퍼 주머니에 몇 만 원이 있는 걸 발견했다. 엄마는 그걸 더 주려고 신발을 대충 꺾어 신고 집을 나섰다. 숨이 차게 달려갔지만, 달리기를 잘하는 녀석을 따라잡기가 쉽지 않았다.

"영만아, 이영만!"

엄마는 계속 이름을 부르며, 한도병원 앞 사거리까지 달려갔다. 영만이는 그제야 엄마 목소리를 듣고 고개를 돌렸다.

"아이고 숨차라. 이거 더 가지고 가."

"네."

영만이는 특유의 밝고, 천진하고, 조금은 능청스런 웃음이 가득한 얼굴로 엄마가 건네는 돈을 받았다.

"잘 다녀오겠습니다!"

영만이는 엄마한테 손을 흔들었다. 그러고는 학교를 향해, 늘 그랬듯이, 힘차게 달려갔다.

장환이가 우리 친구라서

안산 단원고 2학년 6반 **이장환**

To. 장환.

그곳은 춥지 않니?
유난히 추위를 많이 타서 걱정인데
그곳은 따뜻하지?

매일 매일이 힘들지만 버티고 있어.
그곳에서 친구들와 잘 지내고 있어
다시 만날 그날까지 ....

그립다.

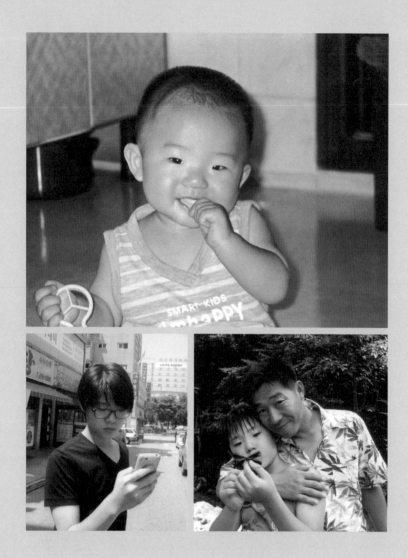

1. 갓 태어나 청색증으로 고생했지만 건강하게 잘 자라 준 장환이.
2. 옷과 외모 가꾸기에 관심이 많아 제법 멋진 스타일을 만들어 내던 장환이.
3. 장환이는 초등학교 때 곤충학자를 꿈꿀 정도로 곤충을 좋아했다.

장환이가 우리 친구라서

내 친구 장환이를 부러워한 적이 많다. 눈치 빠르고 예의가 발라서 어른들이 예뻐하는 아이, 친구들을 웃게 하려고 과감히 망가지던 넉살 좋은 아이, 쾌활하고 능동적이고 배려심이 많은 성품, 자존감 높은 그 아이는 내가 갖지 못한 장점이 참 많았다.

장환이의 웃는 모습을 질투한 적도 있었다. 장환이의 웃음은 마치 아기의 미소 같았다. 엄마와 떨어져서 잔뜩 겁을 먹고 있던 아이가 마침내 엄마를 만났을 때 안심하며 저절로 짓는 그런 미소. 소설이나 영화를 보면 고난 속에서도 아이들이 희망의 상징으로 나오곤 하는데 내겐 장환이의 웃음이 그랬다. 덧니를 보이며 멋쩍게 씩 웃어도, 어설픈 개그를 하며 바보같이 히죽 웃어도, 소리 내 쾌활하게 웃어도, 장환이의 웃음은 늘 자연스러웠고 보기 좋았다. 심지어 누군가 자기 외모를 갖고 놀려도 장환이는 아무렇지 않게 맞장구를 치며 웃었다.

'아! 사람은 저렇게 살아야 하는 거구나.'

이런 걸 깨닫게 해 준 장환이는 나의 심리적 후원자였다.

장환이와의 만남은 내 최초의 기억, 다섯 살 때로 거슬러 올라간다. 안산시 와동, 주택들이 나란히 늘어선 골목길에서 우리는 자전거를 탔고 서로의 집을 수시로 오가며 블록 장난감을 맞추었다. 그때 내가 누군가와 함께였다는 건 지금 생각해도 신기한 일이다. 고향인 충청도에서 안산으로 이사 온 직후인 데다 그때나 지금이나 내 성격은 소심하고 방어적이어서 남과 쉽게 가까워지지 못하는 탓이었다. 아마 장환이가 먼저 말을 붙였거나 엄마들끼리 마음이 맞아 자리를 만들어 주었거나 둘 중 하나일 것이라고 생각한다. 그때부터 장환이와 나, 정민종은 쭉 친구였다. 우리는 어린이집을 함께 다녔고 같은 초등학교에 들어갔고 교회를 함께 나갔으며 같은 중학교에 입학했다.

누구에게나 친절했던 장환이는 친구가 많았다. 어린이집 시절부터 알고 지냈던 안진이 말로는 여자들 사이에서도 인기가 많았다. 다정하고 착하기 때문이라고 했다. 하긴 그때부터 장환이 별명은 부드러운 남자였다. 왈가닥 안진이도 장환이와 오래도록 좋은 친구다.

"안진아. 우리 크면 결혼하자."

일곱 살 사내아이의 전화 프러포즈를 안진이는 커서까지 놀려댔다.

"너 여자 친구 생겼다면서? 아니, 언제는 나한테 결혼하자더니."

장환이는 유쾌하게 맞받았다.

"너보다 예쁜 여자가 얼마나 많은데 내가 너하고 결혼을 하니?"

어려서부터 둘은 밉지 않게 톡탁거렸다. 안진이는 장환이를 자주 놀려 먹었고 장환이는 안진이를 조폭 마누라라고 놀렸다. 둘은 교회에 함께 다니며 공부 고민을 털어놓았고 생일을 챙겨 주었으며 서로의 꿈과 인생에 대한 이야기를 나눴다.

모태 신앙이었던 장환이는 교회를 참 좋아했다. 중학생이 되면서 나나 친구들은 여러 이유로 교회와 멀어졌는데 장환이는 금요 철야 예배까지 나가며 열심이었다. 찬양단에서 드럼 연주를 맡아 책임감을 느낀 데다, 또래뿐 아니라 형, 누나, 동생들과 어울릴 기회가 즐거운 듯 보였다. 안진이는 교회에서 장환이의 인기가 엄청났다고 말했다. 교회 수련회를 가면 장환이는 모두를 즐겁게 했다. 장기 자랑을 위해 며칠씩 개그 연습을 하고, 우스꽝스러운 분장으로 무대에 올라 바보가 되는 것도 마다하지 않았다. 나는 친구들이 이상한 것을 시키면 지레 내뺐는데 장환이는 얼굴에 낙서를 하자 해도 기꺼이 응했다.

장환이 속에는 유쾌함이 꽉 들어차 있는 듯 했다. 평소에도 이상한 표정으로 엽기 사진 찍기를 좋아했고, 학교에서도 교복을 뒤집어 입거나 조끼를 머리에 쓰고 사진 찍은 걸 본 적이 있다. 재미있는 상황을 만들어 친구들을 웃겨 주었고 스스로도 즐거워하던 장환이였다. 그 친구 때문에 신나는 자리는 분위기가 더욱 살았다. 그러니 누구라도 장환이를 좋아하지 않을 수 없었다. 특히 형, 누나들이 장환이를 많이 아꼈노라고 안진이가 말해 줬다. 형, 누나들은 장환이의 이성 친구에도 관심을 보였다.

"장환이 여자 친구 있지?"

"아이, 없어요."

"네가 왜 여친이 없어? 잘생기고 성격 좋고 캐릭터 재밌고, 빠질 게 없는데……"

"그러게 말이야. 장환이 같은 남자는 무조건 잡아야 하는데 여자들 눈이 다 어떻게 됐나 보다."

형, 누나들은 무조건 장환이 편이었다.

교회에 부지런히 다니면서도 장환이는 주말마다 학교 친구들을 집에 데려왔다. 장환이네 집은 늘 장환이 손님으로 북적였다. 녀석들은 장환이 어머니가 해 준 간식을 배불리 먹고, 거실로, 방으로 흩어져 컴퓨터 게임을 하고, 개그 연습을 한다며 소동을 피우기도 했다. 장환이네 집에서 저녁 한 끼 얻어먹는 건 예삿일이었다. 금요일에 왔다가 일요일에 돌아가는 아이들도 많았다. 덕분에 장환이 동생 태환이는 어려서부터 제 친구들보다 형 친구들과 더 가까웠다. 방을 같이 썼기 때문에 형 친구들이 오면 귀찮기도 했을 텐데, 태환이는 불평하지 않았다. 오히려 형 친구들 때문에 기가 살 때도 많았다. 집에 오던 형 친구들은 막내가 많아서 둘째인 태환이의 입장을 이해하고 편을 들어주었기 때문이다.

장환이 부모님도 아들 친구들을 언제나 환대하셨다. 좁은 집이 사내아이들의 체취로 꽉 차도, 게임에 시간을 빼앗겨 공부를 소홀히 해도 싫은 소리를 하지 않으셨다. 먹성 좋은 아이들을 먹이고 재우며 그저 흐뭇해하셨다. 수학여행을 가기 한 달 전에도 장환이는 친구들을 매주 집으로 불렀다. 그때는 마침 큰 집으로 이사하고 형제가 방

장환이가 우리 친구라서

을 따로 쓰던 때라 더 자주 불렀던 것 같다. 여행 일주일 전, 집에 놀러 왔던 장환이 친구가 밥을 먹으며 말했다.

"아버님. 저희 수학여행 다녀오면 옥상에서 삼겹살 구워 주세요."

"그러지 뭐. 친구들 다 불러라. 아예 돼지를 한 마리 잡자."

식구들이 다 같이 웃었다.

"그때는 맥주도 한잔씩 하자. 술은 너희들끼리 숨어서 먹지 말고 어른들 있는 데서 배우는 게 좋아. 아버지가 가르쳐 줄게."

지키지 못한 약속이 되었다. 부모님 가슴에는 그 약속이 아픈 돌덩이로 박혀 있을 것이다.

장환이의 오랜 단짝인 건계도 초등학교 때부터 장환이네 집 단골이었다. 둘은 학교가 끝나면 가까운 건계네 집에 들러 가방을 내려놓고 함께 장환이네로 향했다. 둘 다 그림에 재능이 있어 진로를 디자인 쪽으로 결정했기 때문에 더 잘 통했던 것 같다. 같은 고등학교에 진학한 두 친구는 미술 학원도 함께 다녔다. 학원에는 남학생이 많지 않아서 안 그래도 친한 장환이와 건계는 꼭 붙어 다니며 서로를 의지했을 터였다. 그림 주제가 주어지면 어떻게 그릴지 의견을 나누었고, 스케치북 여백에 만화체 캐릭터를 그려 놓고 서로 보완해 주며 킥킥대기도 했다고 들었다. 학원에 갈 때는 따로따로였지만 집에 올 때는 늘 함께였던 친구들, 예술적 영감을 주고받았을 두 친구의 모습이 눈에 선하다.

장환이가 디자인에 관심을 가진 건 중학교 때인 것으로 기억한다. 어릴 때 즐겨 갖고 놀던 레고 디자인을 해 볼까, 산업 디자인을 전공해 볼까, 건축가는 어떨까, 여러 이야기를 했었다. 건축가에 관심을 가진 건 관련 사업을 하시던 아버지의 영향이 컸다.

"민종아. 내가 건축가 되면 땅콩집 지을 테니까 우리 같이 살자."

나는 그 말이 참 벅찼다. 우리가 어릴 때 한 건물에서 자랐듯이 아이들을 같은 집에서 키운다니. 그런 말은 아무에게나 할 수 있는 게 아니라고 생각한다. 인생을 공유하는 건데. 하지만 나 역시 장환이하고라면 기꺼이 함께 살 마음이 있었다.

장환이는 태환이에게도 집을 설계해 주겠다고 말했다. 그러나 장환이의 마음이 최종적으로 머문 곳은 패션이었다. 옷이나 외모 꾸미는 일에 관심이 많고 제법 멋진 스타일을 만들어 내더니 그쪽으로 마음이 기울었나 보았다.

"엄마, 내가 패션 디자이너를 하면 어떨까?"

"엄마는 네가 뭘 해도 좋아. 하고 싶으면 해."

"잘하면 나중에 유학도 보내 줄 수 있어?"

"그럼. 너만 잘하면 다 해 줄 테니까 열심히만 해."

중학교 3학년 때 진로를 정한 장환이는 흔들리지 않고 제 길을 갔다. 미술 학원에서도 펜화를 그릴 때 이탈리아 그림을 그렸다고 들었다. 패션의 본고장 밀라노를 동경했기 때문이다.

"선생님. 나중에 밀라노에서 꼭 만나요. 그때 전 유명한 디자이너가 되어 있을 테니 기대하시고요."

장환이의 꿈은 확고해 보였고 그림에 깊은 열정을 보였노라고 학원 선생님이 말씀하셨다. 성격이 꼼꼼해서 장환이 스스로 스트레스를 받은 때도 많았다고 했다. 자기 그림에 만족하지 못하면 그냥 넘기지 못해 보충 강의라도 들으려고 했고, 몸이 아파도 학원을 빠지지 않았다. 오히려 선생님이 무리하지 말라고 조언할 정도였다.

장환이는 자기가 좋아하는 일에는 그처럼 적극적이었다. 어릴 때부터 그랬다. 곤충학자가 되겠다며 온갖 벌레를 잡아들이던 일은 동네에서도 유명했다. 개미나 벌은 수시로 데려왔고 음식물 썩은 곳을 뒤져 구더기를 잡거나, 젓가락에 지렁이를 감아 온 적도 있었다. 태환이도 형의 영향을 받아서인지 유별난 곤충 사랑을 보였다. 지네를 잡아다 숨겨 놓고 기르기도 했다. 밥 먹을 때 삼겹살을 조금씩 떼어 내 감추는 것을 보고서 가족들은 집안에 지네가 있다는 걸 알아챘다. 아프리카를 다니며 희귀 곤충을 연구하자던 형제는 금붕어, 장수풍뎅이는 물론 전갈과 이구아나도 길러 봤다. 부모님은 형제의 별난 취미를 언제나 응원하셨다.

장환이네 집은 동네에서 알아주는 화목한 가정이었다. 어머니는 아이들과 친구처럼 지내면서도 엄격한 역할을 맡았고, 아버지는 뒤에서 아이들을 위로하고 달래 주는 역할을 맡았노라 들었다. 장환이는 부모님, 동생과 함께 피시방에 다녔고 노래방에서는 부모님도 아시는 강산에의 노래를 불렀다. 서산 할아버지 댁에 수시로 왕래하며 농사 돕는 걸 당연하게 여겼고, 팔탄에 있는 낚시터도 따라나섰다. 낚시를 좋아하던 태환이와 달리 장환이는 엄마와 함께 둑길을 걸으며 나물을 뜯고는 했다.

피시방이 막 생기기 시작했을 때 가 보자고 제안한 사람은 어머니였다. 장환이가 5학년 때였다. 아버지는 태환이와 편을 먹고 장환이는 어머니와 한 팀이 돼서 스타크래프트 대결을 벌였다. 처음에는 아버지 실력이 제일이었지만 세 번쯤 지나고 나니 장환이가 앞섰다. 그 뒤로 아들과 아버지의 실력 차이는 점점 벌어지기만 했다. 장환이의 그런 모습을 보고 부모님은 얼마나 뿌듯하셨을까, 나는 가끔 그런 생각을 한다. 어느 부모든 자식의 성장이 대견하겠지만 장환이에게는 남다른 사정이 있다는 걸 알기 때문이다.

갓난아기 때 장환이는 아버지 속을 새카맣게 태웠다고 했다. 청색증. 온몸이 파랗고 혼자서는 호흡이 곤란한 그 병 때문에 장환이는 태어나자마자 호스를 줄줄 달고 인큐베이터에 들어갔다. 제왕절개수술로 누워 있던 어머니는 퇴원할 때까지 아기의 상태를 모르셨다. 주위에서 황달이 심해 인큐베이터에 들어갔다고 말했기 때문이다. 그 사이 아버지 혼자서 고통을 견뎌 내셨다. 치료비도 큰 부담인데 친척들은 위로한답시고 이제 그만 포기하라 말하는 통에 가슴이 무너졌다. 하지만 세상에는 아무리 어려워도 포기할 수 없는 일이 있다. 부모에게 자식의 일이 그럴 것이다. 나이가 어리지만 나도 그쯤은 짐작할 수 있다.

'자식을 어떻게 포기해? 끝까지 해 보자. 할 수 있는 건 다 해서 살려야지, 내 아들.'

아버지는 그런 마음이었다고 하셨다. 다행히 장환이는 건강을 회복했고 태어난 지 3주 만에 처음으로 어머니 품에 안겼다. 그 뒤로는 건강하게 잘 자랐다. 아토피와 음식 알레르기로 고생했고 뼈를 자주 다쳐 정형외과 문턱이 닳도록 드나들었지만 어릴 때 겪은 일과 비교하면 큰 걱정은 아니었다. 두 살 터울의 동생에게 형 노릇도 살뜰히 했다. 태환이가 아기 때는 우유병을 잡아 주거나 놀아 주면서 돌보더니, 크니까 어머니를 대신해 학원을 챙겼다. 활달한 형과 달리 말수도 적고 수줍음이 많은 태환이는 성격도 형보다 느긋했다. 학원에 갈 시간이 되어도 빨리 움직이지 않고 미적거리는 일이 많아서 장환이가 잔소리를 하고는 했다.

가끔은 형제의 다투는 소리가 집 밖으로 흘러나올 때도 있었다. 그러나 끝은 언제나 흐지부지했다. 부모님이 공정하게 중재했기에 오래 다투지도 않았고, 형제도 싸웠다는 사실을 금세 잊어버렸다. 툭탁거렸다가도 두어 시간만 지나면 평소처럼 사이좋게 대화를 나누고 있었다.

태환이는 형바라기였다. 어릴 때부터 장환이를 졸졸 따라다니더니 초등학교, 중학교도 같은 곳을 다니며 형이 보일 때마다 한달음에 달려갔다. 장환이는 그게 부담스러웠는지 고등학교만은 동생과 떨어져 다니기를 바랐다. 태환이가 중학교 2학년일 때, 어느 날 장환이가 물었다.

"고등학교는 어디 갈 거야?"

"형 다니는 데 가야지."

"야, 야. 딴 데 가. 초등학교랑 중학교까지 같이 다녔는데 고등학교만은 제발 따로 다니자, 응?"

그러나 태환이는 형이 다니던 고등학교를 지망했다. 사고가 일어난 뒤의 일이라 어머니도 반대했지만 배정 결과는 단원고였다. 어머니는 태환이에게 왜 단원고에 들어갔느냐고 물은 적이 있다.

"단원고 교복이 예쁘잖아. 급식도 제일 맛있다고 소문났어."

그러나 어머니는 태환이의 속마음을 아신다. 태환이는 형이 보여 주지 못한 '단원고 졸업'을 부모님께 보여 드리려고 그 학교에 진학한 것이다. 어머니는 자식에 관한 일이라면 모르는 게 없는 모양이다. 장환이에 대해서도 참 많은 걸 알고 계시던 어머니였다. 아이들 일에 늘 관심을 두셨고, 장환이도 부모님께 스스럼이 없었다.

"엄마. 내 엉덩이 멋있지?"

튼실한 허벅지와 엉덩이가 자랑이라며 자기 엉덩이를 탁 쳐 보이기도 했고, 처음 사귄 여자 친구와 벚꽃 구경한 이야기도 했으며, 얼마 안 돼 헤어진 이유도 털어놓았다. 아들은 어머니와 함께 미용실에 갔고, 어머니가 새로 산 가오리 스웨터가 예쁘다며 빼앗아 입기도 했다.

"여자 옷 입었다고 친구들이 안 놀려?"

"아니. 잘 어울리고 괜찮대."

딸처럼 다정하고 잘 통하는 아들이었다.

아버지는 장환이에 대한 애착이 강하셨다. 만지면 부서질까, 안으면 떨어뜨릴까 조심스러워 기저귀도 못 갈아 주던 아들인데, 어느덧 의젓하게 자란 게 마냥 뿌듯하다 하셨다.

"우리 장환이는 나하고 닮았어. 얼굴도 똑같고 성격도 똑같다니까."

아버지는 종종 그렇게 말씀하셨지만 장환이는 누가 봐도 어머니와 붕어빵이었다.

아버지는 장환이가 몸만 작다뿐이지 어른이라고 여기셨다. 그래서 종종 사업에 대해 조언을 구하기도 하셨다.

"장환아. 아빠가 요새 무척 힘든데 네가 보기엔 어떠니? 아빠가 잘하고 있는 것 같니?"

"제 생각엔 아빠가 요즘 기본을 안 지키시는 것 같아요."

"응? 그게 무슨 소리야?"

"아빠 힘드신 건 아는데요. 다른 사람한테 막 짜증 부리면서 싫은 소리를 하시잖아요."

"요즘 결제도 잘 안 나고 일도 잘 안 풀리니까……"

"다른 사람에게 피해 주지 않고, 남에게 나쁜 평가를 받지 않는 게 아빠의 사업 철학이라면서요. 지금 아빠가 철학을 지키고 계세요?"

쓰디쓴 조언도 마다하지 않았던 아들은 아버지의 진실한 친구이자, 듬직한 사업 파트너였다. 그 믿음직한 사람이 바로 내 친구 이장환이다.

"그 아이랑 있으면 주변이 다 밝아지는 것 같더라."

장환이를 오랫동안 보아 오신 목사님의 말씀이다. 장환이를 설명하는 데 이보다 맞춤한 말이 또 있을까 싶다. 주머니 속의 송곳이라는 말이 떠오른다. 주머니에 든 송곳은 언젠가 주머니를 뚫고 나오듯 뛰어난 사람은 세상에 드러나게 된다는 고사성어, 낭중지추(囊中之錐). 장환이는 주머니 속 송곳처럼, 언젠간 세상에 드러나 밝게 빛날 실력 있는 송곳이었다.

나나 안진이나 남겨진 다른 친구들에게 마음이 건강하다는 게 뭔지, 배려가 왜 필요한지, 어떻게 살아야 하는지를 가르쳐 준, 친구 이상의 친구, 이장환! 장환이가 친구라서 우리는 정말 고맙다.

요리의 제왕, 이태민

안산 단원고 2학년 6반 **이태민**

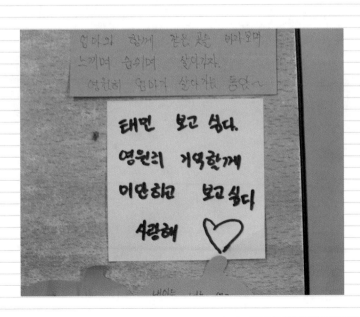

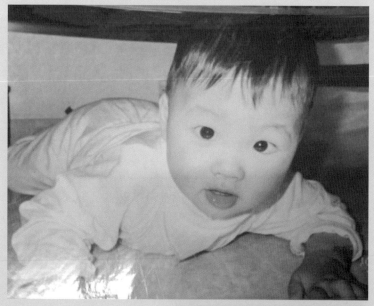

1. 태민이가 태어난 지 300일. 책상 밑으로 들어가는 것을 좋아했다.
2. 엄마 친구가 그려 준 태민이네 가족.
3. "자, 친구들, 우리 손으로 말해 봅시다."

요리의 제왕, 이태민

춤추는 천사 나연이에게

우리 나연이 또 춤추고 있구나. 아빠 웃고 엄만 손뼉 치고 소연인 입꼬리가 슬며시 올라갔네. 동영상 틀어 놓고 틈만 나면 춤추더니 발라드 댄스 다 배웠구나. "난 춤추는 게 젤 좋아." 티브이에서 발레 보고 넋을 잃더니 결국 넌 엄마한테 발레 배우게 해 달라 떼를 썼지. 학교에서 방송 댄스도 하고, 행사 때 대표로 나가서 춤추는 우리 나연이가 참 자랑스럽구나.

네가 세상에 온 것은 내가 열 살 때였단다. 눈도 잘 못 뜨면서 우유병 빠는 네가 얼마나 신기하고 귀엽던지. 그 보드랍고 조그만 발과 모빌 나비 잡으려고 발랑거리는 손가락. 내 엄지손톱만 한 네 작은 손가락. 엄마가 아침 일찍 미용실 내려가면 이 오빠가 기저귀 갈아 주고 우유병 물리곤 했지. 자고 일어나면 맨 첫 생각은 우리 나연이.

방문 열고 뛰어나가 아직 눈도 안 뜬 네 볼 만지며 얼굴 비비곤 했지. 뽀뽀하다 귀도 살짝 깨물어 귓불이 빨갛게 된 적도 많았지. 아차, 너무 셌구나 싶은데 이미 늦었어. 그러는 날 보고 엄마는 시샘하듯 눈을 흘기곤 했지. "우리 아들, 좀 안아 보자 해도 도망가면서 막내는 물고 뜯고 난리지?" 히히, 너 때문에 엄마한테 혼도 많이 났었지.

혹시 몰래 호주머니에 사탕 넣어 다니는 건 아니겠지? 달콤한 슈퍼마켓일랑 그냥 지나치길 바란다. 오빤 지금도 사탕을 보면 겁이 나. 한번은 동그란 사탕이 글쎄 네 쪼그만 목구멍에 걸려 버린 거야. 네 얼굴이 순식간에 파래지는데, 엄만 네 이름만 부르며 어찌할 바를 몰랐어. 아빠가 널 거꾸로 잡고 등짝을 막 쳤어. 엄만 네 목구멍에 손을 집 어 넣어 사탕을 토하게 하려 했지. 갑자기 윽, 소리를 지르더니 사탕이 네 입에서 툭, 나오는 거야. 넌 쓰러지고 119가 와서 병원 가고 난리가 났었지.

오빠 하얀 깁스 생각나니? 학교에서 뜀틀 하다 넘어졌는데 점점 더 아파 오는 거야. 엄마가 병원 가야지 하는데 괜찮다 했지. 중3이면 어른이 다 됐는데 그까짓 통증이야 좀 참으면 낫겠지 했어. 밤에 좀 참고 아침에도 참고 학교 가고 다시 집에 왔는데, 이 번엔 진짜로 너무 아픈 거야. 엄마한테 얘기했더니 병원에 데려가더라. 글쎄, 의사 말 이 뼈 두 개가 다 나갔대. 엑스레이를 보니 뼈가 틀어질 정도로 금이 가 있는 거 있지? 남자 둘이 팔 양쪽 잡고 틀어 맞추는데 악, 소리가 막 튀어나왔어. 내가 하루 반 참는 바람에 엄마가 의사들한테 혼났어. "애 엄마 맞냐?" 가짜 엄마 취급을 받았다는구나. 한여름에 깁스 두세 달 하고 다니는데, 습진 생기고 가렵고 제대로 놀지도 못하고 축 구도 못하고 정말 괴로웠어.

넌 나처럼 의붓엄마 만들지 마. 엄마가 바빠 보여도 네가 아플 땐 아프다고 말해야 해. 학교에서 돌아오면 네가 사탕을 먹고 있는지 아닌지 확인하곤 했으니 좀 심하긴 했지? 사탕 사건 이후로 절대 사탕 안 먹는 오빠가 겁쟁이 같아? 야, 내가 그때 겨우 6 학년이었는데 안 놀랐겠니? 나연아, 사탕은 안 돼. 사탕은 반드시 깨물어서 먹는 거다, 알았지? 고마워, 귀엽고 신기한 게 세상에 있다는 걸 보여 줘서.

그리운 아빠께

아빠, 왜 앨범을 덮으세요? 아, 잠깐 놔둬 봐요. 아빠가 절 무등 태우고 있네요. 웃 고 있는 까무잡잡한 아빠 얼굴이 청년 같아요. 저 앤 대체 누구예요? 아빠 한 손에 올 라가 웃고 있는 저 까까머리 애 말이에요. 어릴 때 우리 머리를 엄마가 죄다 빡빡 밀어

놔서요, 말 안 해 주면 난지 동생들인지 모르겠잖아요. 저 앤 머리카락이 노랗네요. 으이구, 우리 엄만 못 말려. 백일 때부터 머리를 밀었다더니 노랑 빨강 염색도 해 놨잖아요. 어느 날은 내 머릴 뽀글뽀글 볶으려고 작정하고 있는 엄마 손을 뿌리치고 줄행랑친 적도 있다니까요.

아빠, 바닷가에서 제 손을 잡고 계시네요. 엄마 배 속에 있을 때부터 아빤 지방에 계셨죠. 엄마 품에 안긴 절 보고 아빤 "태민아, 이리 와. 아빠야 아빠" 말하곤 했지만, 전 고개를 휙 젓고는 만두 가게 아저씨에게 안기곤 했다죠. 그 아저씨가 진짜로 우리 아빤 줄 알았을 거예요. 아빤 한 달에 한두 번 볼까 말까 했고, 옆집 아저씨는 맨날 보니까. 엄마는 아빠 성격이 꼼꼼하고 내성적이라 하죠. 팍팍 할 말도 못 하니 남 밑에서 일하는 것도, 남에게 이래라 저래라 시키는 것도 힘들어한다구요. 아주 어릴 땐 아빠를 이해 못 했던 것 같아요. 집에도 자주 못 오고 혼자 떨어져서 일하시느라 고생 많으셨어요.
악, 공포의 불닭, 생각만 해도 매워. 어릴 때부터 매운 걸 유난히 밝혔잖아요. 지금 생각해도 너무했어요. 세상에 그 매운 불닭을 두 마리나 먹다니. 밤부터 배가 아프고 설사를 했는데 화장실 밤새 들락거리며 어떻게 참았나 몰라. 어떡하든 혼자 해 보려 했는데, 새벽 5시쯤 되었을까, 저도 모르게 엄마 아빠 소리가 튀어나왔어요. 엄마가 달려와 절 깨우는데 엄마가 안 보이는 거예요. "엄마, 나 이상해. 눈이 안 보여." 한 1분쯤이나 그렇게 캄캄했을까. 얼마나 놀랐는지, 정말 시각장애인이 되는 줄 알았다니까요.

다니던 건설 회사에 사직서 내고 아빠가 유리 새시 가게를 냈을 때 전 어렸어요. 애써 만들어 공장에 납품했는데 대금 못 받아 괴로워한 적도 많았죠. 얼마나 힘드셨으면 그 많은 기술 다 접고 공인중개사 시험을 볼 결심을 하셨나요. 할아버지 말씀이 아빤 어릴 때 반에서 1, 2등 안 놓칠 정도로 공부를 잘하셨다는데 히히, 시험만 보면 떨어졌다죠. 시험 보기 전날 잠을 못 자서 실력 발휘를 못 한 아빠, 아들은 짜잔, 어땠을까요? 아빠가 지방 가서 한 달에 한두 번 오니까 제가 여자 셋을 책임져야 하잖아요. 집

단속을 어찌나 열심히 했던지, 집에 오면 불이란 불 다 켜서 확인하고요, 밤엔 식구들 다 들어온 것 확인하고 현관 잠금쇠까지 걸고 나야 안심이 됐죠.

처녀 적에 2교대로 삼성전자 다니던 엄마가 밤 10시에 출근하다 강도를 만난 적이 있잖아요. 집도 털린 적 있고요. 엄만 집에 오면 장롱이나 창문 뒤에서 누가 튀어나올 것 같아서 불 다 켜고 장롱도 열어 보고 창문 뒤도 살펴보고서야 안심을 했다잖아요. 엄만 지나치게 내가 단속하는 걸 엄마 탓이라지만 전 그렇게 생각하지 않아요. 엄마한테 전해 주세요. 이 아들은 소심한 겁쟁이가 아니었다고요. 세밀하고 섬세하게 살피는 건 좋은 거잖아요.

철들고 생각하니 아빠가 손해 보고 사는 게 당연하지 않나 싶어요. 아빤 순하고 내성적인 데다 이악스럽지도 못하고 엄살도 못 부려요. 아빤 죽을 만큼 아파야 병원 가잖아요. 감기 걸려도 소주에 매운 국물 먹으면 털고 일어난다고 땀 뻘뻘 흘리며 몸살을 몸살로 견디는 아빠, 참 걱정이에요. 아빠 심장이 많이 부었네요. 부쩍 혈압도 높아지고요. 이제 한창 나이 마흔일곱인데……

엄마, 소연이, 나연이 생각해서라도 건강하셔야 해요. 참지 마세요, 아프면 소리 질러요. 시원하게 욕도 하시고요. 그리고 잊지 마세요. 한번 아들은 영원한 아들, 이 아들이 늘 아빠 뒤에 있다는 걸.

사랑하는 소연이에게

소연아, 축하해! 관광고등학교 입학! 지금 오빠 입꼬리 올라가는 거 보이지? 몇 년 후 항공 승무원이나 관광 가이드 하고 있는 소연이를 상상만 해도 기뻐. 엄마랑 안 떨어지려 떼쓰고 막 울던 아이가 언제 그렇게 커 버렸나.

"소연아, 그럼 안 돼. 엄마 일해야 돼." 오빠가 달래면 눈물 뚝뚝 매단 채로 고갤 끄덕끄덕하던 내 동생. 우리 둘이 손잡고 올려다본 별들 생각나니? 넌 네 살, 난 여섯 살. 집 열쇠가 없는 우리는 엄마 아빠가 늦으면 꼼짝없이 밖에 앉아 있었지. 엄마 아빠가 안

오면 깜깜해질 때까지 그냥 기다리는 거야. 네 손 꼭 잡고 하늘 한 번 보고, 어둑한 저쪽에서 엄마 발자국 소리가 안 나나, 귀 쫑긋 세우고 기다리던 밤들. 미장원이라는 게 밤에도 손님이 들이닥치니 밤 9시까진 기본이고, 야간 손님 받을 때는 12시, 1시까지도 엄만 일했어. 남의 가게 다닐 땐 집안 사정이 있다고 해서 나올 수 없어서 늦어졌고, 가게를 차렸을 땐 밤늦게 찾아오는 손님을 거절할 수 없어서 늦어졌어.

내가 세상에서 가장 많이 함께 시간을 보낸 사람이 소연일 거야. 오빤 어릴 때부터 소연이한테 의지를 많이 한 것 같아. 두 살밖에 차이가 안 나지만 우리 동생은 내 책임이다, 생각했던 것 같기도 하고. 넌 또 다른 나. 너와 나 사이엔 숨기고 가릴 게 별로 없었지. 엄마는 날 착한 효자로 생각했겠지만 넌 우리 사이 비밀을 환히 다 알잖니.

엄마 없을 땐 너랑 나연이한테 군기도 곧잘 잡았던 오빠의 진면목을. 쥐어박기도 했지. "내가 상 차렸으니 설거지는 네가 해." 명령도 했지. 화 많이 났지? 엄마는 늘 늦게 퇴근하니까, 서로 나눠 하는 게 공평한 거라고 훈육까지 했으니. 엄마 오기 1시간 전부터 내가 얼마나 번개같이 움직였는지 넌 다 알고 있을 거야. 숙제하거나 게임하다 벌떡 일어나 설거지하고, 빨래 개고, 바쁘다 바빠, 청소기 밀며 바쁘다 바빠…… 이상하게 말이야, 하루 종일 미용실에서 서 있다 돌아올 엄마 발걸음을 생각하면 벌떡 일어나지더라. 잘 보이려고 한 건 아닌데 말이야.

내 인생의 절정은 고등학교 때야. 고등학교 입학하고 막내가 초등학교 들어가니까 얼마나 좋은지 날개를 단 것 같아. 그때 처음으로 친구들 따라 중앙동에 갔었어. 너도 알다시피 중앙동은 안산 제일 번화가라 젊은 애들이 복작거리는 데잖아. 극장도 가고 노래방도 가고 친구들과 맛있는 것도 사 먹고, 주말마다 나가 노는 게 난 너무 좋았어. 일주일에 한 번은 꼭 나가서 신나게 놀다 들어왔지.

고등학교 시절이 황금기야. 네가 하고 싶은 것 맘껏 하고, 필요한 게 있으면 엄마 아빠한테 터놓고 부탁해. 엄마는 가끔 네가 자신감이 모자라고 내성적이라고 걱정하더라. 좋다 싫다 옳다 그르다 네 의견을 내세울 줄 모르고, 그냥 다른 사람 의견에 좇아

가는 것 같다고 말이야. 네 눈을 봐. 얼마나 예쁘니. 눈도 크고 얼굴도 조막만한 계란 형이잖니. 너무 소극적이면 친구들이 어려워해. 대꾸도 해 주고 자신감을 가져. 친구가 다가왔을 때 너도 친구가 되려는 노력을 해야 돼.

프라이팬 얘기 해 줄까? 어느 날부터 이상하게 학원에서 요리를 하면 프라이팬에 자꾸 들러붙는 거야. 오래 쓰면 밑이 벗겨지는 걸 몰랐지. 2년 가까이 쓴 프라이팬을 가지고 조리사 시험을 보러 갔으니 실력 발휘 안 되는 건 당연.

어느 날 엄마랑 큰 슈퍼에 갔는데, 내가 프라이팬을 유심히 살피고 있으니, 엄마가 "하나 사 줄까?" 묻더라. "사 주면 고맙지." 그래서 안 달라붙는 프라이팬이 생겼단다. "저 점퍼 사 줄까? 비싼 메이커 관심 많을 나인데 너도 저거 입고 싶지?" 엄만 묻곤 했어. "난 괜찮아, 난 적당한 티 두 장이면 돼. 그 돈으로 소연이 사 줘" 그랬지. 이것만은 오빠 닮지 마. 네가 꼭 필요하면 요구하고 부탁도 할 줄 알아야 돼. 한 사람이 제 몫을 하는 덴 모든 사람의 도움과 전 우주의 협조가 필요하단다. 인생의 절정, 고1, 고2, 놀고 꿈꾸고 공부하면서 맘껏 활개 치고 살기를, 이 오빤 간절히 바란다. 알았지, 내 영원한 동생, 소연이.

영원한 나의 엄마께

월요일과 목요일은 내 꿈을 키워 가는 날. 학교 파하고 집에 돌아와 동생들 저녁상 차려 주고 눈높이 학원 들렀다 요리 학원으로 달려요. 아, 저 스프링 노트는 제가 제일 아끼는 거예요. 요리 학원에서는 선생님이 요리하면서 설명하니까 손바닥 수첩에 막 갈겨쓰는데 막상 들여다보면 나도 내 글씨를 알아볼 수가 없잖아요.

'천재는 악필이다'라는 옛말은 잠시 잊고, 틈틈이 갈겨쓴 메모를 스프링 노트에 차근차근 정리하기 시작했죠. 줄 없는 스프링 노트에 정리하려면 아주 정신을 집중해야 해요. 엄마, 요리도 그렇더군요. 순간순간 재료와 불에 집중하지 않으면 망해요.

· 스페니쉬 오믈렛

계란 3개 까고 소금 약간 넣고 풀어 주기 후 채에 한 번 거르기 후 팬에 버터 약간 둘르기 후 양파 넣고 청피망, 토마토 넣고 케첩 후 소금 조금

까만 줄 죽죽 그어 놓은 손바닥 노트가 정성 만점 스프링 노트로 이사하면 어떻게 될까요? 짜잔, 이렇게 길고 자상하고 구체적인 레시피가 됐죠?

· 스페니쉬 오믈렛

양파를 다진다 청피망도 다진다 토마토도 다진다 양송이도 다지고 베이컨을 채소 크기로 잘라 준비해 두고 계란 3개를 까서 소금 약간 넣고 그 후 채에 한 번 걸러 준다 걸러서 그 후 팬에 버터 약간 두르고 양파, 베이컨, 양송이, 청피망, 토마토를 넣고 볶다가 케첩 한 큰 술 넣고 소금, 후추 넣고 섞어 준다 그 후 그릇에 준비 그 후 팬에 기름기 잘 닦아 주고 팬에 버터 전체적으로 둘러 녹이고 계란 물을 넣어 준다 넣고 스크램블을 한다 스크램블을 해서 길을 낸다 그 후 계란을 한쪽으로 밀어 놓고 타원형으로 펼친다 그 후 달걀 바닥을 익혀서 바닥에 붙은 게 떨어지게 한다 떨어지면 그 속에 볶아 놓은 속 재료 넣고 윗부분부터 시작해서 위 접고 중간 접고 밑 접어서 붙게 한 후 돌려서 완전히 익힌 후 완성한다

미네스 브로니 스프, 브라운 그레이버 소스, 후렌치 어니언 스프, 이탈리안 미트 소스, 치킨 커틀렛, 치킨 알라킹, 프렌치 후라이드 쉬림프, 피시 차우터 스프…… 그러고 보니 제 글은 마침표가 없네요. 쉼표는 중간중간 있는데, 띄어쓰기로 마침표를 대신했나 봐요. 전 쉼표가 좋아요. 마침표는 뭔가 완전히 끝나는 것 같아 싫어요.

전 지금도 엄마 가위질 소리를 기억하죠. "사각사각 착착" 난 엄마 배 속에서부터 그 소리를 들으며 숨을 쉬었으니까요. 박자 맞춰 사각사각, 숨 쉬고 사각, 내쉬고 사각 하면서 전 헤엄을 쳤는지 몰라요. 비슷한 간격으로 들리는 사각사각 소리를 들으면 마

음이 편해지곤 했어요.

그런데 엄마의 발가락을 찌르던 머리카락들 생각하면 악, 머리털이 쭈빗 서요. 어느 날 "아악" 하는 비명 비슷한 게 들렸어요. 달려 나와 "엄마 왜 그래?" 했더니 발가락 사이를 뭐가 찔렀나 보더군요. 자세히 보니 발가락 사이에 억센 머리털들이 붙어 있었어요. 앞이 터진 슬리퍼 신고 머릴 자르다 보니 머리털 몇 개가 발가락 사이로 들어갔나 봐요. 그다음부턴 엄마가 현관에 들어서면 "엄마 이리 와 봐." 엄마를 앉혀 놓고 억센 머리털들을 빼 주곤 했지요. 척하면 척, 얼굴 쳐다보면 엄마 하루가 읽혔어요. 엄마 얼굴은 읽기 쉬운 단순한 책이랑 비슷해서요. 만화책 캐릭터처럼 별말이 없어도 엄마가 오늘은 힘들구나, 오늘은 힘들었지만 좋은 일이 많았구나……

세상에서 오래 서 있기 대회라도 열린다면 아마 우리 모자가 금메달 따지 않겠어요? 엄마가 날 가지면서 미용 기술 배웠기 때문에 나도 서 있는 데는 남에게 뒤지지 않죠. 요리 배워 자격증 따고 싶다니까 요리 학원 보내 주셨어요. 엄마 발바닥이 곡선이 없어져 평발이 되어가는 걸 보고 신기했는데, 내 발도 점점 평발이 되어 가네요.

엄마, 요리사가 되려면 오래 서 있기 선수가 되어야 해요. 걸어서 학원 갔다 저녁 7시부터 내내 서서 요리 배우고 9시쯤 끝나면 설거지하고 30분 동안 걸어서 집에 오기까지 내 양말은 젖어 있죠. 엄마의 양말도 흠뻑 젖어 있을 때가 많았죠. 그렇게 평발이 되기까지 엄마는 얼마나 오래 서 계셨던 거죠?

"버스 타고 다녀." 엄만 말씀하셨지만 전 버스 타는 게 익숙하지 않아요. 중학교 들어가서 처음 버스를 타 봤죠. 혼자 어디 나간다는 걸 몰랐으니까요. 고1 때 서양 요리 시험을 보러 가야 하는데 인천 가려면 전철을 타야 하잖아요? 그때 꽤 고심했죠. 전철을 타 본 적이 없으니까. 몇 번인가 엄마가 학원 앞에 차 대고 기다렸죠. "일이 일찍 끝나 우리 아들 데리러 왔다." 와우, 정말 신났어요. 엄만 그러셨죠. "그렇게 좋아? 스무 살 되면 운전면허증 따라. 그러면 이 아반떼 우리 아들 줄게."

어느 날부터 엄마가 아래로 내려다보기 시작했죠. 중3 때 여름, 엄마가 불러서 앞에 섰는데, 엄마가 절 올려다보는 게 아니겠어요? 엄만 아빠한테 큰소리치기도 했죠. "당신 없어도 돼. 이렇게 나 생각해 주고 눈치껏 도와주는 아들이 있으니……" "남자가 다 되었구나. 우리 아들, 이제 널 의지해도 되겠구나." 엄마가 "뽀뽀 한번 하자", "우리 아들, 한번 안아 보자" 하면 "엄마 징그럽게 왜 그래?" 도망가곤 했는데, 미안해요, 사춘기였나 봐요. 제가 부끄럼 많이 타니까, 엄마가 이해해 주세요.

　잠깐, 이리 좀 와 봐요. 엄마, 그렇게 살살 안으면 어떡해. 내가 아플까 봐 그래요? 이렇게 잠깐만 있어 봐요, 엄마, 내가 꼭 안아 주니까 좋지? 엄마가 좋아하니 나도 엄청 좋아. 또 학 알 접고 계시네요. 큰 유리병에 학 알이 가득한데, 엄마가 접은 저 알들은 언제쯤 깨어날까? 언제쯤 학이 되어 하늘을 날까?

너처럼 착한 아이

안산 단원고 2학년 6반 **전현탁**

1. 어머니의 가게에 붙은 현탁의 생환을 기다리는 주민, 이웃, 친구들의 기원문.
2. 매일 아침 사과 한 알 먹는 걸 빠트리지 않았던 덩치 큰 아이 현탁이.
3. 최강현 씨가 그린 캐리커처.

너처럼 착한 아이

아까 동생이 왜 너한테 대들었다니? 그렇게 방방 뜨는 거 오랜만에 보는데.

몰라. 글쎄 아빠가 얼마 전에 새로 사 준 거, 프린터 말이야, 레이저 프린터.

응.

그거 중고시장에 내다 팔았다는 거야, 새 거를. 그래 놓고 다른 중고 프린터하고 맞바꾼 거야.

그게 무슨 소리야?

아 몰라. 팔아 버린 새 거 그거는 프린터만 되는 거고, 새로 들여다 놓은 중고 기계는 스캐너 기능도 있고 복사기도 되는 복합기기라나 봐. 새 거 갖다 주고 헌 거 사 왔다고 잔소리 좀 했더니 대번에 붉으락푸르락하는 거야.

그래서 그랬구나. 안 그래도 불러다 혼내 줬다. 누나한테 심하게 굴지 말라고. 엄마 아빠 없으면 누나가 보호자라고.

아이 진짜, 스마트폰 새로 산 뒤로 더해. 맨날 스마트폰 부품 이거 꽂았다 저거 꽂았다 테스트한답시고 인터넷 공동 구매 사이트 들락거리고. 이걸 바꾸니 액정 화질이 좋다느니 저걸 갈아 끼우니까 속도가 달라졌다느니 요새 그런 소리만 해대요.

그래도 고등학교 올라와서 성적 좀 오르지 않았니?

뭐, 비슷해. 수학은 별로고. 사회 과목은 지가 열심히 하니까 좀 오른 모양이에요. 2

학년 됐다고 학원 수업 있는 날 말고는 야자도 꼬박꼬박 들어가나 봐.

누나의 이야기

뭐, 어릴 때부터 동생이랑 많이 싸웠다. 주로 내가 두들겨 팼지. 중학교 2학년 때 내 키가 170이었다. 초등학생 동생 현탁이는 나한테 맞아서 엄청 울고는 엄마한테 가서 고자질을 하곤 했다.

동생이 중학교 3학년 때 훌쩍 커서 지금 체구가 되기 전까지 내가 여자지만 완력이 더 셌다. 같이 무던히도 붙어 다녔다. 집이며 놀이터에서, 방에서 길에서도 우리는 한 몸처럼 함께였다.

동생은 어릴 때부터 날 놀리는 걸 좋아했다. 쥐방울만 한 게 누나 약 올리는 데는 선수였다. 밖에 나가면 뒤에서 목덜미를 콕 찌르고 도망갔고, 방에 앉아 있으면 발끝으로 날 툭 건드리고 혼자 킬킬거리기 일쑤였다.

요새는 동생 데리고 영화관에 가거나 운동하러 다니는 게 재밌다. 얼마 전에 감기 바이러스가 퍼진 상황을 그린 재난 영화를 같이 보고 왔는데 동생이 꽤 좋아했다. 요즘에는 내가 심심하면 동생을 불러내서 중앙동 맛집 투어를 다닌다. 내가 알바를 시작해서 지갑이 좀 두꺼워진 덕분이다.

내가 얘만큼 편한 짝꿍을 언제나 만날 수 있을까.

동생이 화장실 간 사이 녀석 핸드폰을 몰래 열어 봤다. 우린 서로 동의 아래 핸드폰을 각자 뒤질 때도 심심치 않게 있었다.

여학생 하나에게 사귀자고 하는 내용의 문자가 나왔다. '이번엔 웬일?' 초등학교 때는 여학생 둘을 사귄 적이 있다고 털어놓기도 했다. 수학여행 단체 사진을 보고는 이 가운데 좋아하는 여학생 있냐고 슬쩍 떠봤더니 얼떨결에 자백을 했다. 손가락으로 여학생 하나를 가리키면서 얘랑 사귄다고 했다. 맙소사. 초등학생이.

왜 이렇게 못생긴 애를 좋아하냐고 구박을 놓았더니 얼마 안 갈 것 같다며 슬며시 꼬리를 감췄다.

배고프다고 피자 시켜 달래서 주문해 주고 대신 휴대폰 보여 달라고 하니 어림도 없다. 이젠 다 컸다는 건가. 하긴 먹는 양만 따지면 어른이다. 아빠랑 나랑 저랑 치킨 두 마리를 시키면 혼자 한 마리 반을 먹는다. 엄청 먹는다. 어릴 때는 많이 안 먹었는데. 요즘도 아침을 거르는 법이 없다. 엄마가 해 주는 된장찌개에 계란말이를 먹고 간다. 다 먹으면 사과 한 알을 먹는다.

그래도 챙겨 줄 건 챙겨 줘야 한다. 수학여행이란다. 고등학교 생활의 꽃. 내가 다니는 미용실에 데리고 갔다. 평소 같으면 게임하겠다고 안 올 수도 있을 텐데 곧장 따라온다. 사진 많이 찍을 텐데 깔끔해야지. 졸업하면 수학여행 사진 보고 데이트 신청 올 수 있어. 또 한 수 가르쳐 주었다.

동생 데리고 온 누나 처지가 좀 민망해서 한마디 해 주었다. 너, 배 침몰하면 가방 같은 건 생각도 말고 그냥 뛰어나오는 거야 알아? 현탁이 입을 삐죽한다. 뭐 그런 소리를 하냐는 듯이.

아빠도 불러내어 이번엔 신발을 사러 갔다. 맞는 사이즈가 없다. 몇 군데를 돌다가 겨우 건진 게 300밀리짜리 신상 운동화. 새로 나온 거라 비쌌지만 발에 맞는 게 그거 밖에 없다. 그것도 매장에는 재고가 없는 물건을 직원이 본사로 주문을 넣어서 따로 택배로 받은 거란다.

중학교 3학년 올라가고 갑자기 확 컸다. 눈썹도 까매지고 다리에 굵은 털도 올라왔다.

엄마가 밥을 먹는 동생을 두고 점점 예뻐진다고 했다. 그런가? 고슴도치 자식 사랑 같은 거겠지. 잘 모르겠다.

그런데 갑자기 덩치가 산만 해지고 있다. 지 친구들보다 머리 하나를 더 얹고 다니는 것 같다. 이제 완력으로는 해볼 도리가 없다. 아, 내 사라지는 왕국이여.

근데 아까 아침에 보니까 얘 피를 철철 흘리면서 턱에 휴지 붙이고 나오던데 면도했나? 내가 그저께 마트서 면도기 하나 사다 줬는데.

고등학교 1학년이면 면도할 때 됐잖아요. 엊그제 물어보길래 내가 쉐이빙폼 하나 사 줬어요. 처음 하는 거니까 칼에 다쳤나 봐요. 그러고 엄마, 얘 씻고 나오는데 제발 욕실 앞에서 수건 들고 서 있지 좀 마요. 쪽팔린다고 나한테 막 엄마 이야기하면서 짜증 내요. 그리고 아침에 방에 들어가서 얘 침대에 올라가는 거 좀 관둬. 누워 있는데 이불 안으로 들어가니까 애가 미칠라 그러잖아.

그게 뭐 어때서. 아침에 하도 안 일어나니까 그러는 건데. 말은 싫다고 해도 진짜 싫은 눈치는 아닌 것 같더만.

그래도 다 큰 녀석 몸을 주물러 대는 건 좀 심하지 않아요? 인권 침해야.

엄마의 이야기

양치와 목욕이 많이 늦었다. 서툴기도 했다. 제법 클 때까지 내가 많이 씻겼다. 아주 크고는 지가 씻었고, 내가 욕실 앞에서 수건을 들고 나올 때까지 기다렸다. 앤 몸집이 그리 커도 애기 같았다.

아침에 안 일어나면 내가 이불 안으로 들어간다. 차가운 손으로 무릎이고 발가락이며 엉덩이고 되는 대로 만진다. 그게 엄마인 내가 다디단 아침잠에서 녀석을 건져 오는 방법이다. 딸이 심심치 않게 잔소리를 한다. 그래도 지가 싫다 하지 않으니 아침마다 잠 깨우기는 계속된다.

현탁이는 사과가 없으면 못 사는 아이다. 아침에 일어나면 사과를 씻어 물에 담가 놓는 게 일이다. 꼭 사과 하나를 먹고서야 집을 나선다. 자르지도 않은 사과를 식탁에 앉아서 입으로 베어 먹는다. 그런 현탁이 땜에 짝으로 사과를 사다 놓는다. 많이도 먹는다.

순하고 부드러운 애다. 아기 때부터 그랬다. 보채는 게 없고 잘 울지도 않았다. 감기

도 한 번 앓지 않았고, 날 힘들게 한 적이 없다. 초등학교 입학하기 전까지는 내게 맨날 붙어 다녔다. 그런 애가 또 있을까.

초등학교 입학하고 담임 선생님한테서 전화가 온 적이 있다. 아들이 친구들과 장난을 치다가 조그만 사고를 냈다는 것이다. 그런데 선생님의 통화는 질책이 아니라 엉뚱하게도 칭찬이었다. 반성문을 쓰도록 하는 벌을 주었다는 것인데, 아들이 제출한 반성문을 읽어 보니 글을 너무 잘 썼다면서 선생님이 수화기로 그걸 읽어 주는 것이었다. 가만 들어 보니까 꽤나 긴 글이던데, 우리 아들이 글을 잘 쓰는 학생이구나 하는 마음이 드니까 갑자기 훌쩍 자라 버린 느낌이었다. 그래서 사고 친 건 까맣게 잊어버렸다.

중학교 들어가고도 남자 티가 전혀 나지 않았다. 2학년 올라가고서는 엄마가 자기 방에 들어오는 거 싫어하고 가끔 방문도 걸어 잠그고 했던 걸 돌이켜 보면 그때 사춘기가 온 것도 같은데 생김새만 놓고 보면 여전히 애기였다.

아들이 중학교 3학년 때 내가 가게 일을 시작하면서 이전보다 좀 자유로웠던가 보다. 엄마 잔소리도 없고 간섭도 없으니. 그래서일까, 갑자기 살이 올라 걱정돼서 운동 삼아 화랑공원에 산책을 나가곤 하는데, 더 격한 운동을 권장해야 할까.

가게에 있다가 한 번씩 낮에 집에 들르면 친구들하고 방에 있는데 먹을 거 시켜 줄까 물어도 그냥 괜찮다고만 한다. 얘는 요구가 없다. 방안에서 뭘 그렇게 열심히 했나 궁금했는데 학교에서 무슨 영화제 같은 걸 한 모양이다. 짧은 영상을 만들어서 상도 주고 한 모양인데 거기에 아들도 작품을 제출했단다. 제가 제작 각본 감독 편집까지 모두 했다는 거다.

그런 성품의 덩치 큰 소년,
나름 의외의 역량을 보여 주던 현탁이가 생애 처음 바다를 건너는 여행을 떠났다.
함께 옷을 장만했고, 머리를 다듬고 그렇게 나섰다.
그리고…… 끝내 돌아오지 않았다.

＊＊＊＊
후일담

사고가 있고 난 후 가족은 팽목항에서 기다렸다. '착한 아이'의 생환을! 그러나 끝내 다음 세상의 소년으로 가족의 품에 안겼다.

현탁이와 함께 안산 집으로 돌아온 날, 현탁이네 식구들은 엄마의 세탁소에 붙은 현탁이의 생환을 소원하는 수많은 글들, 염원들을 마주하고 이웃들과 함께 울었다.

그날 현탁이의 엄마는 이렇게 적었다.

전남 진도 팽목항에 있는 엄마들은 실종된 아이를 찾은 뒤에도 마음 놓고 울지 못합니다. 아직 바다에 침몰한 세월호에 남아 있는 자식을 찾지 못한 가족의 마음을 알기 때문입니다. 금방 얼굴 볼 줄 알았던 우리 현탁이도 보름이 다 돼서야 겨우 찾았습니다.

억지로 울음을 참고 아들을 데리고 안산으로 돌아왔는데 세탁소 주변에 노란 편지가 가득했습니다. 가슴이 먹먹했습니다. 그러곤 한참을 울었습니다. '못난 엄마지만 그래도 우리 아들을 잘 키웠구나. 내세울 것 없는 부모지만 부끄럽지 않게 잘 키웠구나'라는 생각이 들었어요. 고맙습니다. 정말 고맙습니다.

수학여행 가는 날이 우리 아들의 생일이었습니다. "생일날 수학여행을 간다"며 뛸 듯이 기뻐했죠. 여행을 떠나기 며칠 전부터 현관에 여행 가방을 놓고 갖고 갈 물건을 하나씩 정리했습니다. 웃으며 떠나는 모습이 마지막이었어요. 당분간 많이 울 것만 같습니다. 아들이 보고싶어서요. 그래도 현탁이가 웃던 그 모습을 위안 삼고 있습니다. 세탁소 일도 조금씩 다시 시작하려 합니다.

아들을 보내고 그동안 찍었던 사진을 다시 펼쳐 봤습니다. 아들에게 해 준 게 너무 없었습니다. 진도에서 엄마들끼리 수학여행 보내면서 용돈을 얼마 줬는지 서로 물어봤습니다. 대부분이 "10만 원씩 줬다"는데 저는 2만 원밖에 못 줘 미안해 또 울었습니다. 그런데 현탁이를 찾았을 때 지갑에 2만 원이 그냥 있었습니다. "제주도는 물도 맛있으니까 맛있는 것 많이 사 먹어"라고 했는데 용돈도 쓰지 못한 채 갔습니다.

우리 아이는 300밀리짜리 신발을 신을 정도로 덩치가 컸습니다. 하지만 형편이 넉넉지 못해 유명 메이커 옷도 못 사 줬습니다. 수학여행 가기 전에 아들 몸에 맞는 옷 사느라 아웃렛 매장을 몇 번이고 돌아다녔습니다.

아들이 언젠가 노스페이스 잠바를 사 달라고 했어요. 그런데 가격이 50만 원이나 됐습니다. "그 돈이면 한 달 생활비라 안 된다"고 잘라 말했죠. 아들은 떼 한 번 안 쓰고 포기했어요. 그런데 사고 후 진도를 내려가니까 그 잠바 입고 다니는 사람이 너무 많아 또 눈물이 났습니다.

현탁이는 여느 아이처럼 "엄마 배고파"라는 말을 많이 했어요. 그럴 때마다 "너는 엄마가 밥으로 보이냐"고 타박했죠. 점심시간에 세탁소로 달려와 자장면 시켜 먹고 가고, 친구들과 놀러 갈 때도 돈 달라고 하고 그랬습니다. 현탁이가 단원고 1학년 때 세탁소를 학교 주변으로 옮겼습니다. 아들이 혹시나 엄마가 세탁소를 한다고 부끄러워하진 않을까 걱정했더니 "엄마 난 괜찮아"라고 하더군요. '아들이 의젓하게 잘 자랐구나'라는 생각에 대견했죠.

수학여행 전날, 이상하게 아들에게 편지를 쓰고 싶었습니다. 생전 처음이었어요. 쓰다가 마음에 안 들어 찢어 버렸던 종이를 아직 갖고 있습니다. 겨우겨우 편지를 써 아들 몰래 가방 앞주머니에 넣었습니다.

'듬직하게 잘 커줘서 고맙고 엄마는 네가 있어 정말 행복하다'라고 적었죠.

출발하던 날 지나가는 말로 "현탁아, 가방에 손수건이랑 다 넣었으니까 도착하면 어디에 뭐가 들었는지 꼼꼼히 봐"라고 했습니다. 그날 밤 통화에서 못 참고 제가 먼저 물었어요. "편지 봤어?"라고 했더니 아들은 무뚝뚝하게 "응"이라고 답하더군요. 고마우면서도 쑥스러웠던 모양입니다.

현탁이는 엄마를 편하게 해 준 아들이었어요. 특별히 아픈 데도 없이 밥만 먹고 잘 컸습니다. 팽목항으로 내려갔을 때 캄캄한 바다를 향해 "행복은 이걸로 끝이다. 이놈 아!"라고 소리를 질렀습니다.

여러분이 보내주신 따뜻한 마음들 정말 감사하고 고맙습니다. 그 말밖에 드릴 말이 없네요. 아직 제 마음에는 현탁이가 자리 잡고 있어 사연들을 미처 다 읽지 못했습니다. 현탁이 방에 두고 천천히 읽어 볼게요…… 그 마음들 정말, 고맙습니다.

현탁이 엄마 올림.

너처럼 착한 아이

빛을 가진 아이

안산 단원고 2학년 6반 **정원석**

1. 롯데월드에 놀러 가서 엄마와 한 컷
2. 의젓하고 멋진 원석이의 강덕준유치원 졸업 사진
3. 우정으로 똘똘 뭉친 선부중학교 친구들이랑 학교에서 생일잔치를 하다.

빛을 가진 아이

"엄마!"

원석이는 버스에서 내리는 엄마를 보고 달려갔다. 퇴근길, 엄마의 손에는 오늘도 계란과 우유, 과일 등 무거운 것들이 가득이었다.

"우리 막둥이, 천재 판사 정원석!"

원석이는 엄마의 손에 있던 물건들을 얼른 받아 들며 주변을 둘러보았다.

"엄마, 그렇게 부르지 마세요. 창피하게."

그러자 엄마는 밝게 웃었다.

"뭐 어떠냐? 배 속에서부터 갖고 있던 태명이자, 세상에 나와서도 이어가는 자랑스러운 이름인걸. 원래 이름은 더 길잖아. 기특하고 영특한 천재 판사님 정원석!"

그러자 원석이도 따라 웃었다. 엄마의 마음이 느껴졌기 때문이다.

"우리 아들, 천재 판사 정원석!"

엄마는 늘 원석이를 이렇게 부르며 세상을 다 가진 것 같은 얼굴을 한다.

엄마는 원석이가 배 속에 있을 때부터 세상을 밝게 비추는 아이가 태어나길 바랐다. 유전무죄, 무전유죄라고 말하는 세상에서 억울하게 누명을 쓰는 사람들, 사회적 약자로 살 수밖에 없는 힘없고 가난한 사람들을 위해 일하는 사람, 정의를 실천하는 사람이 되어 주길 원했다. 그래서 노래처럼 기도처럼 이름 앞에 긴 수식어를 붙여 부른 것이다.

원석이는 엄마를 늘 길 안쪽으로 걷게 했다. 엄마를 보호하려는 행동이 이미 습관이 되어 버렸다. 원석이는 짐을 왼손에 들고 오른손으로 엄마의 손을 잡았다.

"우리 아들, 오늘 힘들었지?"

얼마 전부터 보쌈집에서 알바를 하는 원석이를 보고 엄마가 말했다. 그러자 원석이는 "방과 후에 겨우 몇 시간 일하는 건데요, 뭘. 엄마가 더 힘드시죠"라고 말했다.

'조금만 참으세요, 제가 나중에 호강 시켜 드릴게요'라는 말은 속으로 꾹 삼켰다. 엄마와 원석이는 집을 향해 힘차게 걸었다.

집에 오니 현관 한쪽에 어그 부츠가 가지런히 놓여 있었다. 막내 누나가 퇴근을 한 것이다. 아침에 헤어졌다가 저녁에 만나는데도 식구들을 만나면 참 좋았다. 인사를 나누자마자 엄마는 다시 내일을 위한 준비로 분주해졌다. 누나도 엄마를 도우며 원석이에게 말했다.

"원석아, 친구들이 네가 사 준 부츠 보고 예쁘대. 내가 막 자랑했지, 내 동생이 아르바이트해서 번 돈으로 생일 선물 사 줬다고."

그러자 원석이가 환하게 웃었다.

"누나, 큰누나랑 작은누나도 저런 부츠 좋아할까?"

"그럼, 당연하지."

"다음에 돈 모아서 큰누나, 작은누나한테도 선물해야겠어."

엄마가 잠자리에 누웠다. 그러자 원석이가 다리 마사지 장화를 가지고 왔다. 온종일 식당에서 음식을 만드느라 고단한 엄마의 다리 피로를 풀어 드리기 위해서였다.

"엄마 다리 오늘 많이 부었네요."

"아니야, 괜찮아. 우리 천재 판사님은 어서 가서 쉬어."

"엄마, 나한테 판사님이라고 부르는 것 좀 안 하면 안 돼요?"

원석이는 과장되게 애원하는 얼굴로 엄마를 바라보았다. 엄마는 그런 원석이를 보고 빙긋 웃었다.

"막둥아, 네가 초등학교 3학년 때 쓴 '가을색 바람'이라는 시 기억하니? 엄마는 지금도 그 시를 기억하고 있어. 살면서 힘들고 부당한 일을 볼 때마다 왠지 모르게 우리 아들이 쓴 시가 생각나더라."

엄마는 나지막이 원석이의 시를 읊조렸다.

가을색 바람
-화정초등학교 3학년 10반 정원석

붉은색 바람이
단풍잎을 붉게 물들여요.

갈색 바람이
밤나무를 갈색으로 물들여요.

노란색 바람이
벼를 누렇게 물들여요.

빨강 갈색 노란 바람은
각자 할 일을 하고
돌아가요.

"엄마는 말이야, 사람이 있는 그대로 인정받고, 능력 그대로 평가받으며 살아갈 수 있는 세상이 좋은 세상이라고 생각해. 네가 쓴 시 속에 나오는 바람들처럼 말이야. 바람들은 각자 자신들의 일을 하고 있는 그대로 똑같이 평가받잖아. 그런데 지금 세상은 그렇지 않거든. 돈 있고 힘 있는 사람은 죄를 지어도 벌을 피하고, 돈 없고 힘없는 사람은 죄가 없어도 억울해지는 게 세상이지. 넌 어렸을 때부터 항상 바르게 생각하고 행동하려고 노력했어. 그래서 난 네가 제대로 된 세상에서는 가장 훌륭한 판사님이 될 거라고 생각한단다."

원석이는 엄마의 말을 들으며 천천히 엄마의 다리와 종아리를 주물렀다. 엄마의 깊고도 강단 있는 철학은 늘 마음속에 울림을 주었다. 엄마가 자랑스러웠다.

원석이는 엄마의 손가락 발가락까지 하나하나 주물렀다. 뭉친 어깨를 풀어 주고 머리 지압까지 꼼꼼하게 하고 난 다음, 엄마의 다리에 마사지 장화를 신겼다.

쉬이익, 다리 마사지 기계에 공기가 차오르는 소리가 들렸다. 엄마는 온몸의 피로가 단숨에 물러가는 것만 같았다.

'대견한 우리 아들, 투정 한 번 부리지 않고 성실하게 잘 커 준 소중한 아들.'

원석이는 엄마가 크게 한 번 아픈 뒤로 늘 엄마의 건강을 챙겼다.

몇 해 전이었다. 나이 차이가 열 살 이상씩 나는 형과 누나들은 결혼을 하거나 다른 곳에서 직장을 다녀 엄마와 원석이, 둘이서만 살 때였다. 평소의 피로가 누적되었는지 엄마는 오한이 들면서 열이 났다. 처음에는 단순히 감기 몸살이라 여겼다. 하지만 시간이 갈수록 증세는 더 심해졌고, 병원에 가도 좀처럼 낫질 않았다. 그러자 원석이의 얼굴에 그늘이 졌다. 하지만 엄마 앞에서는 부러 더 씩씩하게 말하고 행동했다. 심부름, 집안일 할 것 없이 뭐든지 척척 해냈다.

여러 날을 심하게 앓은 엄마가 약 기운에 까무룩 잠이 들었을 때였다. 밤이 얼마나 깊었을까? 어디선가 들리는 작은 목소리에 엄마는 눈을 부스스 떴다. 침대 옆에서 원석이가 엄마 손을 붙잡고 고개를 숙인 채로 울고 있었던 것이다. 작은 속울음이 어느새 꺼억꺼억 소리로 커져 있었다.

"엄마, 돌아가시면 안 돼요. 그럼 나도 따라 죽어 버릴 거야."

밤새 물수건을 엄마의 이마에 올려놓으며 간호를 하던 아이가 좀처럼 엄마의 고열이 떨어지지 않자, 엄마가 돌아가실까 봐 크게 걱정을 한 것이다.

'곧 괜찮아질 거야, 아들!'

엄마의 속말처럼 엄마는 다시 건강을 되찾았다. 그날 이후, 엄마와 원석이는 자신의 건강은 기본, 다른 가족들의 건강까지 알뜰히 챙겼다.

"막내 누나, 형이랑 큰누나, 작은누나네 언제 온대?"

설 연휴가 다가오자 원석이는 형제들을 기다렸다. 지난 추석에 가족 모두가 함께 갔던 노래방의 추억이 생각났다. 그때는 정말 좋았다. 나이 차가 많다 보니 원석이가 어릴 적에 형이나 누나들이 학교나 직장 때문에 객지로 나가 따로 지내는 경우가 많았다. 그래서 아직까지도 가족끼리의 애틋함이 컸다. 요즘은 부쩍 형과 누나들이 자주 만나자고 했다. 한두 달에 한 번씩 형제들 모임을 하자고도 하고, 명절에 만나면 한데 어울려 외식을 하거나 노래방을 가자고 했다. 원석이는 이런 가족들이 참 좋았다. 2년 후면 자신도 성인이 되어 형, 누나들과 함께 여행도 가고, 엄마를 위한 근사한 이벤트도 열어야겠다고 생각했다.

원석이는 형제들이 기다려졌다. 열여덟 살의 나이 차이는 있지만 우애 좋은 승재 형, 열일곱 살 차이의 따뜻한 승희 누나, 열다섯 살 차이의 솔직 담백한 영주 누나 그리고 열세 살 차이가 나지만 때로는 친구 같고 때로는 엄마 같은 똑똑한 은정 누나. 여기에 형수님, 매형들, 조카들까지 하면 어떤 일도 척척 해낼 수 있을 것 같은 원석이의 든든한 뒷배경이 되었다.

드디어 명절 연휴가 시작되었다. 원석이가 막내 누나와 함께 조카 세 명을 데리고 슈퍼에 다녀오던 길이었다. 장도 보고 조카들에게 과자도 사 주며 천천히 오고 있을 때, 갑자기 후두둑 빗방울이 떨어지기 시작했다. 원석이는 반사적으로 어린 조카를 한 명씩 데리고 집을 향해 뛰었다. 우진이를 집 현관에 데려다 두고 미영이, 그다음으로는 은호였다. 아무것도 모르는 어린 조카들은 삼촌 품에 안겨 천진하게 웃고 있었다. 원석이는 조카들을 현관 앞에 세워 두고는 그사이 현관 앞에 다가온 누나를 향해 재빨리 말했다.

"누나, 조카들 데리고 먼저 들어가."

"원석아, 왜?"

누나는 영문을 몰라 원석이가 뛰어가는 쪽을 바라보았다. 원석이는 벌써 굵어진 빗줄기를 뚫고 파지 줍는 할머니를 향해서 저만치 가고 있었다. 작은 체구의 할머니가 허리를 구부려 사람들이 골목에 쌓아 둔 파지를 줍고 있었다. 원석이는 할머니보다 더 재게 손을 놀렸다. 주변의 파지를 다 줍고 손수레에 차곡차곡 쌓은 다음, 할머니가 가시는 울퉁불퉁한 길 너머까지 밀어 드렸다.

"학생, 고마워! 정말 고맙네."

"아니에요, 할머니! 조심히 가세요."

원석이가 집에 오자 엄마와 누나들은 오순도순 이야기를 나누고 있었다.

"우리 아들, 천재 판사님 정원석은 정말 인정 많고 의리 있고 착해."

엄마의 말에 누나들이 맞장구를 쳤다. 가족들의 대화 내용은 세상 사는 이야기, 조카들 이야기, 원석이 이야기, 원석이 친구들 이야기까지 늘 다양하고도 풍성했다.

엄마는 원석이 친구들을 무척 예뻐했다. 친구 두세 명이 놀러 와도 국수를 10인분을 삶아주고, 치킨은 5인분을 시켜 주었다. 따라서 친구들 사이에서도 엄마의 인기는 단연 최고였다.

"원석이 어머니를 보면 원석이가 왜 손이 크고 인정이 많은지 알 수 있어."

친구들이 입을 모았다.

원석이가 조카 은호와 씨름을 하며 놀아 주고 있을 때, 새결이한테 문자가 왔다.

「원석, 머하삼?」

「가족들이랑 있지.」

만나기만 하면 업어치기, 메치기, 찌르기로 레슬링과 유도를 번갈아하며 장난을 치지만 안 보면 궁금한 친구 사이, 이새결. 새결이와는 아주 재미있는 추억도 있다.

중학교 때, 함께 교실에서 장난을 치다가 선생님께 걸려 복도에서 벌을 섰다. 5분 정도 시간이 흘렀다. 원석이가 새결이한테 물었다.

"새결, 배고프지?"

새결이가 고개를 끄덕였다. 친구의 배고픔을 그냥 보아 넘길 원석이가 아니었다.

"그래, 기다려!"

담임 선생님한테 화장실에 다녀오겠다고 한 뒤, 교문 앞 분식집으로 뛰었다. 그러고는 주먹밥 두 개를 샀다. 원석이는 주먹밥을 주머니에 넣을까 말까 망설이다가 가슴에 넣어가기로 했다. 주머니에 넣어 주먹밥이 짜부라지면 먹기가 아주 곤란해지기 때문이다. 가슴에 넣은 다음, 단단히 팔짱을 끼었다. 주먹밥으로 빵빵해진 가슴이 팔짱 때문에 감쪽같았다. 누가 봐도 공기 때문에 가슴이 불룩한 거라 생각할 터였다.

원석이가 발뒤꿈치를 들고 사뿐사뿐 복도를 걸어올 때였다. 옆 반 선생님이 원석이를 불렀다.

"정원석, 너 어디 갔다 와?"

느닷없는 물음에 원석이는 얼굴이 허예졌다. 게다가 말까지 더듬었다.

"화, 화장실 다녀왔습니다."

그런데 하필 그때, 당황한 원석이가 오른손으로 머리를 긁적인 것이다.

오른쪽 가슴팍에서 주먹밥이 바닥으로 톡 털어졌다.

"아이쿠" 하며 왼손으로 머리를 또 만졌다. 왼쪽 가슴팍에서 주먹밥이 톡 떨어졌다. 톡톡 떨어진 주먹밥 두 개가 아무렇지도 않게 복도 바닥에 누워 원석이를 올려다보고 있었다.

원석이와 새결이는 지금도 암호처럼 은어처럼 '주먹밥'을 말하며 웃곤 했다.

누나들이 음식을 장만하는 걸 돕고 나자, 호진이와 용빈이에게 카톡이 왔다.

「어댜?」

「너넨 어댜?」

「난 집.」

「나도.」

특별히 용건이 있는 것도 아니고, 중요하고 다급한 질문이 섞인 것도 아니었지만 그저 함께하는 시간이 흐뭇했다. 만나서도 마찬가지였다. 성적 이야기나 남의 말들을 하는 성격이 아니라서 가끔은 서로 만나자마자 스마트폰 게임을 할 때도 있었다. 하지만 일단 부대끼는 시간이 소중했다.

어쩌다 수행 평가 조별 숙제를 함께하거나 대회에 낼 작품을 만들기도 했다.

"다음 주까지 '학교 폭력 UCC 대회' 작품을 모집한대."

"그래? 야, 우리가 끝내주는 작품을 만드는 거야, 어때?"

"좋아, UCC라면 또 이 형아가 좀 만들지."

친구들은 금세 하나가 되었다. 원석이와 호진이, 용빈이, 철민이, 진형이, 건호까지 여섯 명은 머리를 맞대고 시나리오를 짜고 스태프를 정했다.

"늘 폭력에 시달리는 아이가 있는데 아무도 그를 도와주지 않는 거야."

"아무도 없다는 건 그렇고, 마음은 있으나 일진이 무서워 선뜻 나서지 못하는 아이가 한 명 있는 걸로 하자."

"그래, 그게 좋겠네."

"그럼 당연히 가해자가 피해자보다 더 많아야겠네."

원석이의 말에 친구들이 고개를 끄덕였다.

"역할을 분담하자. 내가 늘 폭력에 시달리는 피해자, 철민이가 피해자 친구하면 되겠어."

"그래, 그럼 호진이가 일진 가해자를 하고, 용빈이와 진형이, 건호는 여기에 합세하는 인물들로 하자."

"좋아!"

여섯 명의 친구들은 교실과 과학실, 음악실, 옥상과 학교 창고 앞, 공원 등지를 돌며 촬영을 했다. 친구들의 표정이 어색해서 엔지가 나기도 했지만 카메라가 꺼지면 순식간에 웃음바다가 되었다. 하지만 이런 노력들이 수상으로 이어지진 않았다. 너무 폭력적이라는 이유에서였다.

"히히, 실감 나게 찍는다고 격하게 연기를 했는데……"

"그러게 말이야, 우리가 너무 나갔나 봐."

"그러게, 하하하."

"그래도 즐거웠다. 그치?"

아이들은 쿨하게 '즐거웠다'는 말 한마디로 정리를 마쳤다.

다시 일상으로 돌아왔다. 원석이는 열심히 공부를 했고, 시간이 날 때마다 '참소반 보쌈'에서 아르바이트를 했다. 친절하고 성실한 원석이를 사장님과 직원들은 무척 귀여워했다.

어느 날 밤, 원석이가 엄마한테 전화를 걸었다.

"기특하고 영특한 천재 판사님 정원석!"

엄마가 다정한 목소리로 전화를 받았다. 그러자 원석이가 말했다.

"엄마, 집에 오실 적에 맥주 한 병만 사 오세요. 제가 월급 타서 보쌈을 사 왔거든요. 엄마랑 누나랑 보쌈에다 맥주 한잔 하세요."

다른 날보다 빨리 집에 온 원석이는 엄마와 누나를 위해 보쌈을 사서 포장을 해 온 것이다. 퇴근한 엄마와 누나가 식탁에 앉자, 원석이는 보쌈 고기에 새우젓과 양념을 골고루 넣은 상추쌈을 만들었다.

"엄마, 이렇게 드셔야 더 맛있어요."

원석이가 엄마의 입에 넣어 드리자, 엄마가 맛있게 드셨다. 누나도 마찬가지였다.

"그래, 우리 막둥이가 사 온 거라, 더 맛있네."

"그래, 원석아! 넌 정말 멋져. 최고야!"

엄마와 누나가 잠든 어두운 밤, 원석이는 밖으로 나왔다. 발걸음이 원고잔공원 쪽으로 향했다. 원석이는 학교가 끝나고 시간이 날 때마다 호진이와 함께 학교 앞 원고잔 공원 팔각정에 가곤 했다. 운동 나오는 시간도 한참 지난, 늦은 밤이어서인지 공원에는 사람이 드물었다. 드문드문 놓인 가로등이 어두운 공원에 길쭉한 원뿔 모양의 빛의 덩어리들을 세워 두고 있었다. 가로등 불빛들은 어둠에 포위된 것처럼 각각 고립되어 있었다. 항상 친구와 함께 왔던 곳에 혼자 있으니 무언가 낯선 곳에 온 느낌이었다. 저

멀리 깊고 막막한 어둠이 두렵기도 했다. 원석이는 팔각정 마룻바닥에 팔베개를 하고 누웠다. 요즘 부쩍 미래에 대한 생각을 많이 했다.

"넌 장래 희망이 뭐야?"라는 질문을 받을 때마다 원석이는 자기가 진짜로 무엇을 하고 싶은지 생각해 보곤 했다. 장교가 되고 싶기도 하고, 어쩔 땐 멋진 영화배우가 되고 싶기도 했다. 때로는 그냥 남들처럼 취직해서 직장을 다니는 평범한 삶을 살고 싶기도 했다. 뭐든지 될 수 있다는 희망이 있으면서도 한편으로는 저 어둠에 둘러싸인 것처럼 막막하기도 했다.

어쩌면 판사가 되지 못할 수도 있다. 그러나 엄마가 생각하는 그런 사람으로 살 자신은 있다. 어떤 일을 하더라도 진실하고 바르게 살 거라는 건 정말이지 자신할 수 있다.

원석이는 몸을 일으켰다. 무언가 자신 안에 큰 힘을 가진 것처럼 느껴졌다. 앞에 놓인 어둠이 더 이상 막막하지도 두렵지도 않았다. 원석이는 어둠 너머를 바라보며 한껏 가슴을 폈다. 원석이는 깊고 막막한 어둠을 헤치며 씩씩하게 집으로 향했다. 빛을 찾은 것처럼, 마치 그 자신이 빛인 것처럼.

결정적 순간

안산 단원고 2학년 6반 **최덕하**

약속을 잘 지키는 아이 덕하는
멋을 부릴 줄 알았고 경호원을 꿈꿨다.

결정적 순간

"아이 진짜! 이거 놔."

길 가다 말고 손을 뿌리친다. 엄마가 손 한번 잡았다고 화를 낸다. 고등학교에 입학하고서는 엄마가 간섭하는 걸 싫어한다. 자기에 관한 일은 물어보지 말고 궁금해하지도 말란다. 모든 걸 자기가 알아서 하겠단다. 그저께는 애 아빠가 여자 친구 있냐고 물었다가 얘가 하도 길길이 날뛰는 바람에 너털거리며 헛웃음이나 몇 번 흘리다가 방으로 들어간 일도 있다.

부쩍 젊은 남자 모양새가 나서 길 가면서 손도 잡아 보고 싶고 팔짱도 끼고 싶은데. 그렇게 화를 낼 건 뭐람. 그것도 길거리 사람들이 다 보는 데서. 아닌 게 아니라 사람들이 그 모습을 힐끗거리면서 지나가는데 창피하고 자존심 상하는 데다가 서운하기까지 해서 집으로 돌아오는 길에 눈물을 쏟을 뻔했다. 불러다 앉혀서 타일렀다. 엄마 서운하다. 밖에서 그렇게까지 했어야 했니. 대꾸가 없다.

오늘 아침에도 깨우러 갔더니 "엄마 안아 줘" 하는 덕하다. 어젯밤 자기 전에도 "엄마 안아 줘" 했다. 남편이 가도 "아빠 안아 줘" 그런다. 그렇게 집에서는 애기처럼 굴면서 왜 그럴까. 밖에서는 자기도 이제 어른이라는 건가. 남자 어른.

기억난다. 초등학교 5학년 가을이었나. 애를 데리러 학교에 갔다. 뿌연 먼지가 일어나는 운동장 가운데서 아이들이 원을 치고 빙 둘러 서 있었다. 그 한복판에서 둘째와 한 학년 위인 6학년짜리 남학생이 서로를 노려보고 있었다. 뒤쪽에서 선생님이 막 나오는 걸 확인하고는 그냥 지켜보기로 했다. 둘 다 주먹을 쥐고 있는 걸로 봐서 곧 싸움이 벌어질 모양이었다. 6학년 학생이 한 살 많은 나이만 믿고 5학년들 노는 곳에 나타나 방해를 했고 그걸 둘째가 막아선 거라고 원을 치고 있던 여자아이 하나가 말해 주었다. 선생님 덕에 주먹다짐은 일어나지 않았다. 참 멋있어 보였다. 예뻤다. 불쑥 자랐다고 처음 느꼈던 건 그때다.

「개노답 —,.—; 폰 뺏김……」

오랜만에 덕하의 SNS 계정을 들여다보았다. 학교에서 아이들의 휴대폰을 잠깐 압수했던 모양이다. 녀석에게 전화기를 처음 사 준 게 초등학교 5학년. 당시로선 또래보다 이른 편이었을 거다. 몇 개의 구식 휴대폰이 아이의 손을 거쳐 가는 동안 이른바 '스마트폰'이라는 물건이 세상에 나왔고 중학교에 입학한 녀석도 그놈을 만지작거리느라 넋을 놓고 있을 때가 한두 번이 아니었다.

다른 아이들처럼 게임하는 것을 좋아했다. 재미있는 것은 아이가 스마트폰으로 즐긴 것이 게임만이 아니라는 사실이다. 덕하는 스마트폰으로 인터넷 브라우저를 열어서 크고 작은 언론사 뉴스 사이트를 돌아다녔다. 거기서 온갖 시사 상식을 수집하고 있었다. 퇴근 후 아내와 나란히 앉아 9시 뉴스를 보고 있으면 대충 헤드라인만 보고 마는 우리에게 현안 뒷이야기를 설명했다. 낯선 용어를 풀이할 때면 누나는 그것도 모르냐며 두 살 위인 첫째 아이에게 면박을 주기까지 했다. 학교에서도 사회 과목이 제일 재미있다던 말이 빈말이 아니었던 것이다.

중학생 주제에 반기문 유엔 사무총장의 이력을 줄줄이 읊는다거나 일본 도호쿠 지방의 3.11 대지진 사태의 정황을 중개하는 것도 모자라 재보궐 선거에서 여당이 패했다는 둥 소리를 할 때쯤 되면 아무리 부모지만 뿌듯함보다는 어리둥절한 마음이 앞서는 것이 자연스러웠다. 물론 게임도 많이 했다. 누나가 너는 스마트폰으로 음악도 안 듣느냐며 핀잔을 줄 정도로 게임만 해 댔다.

아내 말에 따르면 집 쌓기와 마을 짓기며 온라인 게임까지 빼놓지 않고 두루 좋아하는 것 같다. 하긴 덕하는 여섯 살 때부터 컴퓨터를 했다. 컴퓨터를 하는 내 곁에 매일매일 앉아 있었다. 어깨를 동그랗게 하고 앉아 있었다. 그러던 아이가 어느 순간 컴퓨터로 스타크래프트를 하기 시작했다. 여섯 살짜리가 스타크래프트라니. 일을 마치고 집에 와 보면 동그란 어깨가 컴퓨터 앞에 앉아서 스타크래프트를 하고 있었다.

"누나. 우린 저런 거 안 좋아하지. 그지? 우리는 구경만 하자. 응?"
어렸을 때 동생은 겁이 많았어요. 신갈에 살 때였어요. 주말이면 용인 에버랜드에 아빠랑 엄마랑 자주 놀러 갔어요. 그럴 때면 동생은 늘 높이 솟아 있는 놀이 기구 근처에서 고개를 치켜들고 빙글빙글 돌아가는 또래 아이들을 쳐다보고 있었어요.
저는 남자애들 보란 듯 과격하고 위험해 보이는 걸 타 보고 싶었어요. 그래서 동생한테 꼭 아슬아슬하고 짜릿한 걸 타 보자고 조르면 그때마다 딴소리를 했어요. 그게 귀여워서 "아니야. 우리 이런 거 좋아해, 저거 타 보자"면서 놀려 대기도 했어요. 동생이 아직 초등학교도 들어가기 전이네요. 동생은 군것질을 많이 했어요. 아까도 나갈 때 보니까 가방에서 꼬깔콘 한 봉지를 꺼내서는 나가데요. 가방은 던져 버리고. 엄마 표현대로라면 어릴 때부터 입이 짧았대요. 먹는 거에 크게 관심이 없다 보니 고등학생씩이나 돼서도 메로나를 입에 물고 다니고 콘칩하고 매운 새우깡이며 나쵸칩처럼 스낵류 과자를 끼니 삼아 먹고 다닌답니다. 소시지가 들어간 빵도 동생은 좋아했어요. 아이스크림도 콘보다는 나무 작대기에 꽂힌 하드를 더 찾았어요. 아침은 거의 안 먹고 다니고요. 제가 봐도 너무 초딩 입맛이에요, 동생은.
언젠가 학교에서 급식 식당 공사를 한다고 해서 며칠 동안이나 엄마가 도시락을 싸 준 적이 있었는데 그때도 동생은 엄마를 졸라서 매번 햄이나 소시지며 달걀 들어간 거, 그런 거만 반찬으로 가져갔어요. 좋아하는 것도 치킨이며 고기. 딱 요즘 애들 입맛이죠. 저도 크게 다를 건 없지만요. 동생은 밤에 아빠가 시켜다 준 치킨을 아껴서, 아껴서 먹고 얼마간 남겨 뒀다 다음 날 냉장고에서 꺼내 먹었어요. 돼지갈비를 좋아했어요. 늦은 일요일 아침, 동생이 안 일어나고 있으면 엄마가 소리를 질렀어요.

"오늘 아침 돼지갈비 했다."

그때서야 눈을 비비면서 방에서 나오는 게 내 동생이에요. 돼지갈비가 있으면 된장찌개에 밥을 먹는데 동생이 밥이란 걸 제대로 먹는 걸 구경하는 때죠. 그 덕에 일주일에 이틀이나 사흘은 집에서 삼겹살이며 갈비며 고기반찬을 먹었어요. 물론 라면도 아주 잘 먹었어요. 라면이 먹고 싶으면 동생은 꼭 아빠를 찾아요. 아빠가 끓여 주는 라면이 젤 맛있다고.

"아빠 나 60점!"

아이가 방바닥에서 폴짝폴짝 뛰어다녔다. 덕하는 그다지 높은 학업 성적을 얻는 학생은 아니다. 미처 한글을 떼지 않은 채로 초등학교에 입학했다. 받아쓰기를 하면 30점, 40점 받아 왔다. 그러나 덕하는 개의치 않았다. 60점 받으면 아이는 축제였다. 중고등학교에 진학하고도 공부에는 크게 흥미가 없어 보였다.

아내와 나는 녀석을 믿어 보기로 했다. 아이가 원해서 야간 자율 학습을 빼 주었다. 다니던 영수 과외 학원도 중단시켰다. 덕하는 그러나 한 번도 나나 아내를 힘들게 한 적이 없다. 쉽게 흥분을 하는 아이가 아니었다. 덕하는 설득력이 있었다. 큰아이가 원하는 물건을 사 달라고 졸라댈 때면 아내의 진을 빼놓는 것 같았다. 징징거리면서 엄마 옆에 하루 종일 눌어붙었다.

그러나 덕하는 달랐다. 아내가 거절하면 떼를 쓰지 않았다. 높은 가격을 꼬집어 원하는 운동화를 아내가 거절하면 그때부터 덕하는 물건의 정보를 찾아 나섰다. 인근 상점 여러 곳을 돌거나 인터넷 서핑을 하면서 운동화 가격을 비교했다. 밖에서 살 때와 인터넷으로 살 때의 가격 차이를 교통비에 배송비까지 셈해 가며 더 싸게 살 수 있다며 제 엄마를 아군으로 만들었다. 아내는 그게 너무 좋다고 했다.

대신 아이가 하고 싶다는 검도 학원에 등록해 주었다. 그게 왜 하고 싶은지 물어보지 않았다. 사춘기였다. 2차 성징의 에너지를 아이가 운동으로 해소할 수 있을 것 같아

되레 반가웠다. 중학교 2학년 때였다. 목검으로 시작해서 고등학생이 된 지금 서늘하게 날이 선 진검을 가지고 다닌다. 공인 2단이다. 고등학교에 올라오고 아이가 나에게 물었다. 면도하는 방법에 대해서. 욕실에서 면도하는 법을 가르쳐 주면서 내 등을 밀라고 아이에게 처음 시켜 보았다. 본가에 갈 때면 욕실에서 내가 제 할아버지 등을 미는 모습을 보고 자란 덕하다. 처음에는 쭈뼛거리던 아이가 목에 수건을 두르고 거실로 나가면 "등 밀 때 말해, 아빠" 한다. 봄볕이 따가운 토요일 오후 집으로 돌아왔다. 아이가 아빠를 찾는다. 등을 밀어 주겠다면서 대신 라면을 끓여 달란다. 후후 공짜가 없지!

그러고 보니 둘째 아이는 어릴 때부터 남다른 구석이 있었던 것 같기도 하다. 얘는 무슨 영문인지 생전 처음 보는 사람한테도 불쑥불쑥 말을 잘 붙이곤 했다. 어릴 때 데리고 지하철을 타러 가면 좌석에 앉아 있는 어른들하고 눈만 마주치면 고개를 꾸벅 숙이고 인사를 했다. 인사를 받아 준다 싶으면 그길로 쪼르륵 그 사람한테 다가가서 이 이야기 저 이야기, 무슨 소리를 하는지 한참이나 낯선 어른과 대화를 나누고 있다. 아이의 잇따른 질문 공세를 견디다 못한 사람들의 얼굴에 귀찮은 기색이 올라올 때쯤 되면 가서 애를 떼 오곤 했다.

"찍지 마, 찍지 마. 아주 그냥."
휴대폰으로 게임을 하는 동생한테 카메라를 들이댔더니 주먹을 쥔 채로 가운데 손가락을 들어 올리며 깔깔거리네요. 동생하고는 어릴 때부터 늘 붙어 다녔어요. 엄마 아빠 두 분 모두 직장 생활을 하셨기 때문에 동생은 네 살 때부터 어린이집을 다녔고 거기 끝나면 늘상 제 옆에 꼭 붙어 있었어요.
여자애들하고 섞여 있어도 동생은 마냥 즐겁기만 했어요. 친구들과 고무줄놀이를 하고 있으면 동생은 전날 내린 비 때문에 생긴 놀이터 물웅덩이에 뛰어들어서는 혼자 파닥거리면서 수영 놀이를 했어요. 집으로 갈 때면 모래 범벅이었어요. 어릴 때부터 그랬대요. 동생은 뛰어놀다 넘어지면 엄마를 찾는 게 아니라 "누나" 이러면서 울었다

결정적 순간

는 게 엄마 말씀이에요. 하긴 아까도 침대에 나란히 누워서 동생 이야기를 들어 줬어요. 제가 대학 신입생이고 동생이 고2인데 말이죠. 남동생 있는 다른 친구들이 들으면 이상하다고 할까요?

여자아이 하나가 동생한테 고백을 했나 봐요. 아까 누워서 그 이야기를 해 주더라고요. 얼마 전에 끝난 학교 축제 때 한 친구가 공개적으로 자기에게 좋아한다고 프러포즈를 한 모양이에요. 주위에서 함성과 야유가 한꺼번에 쏟아지면서 난리도 아니었대요. 막 사람들이 단체로 "받아 줘, 받아 줘" 하는 그런 거 있잖아요.
심지어 며칠 전에는 교실에 들어온 선생님이 눈을 초승달 모양으로 하시곤 개랑 잘돼 가냐, 라며 물어보셨다고 했어요. 부끄럽대요. 근데 정작 동생은 축제 당일 대답을 못 하고 우물쭈물하고 말았대요. 동생 말로는 고백을 한 여학생이 자기랑 친한 친구가 짝사랑하는 아이였대요.

덕하는 초등학교 6학년 때 학급 반장을 하고, 중학교 2학년 때는 학급 반장을 하면서 학년 회장 일까지 맡아 했다. 성적이 상위권 학생이 아니고 특별히 드러나는 재능이 없는 아이가 선거를 통해 학년 회장에 선출되자 담임 선생님까지 놀라는 눈치였다. 나 역시 의아해서 선거 공약으로 무얼 내세웠냐고 물었더니 돌아온 대답 속에는 '심부름꾼', '약속', '솔직함', '리더십' 같은 단어가 들어 있었다.

고등학교에 입학한 둘째는 점점 안으로 말려 들어갔다. 장래 희망을 물으면 경호원이라고 답했다. 엄마로서 쉽게 납득하기 힘들었다. 경제적으로 불안하고 위험한 직업이었다. 엄마와는 대화가 안 된다며 화를 냈다. 겨우 끌어다 앉혀서 그게 왜 하고 싶으냐고 물었다. 돌아온 대답이 또 걸작이다. "멋있잖아!" 빈말이라도 타인을 위해 희생하고 싶다면 안 되나. 약자를 위해 헌신하고 싶다거나 하는 포장 정도는 있어야 정상 아닌가, 고등학생쯤 되면. 멋지고 싶어서 경호원이 되고 싶다는 아들 녀석이었다.

동생이 지금은 얼굴이 뾰족하니 여자애처럼 생겼지만 어릴 때는 동글동글했어요. 근데 목소리는 또 굵은 저음이었어요. 여섯 살 때 벌써 동생이 전화를 받으면 걸어온 쪽에서는 어른인 줄 착각하는 때가 꽤 많았어요. 선천적으로 편도가 컸다고 했어요. 감기가 걸리면 목부터 부었고 그것 때문에 힘들어했어요. 초등학교 때 엄마 손을 붙잡고 병원에 가더니 편도 수술을 받고 돌아왔어요. 지금은 동생 목소리가 아주 마음에 들어요. 친구들이 동생 성우 시키래요.

덕하는 겁이 많았다. 태권도가 과격하다며 학원 가기 싫다고 버렸다. 초등학교 때 아람단 활동을 했다. 거기서 중국 여행을 보내 줬다. 3박 4일 코스였다. 4학년 때니 너무 어려서 걱정이 됐다.

하지만 아내가 하루하루 입을 옷과 수건이며 주전부리 따위로 봉지 4개를 만들어 가방에 넣어 주면서 꼼꼼히 녀석의 첫 외국 여행을 챙겼다. 여행을 마치고 돌아온 아이의 꼴이 말이 아니었다. 집을 떠난 뒤로 세수를 한 번도 안 했다고 했다. 여행지 숙소에서 봉지를 열어서 내일 입을 속옷이며 양말이며 상하의를 모두 차려 입고서야 잠자리에 들었다고 했다. 낙오될까 봐 불안했던 것이다. 아이의 머리카락이 기름기로 뭉쳐져 떡이 돼 있었다. 지금 그때를 생각하면 가슴이 미어지고 아려 온다.

어릴 때 둘째를 잃어버린 적이 있다. 딸아이와 시장 맞은편 놀이터에 놓고 잠시 자리를 비운 사이 애가 감쪽같이 사라졌다. 신고를 하고 온 동네를 헤맸다. 파출소에서 연락이 왔다. 근처 빌라 경비 아저씨가 아이를 데리고 있었다. 눈꼬리가 올라간 네 살짜리 남자아이가 나를 한참이나 노려보았다. 달려가 안았다. 그때서야 눈물을 터뜨렸다.

동생은 벽에다 그 흔한 여자 연예인 사진 하나 붙이지 않았어요. 학원을 갈 때도 검도복을 그대로 입고 가요. 동생을 덕순이라고 부르는 친구도 있는 모양이에요. 요새는 기타와 드럼을 배우고 있어요.

덕하의 동선은 단순하다. 학교를 다녀오면 간식을 먹고 검도 학원으로 간다. 돌아오면 늦어도 밤 10시. 주말이면 친구들과 축구를 하거나 게임을 한다. 지금은 학교에서 바른 생활부 부원으로 활동하고 있다.

엄마와 나눈 약속을 잘 지키는 아이다. 한 시간 약속을 하고 게임방을 가면 그대로 지켰다. 정 엉덩이가 안 떨어지면 "엄마, 30분만 더 줘"라며 전화를 한다. 꼭 30분이 지나면 돌아온다.

동생은 늘 옷이나 신발을 사면 저한테 먼저 물어봐요. 잘 어울리는지 맵시는 나는지. 엄마가 은근히 섭섭해하는 눈치예요.

여섯 살 때부터 세발자전거를 타고 다닌 녀석이다. 방에서 인라인을 타고 다녔다. 중학교 때 처음 스키장 구경을 하더니 이내 재미없다며 스노보드로 바꿨다.

덕하가 태어난 곳은 경기도 성남시에 있는 태평산부인과다. 수술로 낳았다. 분유를 먹였다.

결정적 순간? 초딩 졸업식 날 생각남. 정원각이라고, 동네 중국집임. 엄마 아빠 누나 할아버지 할머니 그리고 나. 탕수육하고 짜장면 먹음. 그때 느꼈던 이상한 기분이 생각남. 그때 정말 기분 이상했음. 음식을 놓고 가족들이랑 둘러앉아 있는데 왠지 울음이 터져 나올 것 같았음. 뭔가 아련한 훈기가 훅 올라오는데 가슴 한군데가 아려 왔음. 진짜임. 매일 아침마다 엄마 품에서 맡아 보는 냄새. 고소하고 달았다.

누나 방에서 나는 향기. 누나 어깨 위로 내려오는 긴 머리카락. 아빠가 사 준 기타. 아빠하고 같이 먹던 라면. 요새 엄마한테 자꾸 짜증 내서 미안함. 누나는 대학 가더니 팔다리가 길어졌음. 헐…… 무슨 카페 하나 가입하는데 이런 걸 물어보나. 난 아빠 등

밀어 드리러 가야 됨. 이만 슝~

* * * *

최덕하 군이 2014년 4월 16일 아침 8시 53분 침몰하는 세월호 안에서 휴대 전화로 배가 가라앉고 있다고 119로 신고를 했다. 덕하 군의 신고 덕에 174명이 목숨을 건졌다.

평등한 세상을 꿈꾼 쌍둥이 형

안산 단원고 2학년 6반 **홍종영**

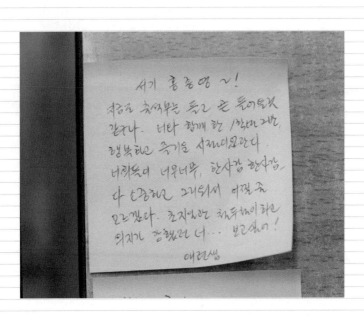

1. 5학년 때 화천 산천어 축제에서. 오른쪽이 종영.
2. 고등학교 1학년 때 정동진 썬크루즈에서.
3. 아기 때 인천 수봉공원에서 쌍둥이 동생 종인(왼쪽)과 함께.

평등한 세상을 꿈꾼 쌍둥이 형

S# 1. 몇 분 간격의 운명, 장남과 막내

(소리) 갓난아기의 울음소리. 웅성거리는 사람들의 대화 소리. 크지 않게 이어진다. 사이. 다시 이어지는 갓난아기의 울음소리. 조금 더 큰 소리로 이어지는 사람들의 말소리. 서서히 잦아들면,

경기도 부천. 산부인과 회복실. 작은 강보에 쌓인 갓 태어난 쌍둥이(종영, 종인) 형제를 바라보며 흐뭇해하는 종영 모(母). 둘을 번갈아 바라보며 흐뭇해하는 종영 부(父).

종영 부 한꺼번에 떡두꺼비가 둘이나 생겼네. 역시 당신 멋쟁이야.

종영 모 (신기한 듯 아이들 보며) 당신은 누가 형이고, 누가 동생인지 구별할 수 있겠어요?

종영 부 음, 글쎄…… 아, 그거야 간단하지. 의젓한 녀석이 장남이니까 형이겠지!

종영 모 (웃으며) 그렇겠네요…… 그런데, 정말 그렇게 다르게 자랄까요? 둘이?

종영 부 난 그렇게들 클 거라고 믿어.

종영 모 그래요, 우리는 아이들이 자유롭게 잘 자랄 수 있도록 도와주자고요.

종영 부 그럼, 둘이 서로 사이좋게만 지낸다면, 더 이상 바랄 게 없을 거야.

　　　　갑자기 약속이나 한 듯, 동시에 울어 젖히는 종영과 종인.

종영 부 아이구, 이 녀석들 배고픈가 보다.

종영 모 (가만히 보다가) 여보, 정말 형은 형인가 봐요. 울음소리가 더 우렁차요!

종영 부 그런가? (쌍둥이 번갈아 쳐다보다가 종영 보며) 그렇다면…… 니가 형이로구나!

S# 2. 독실함으로 자라는 아이들

　　　교회. 어린이 찬송가를 합창으로 부르는 아이들 틈의, 초등학생 종영과 종인. 종영은 노래를 부르는 사이사이 종인을 가끔씩 쳐다봐 준다. 종인은 종영의 손을 잡는다. 잠시 후, 종영의 솔로 파트가 이어진다. 차분하고 정갈한 느낌으로 노래하는 종영의 모습 뒤로, 지켜보는 여신도들.

여신도1 (미소 지으며) 참 보기 좋죠? 저 쌍둥이 형제 말이에요.

여신도2 유치부 때부터 교회 다닌 아이들 못지않아요. 하나님을 섬기는 모습이……

여신도3 (여신도2 보며) 집사님이 전도하셨죠? 정말 은혜롭습니다.

여신도2 특히 둘이 너무 다정해 보여서 좋아요. 종영이가 형답게 동생을 잘 챙기거든요.

여신도1 지난여름에 부모님이랑 휴가 갔을 때도, 주일날 예배 못 보면 안 된다면서 종영이가 그렇게 떼를 써서 결국 토요일 밤에 돌아왔다지 뭐예요?

여신도3 기특도 해라. 저 아이들, 반드시 하나님의 귀한 자녀가 될 겁니다.

S# 3. 아름다운 패배

　　　중학교 화장실. 중학생 종영이가 세 명의 동급생에게 포위당한 듯 서 있다.

종영이를 둘러싼 학생들은 모두 종영이에 비해 체구가 왜소하고, 약골처럼 보인다.

중학생1 (위협적인 태도로) 죽을래?

중학생2 야야, 말로 해선 안 되겠다. (다가오며) 너 이리 와 봐!

종영 (화를 참는 듯) 대체 왜 이러는 건데? 니들 내가 그렇게 만만해?

중학생1 어쭈, 이게. 지금 한번 엉겨 보겠다는 거야? (다가들면)

중학생1이 날리는 주먹을 피하는 종영. 중학생2도 달려든다. 마주보며 멱살 쥐는 종영. 작은 체구의 중학생2가 멱살을 잡힌 채 바동거린다.

종영 소리 얘들을 내가 때려눕히면, 잘못했다고 빌겠지만 그건 진심이 아닐 거야. 사람을 힘으로 누르는 건 가장 못난 짓이고, 나는 이런 싸움은 원하지 않아. 그렇다고 계속 피할 수도 없고, 어떡하지…… 그래. 아버지는 지는 게 이기는 거라고 하셨지.

순간, 멱살을 풀어 주는 종영. 학생들이 달려들어 종영에게 주먹질, 발길질을 해 댄다. 종영의 맞는 모습 위로 호통 소리. 아이들 놀라 쳐다보면, 종인과 담임이 서 있다.

S# 4. 형의 마음

학교 교정 벤치. 나란히 앉은 종영 부와 종영. 종영 부가 종영의 얼굴에 난 상처를 치료해 주고 있다.

종영 부 (대견한 듯) 잘 참았다. 우리 아들! …… (다시 상처 살피며) 많이 아프냐?

종영 몸보다는 마음이 아파요. 아빠.

종영 부   (물끄러미 종영 본다)

종영   저는 강한 사람이 되고 싶어요. 누굴 제압하기 위해서가 아니라 누구에게
       도 제압당하지 않기 위해서예요. 폭력은 무조건 나쁜 거라고 생각해요. 저
       는 제 권리를 누리면서 살고 싶지만, 그것 때문에 남의 권리를 침해하면 안
       되는 거잖아요. 아빠, 그리고 종인이도…… 누구한테 당하지 않으면서 살아
       가게 하고 싶어요. 오늘 일, 제가 아니라 종인이가 겪었으면 어쩔 뻔했어요.
       누구든지 충분히 강해지지 않으면, 자신도 폭력을 쓸 수밖에 없잖아요.

종영 부   우리 종영이가 어느새 다 컸구나. (쓰다듬으며) 널 봐서라도 아이들을 용서해
       줘야겠다. 그 녀석들도 느끼는 게 많을 게다.

S# 5. 홀로서기 - 신뢰와 존중으로

종영의 집 거실. 소파에 앉아 종영 모와 대화를 나누는 종영.

종영 모   어떡하니 서운해서. 난 꼭 니들이 같은 학교 갔으면 했는데……

종영   엄마, 잘된 거라니까요. 종인이두 잘 해낼 거고요.

종영 모   그래도 엄마한텐 늘 종인이는 막내 같은걸.

종영   저는 서로 다른 학교로 배정되길 원했어요.

종영 모   정말?

종영   종인이와 저는 그동안 서로를 의지하는 마음이 너무 컸어요. 쌍둥이만의 특
       권을 너무 오랫동안 누렸다고나 할까요. 홀로서기가 필요한 시점이기도 하
       고, 또 엄마도 아시다시피 우리나라에서는 고등학교 시절이 평생을 좌우하
       잖아요. 종인이에게나 저에게나 인생의 가장 중요한 시간을 온전히 자신에
       게 투자하는 것이 옳다고 믿어요, 엄마.

종영 모   맞는 말이다만, 그래도 엄마는……

종영　(엄마에게 다가와 손 잡으며) 그런다고 해서 종인이와 제가 멀어지는 건 절대
　　　아니니까 염려 마세요. 우리는 엄연히 둘도 없는 형제고 가족이잖아요. 저
　　　와 종인이는 서로를 분신이라고 생각하고 있답니다, 엄마.

종영 모　녀석, 말로는 널 못 당하겠구나. (종영 쓰다듬으며) 그래… 난 너희를 믿는다.

종영　종인이는 역사와 지리 과목을 잘하잖아요, 엄마. 그런 친구들 흔치 않아요.
　　　남다른 과목 적성을 잘 살리면 세상에 꼭 필요한 인재가 될 거라 믿어요, 전.

S# 6. 흔들리지 않는 의연함

다윤(고등학생)의 집 앞. (아침) 다윤의 집 쪽에서 나오는 등교 차림의 다윤과
다윤 모. 승용차 한 대가 와서 서고, 종영(고등학생)과 종영 모가 차에서 내
린다. 종영에게 활짝 웃으며 다가가는 다윤. 두 어머니에게 인사한 뒤, 함
께 등교하는 종영과 다윤. 멀어져 가는 둘을 바라보며 흐뭇해하는 종영 모
와 다윤 모.

종영 모　다윤이랑 종영이는 둘이 같이 있으면 서로를 빛나게 하는 거 같아요. 참 이
　　　쁘죠?

다윤 모　그럼요. 우리 다윤이는 자기 감정을 좀처럼 드러내지 않는 아인데, 종영이
　　　만 보면 얼마나 해맑게 웃고 수다쟁이가 되는지……

종영 모　다윤이 얘기만 하면 얼굴에 함박꽃이 피는 건 종영이도 마찬가지예요.

다윤 모　종영이는 똑똑하고 어른스러워서 믿음이 가요. 무엇보다 늘 한결같아서 좋
　　　고요.

종영 모　저도 종영이의 그런 면이 기특해요. 변덕스러운 모습이 전혀 없거든요. 친
　　　구 관계도 그렇고요.

다윤 모　작은 일에 흔들리지 않는 의연함이 느껴져요, 종영이를 보면.

　　　　　　　　　　　　　　　　평등한 세상을 꿈꾼 쌍둥이 형

S# 7. 책임감과 리더십

학교 상담실. 종영 모와 담임 선생님이 면담을 하고 있다.

담임   종영이는 책임감이 매우 강한 학생입니다. 그동안 우리 반 서기 역할 해 온 것만 봐도 빈틈이 없어요.

종영 모   선생님이 좋게 봐 주셔서 그렇죠.

담임   자기가 정한 목표는 좀처럼 쉽게 포기한다거나 바꾸거나 하는 일도 없어요. 그러고는 꼭 그걸 이루어 내고 말죠. 집념이 대단합니다.

종영 모   형제가 쌍둥이 동생밖에 없어서 여러모로 대인 관계에 부족한 면이 있을 거예요. 혹 자기만 아는 이기적인 모습을 보이면 선생님이 호되게 꾸짖어 주세요.

담임   종영이가 모든 학우들과 친하게 지내는 성격은 아니지만, 누구에게도 불공평하게 대하는 일이 없답니다.

종영 모   자기보다 잘났다고 생각하는 사람도, 못났다고 생각하는 사람도 없다고 평소에 말해 왔어요. 종영이가 누굴 왕따시킬 일은 전혀 없는 아이인 건 맞습니다.

담임   맞습니다. 남에게 조금이라도 피해 주는 걸 싫어하죠. 그런 면이 맡은 바 역할을 함에 있어 타인에게 신뢰감을 주는 것 같습니다. 그래서 2학년 담임이 되실 분께 종영이를 서기로 꼭 추천하려고 합니다.

S# 8. 개인과 사회의 역할

농구 코트. (늦은 저녁) 종영과 종인이 1:1 농구를 하며 구슬땀을 흘리고 있다. 종영의 슛을 블로킹하며 가로채는 종인. 드리블을 하다가 뒤돌아 터닝

숏. 사이. 그대로 코트 바닥에 벌렁 드러눕는 종영과 종인. 거친 숨을 몰아
쉰다.

종영   많이 늘었네?

종인   뭘…… 기본이지 이 정도야.

종영   (종인 보다가, 하늘 보며) 사는 게 너무 힘들지 않아?

종인   …… 왜 그래, 무슨 힘든 일 있어?

종영   사람들은 왜 자기가 하고 싶은 대로 하면서 살 수 없는 거지.

종인   …… 전부 자기 맘대로 살면 세상이 혼란스러워지지 않을까.

종영   모든 사람들이 자유롭게 사는 세상은 현실 속에서는 불가능한 걸까. 나는
       사람들이 자유롭게 살아갈 수 있도록 최선을 다해 도와주는 것이 사회가 할
       일, 국가가 할 일이라고 생각해.

종인   개인의 자유가 허용될수록, 행복 지수가 높은 사회라고 하더라.

종영   그러니까…… 개인은 자유롭게 자신의 꿈을 펼치면서 살고, 사회는 그런 개
       인의 삶들이 조화롭게 어우러질 수 있도록 노력하고……

S# 9. 종영이가 꿈꾸는 세상

안산 시내의 조용한 식당. 종영, 종인 형제가 부모님과 함께 식사를 하고
있다.

종영 부   어쨌든 1년 동안 고생했다. 앞으로 더 힘들겠지만…… 잘들 버텨 주길 바란
         다.

종영 모   (번갈아 두 아들 보며) 많이 먹어. (종영 부 보며) 진짜 둘이 너무 달라요.

종영 부   새삼스럽게 뭘 가지고? 생긴 거 빼곤 다 다르잖아 둘이.

종영 모   성적표 봤잖아요 당신도. 종인이는 자기가 좋아하는 과목을 특출나게 잘하
        고, 종영이는 전 과목 성적이 어쩜 그렇게 고른지……

종영 부   (끄덕이며) 그러게 말이야…… 오히려 진로 결정하는 건 종인이가 더 쉽지 않
        을까?

종영 모   종영이도 뭔가 자기 목표를 갖고 있지 않을까요?

종영 부   그래? (종영 보며) 너는 특별한 관심사가 뭐냐? 좋아하는 과목이나……

종영   깊게 파기 위해서는 먼저 넓게 파야 한다잖아요. 그리고 저는 원래 한쪽으
        로 치우치는 거 안 좋아해요. 제가 가장 소중하게 생각하는 건 '평등'입니다.

        종영 부, 종영 모, 종인 모두 경청하기 시작한다.

종영   저는 법관이 될 거예요. 모두가 다 같이 자유롭게 자신의 꿈을 펼치며 살아
        가는 세상, 약자를 배려하며, 누구도 차별받지 않고 평등한 세상, 공공의 행
        복을 위해 양보의 미덕을 아끼지 않는 그런 세상에서 저와, 종인이와, 부모
        님과, 또 모든 친구들과 함께하고 싶어요.

    그렇게, 열일곱 살 종영이는 세상을 향한 의지가 고스란히 담긴 〈홍종영의 주거권법〉
을 우리에게 선사하였다.

〈홍종영의 주거권법〉

제1조(자유)
1. 항상 자신이 자유를 누릴 권리를 가진다.

제2조(평등)
1. 나와 동생(종인)은 같은 이 집의 주거자로서 평등한 대우를 받는다.
2. 나와 동생(종인)의 차이를 인정해 기며 서로 도와주고 감싸 준다.

제3조(학습)
1. 나(종영)는 학습할 분위기에 알맞은 곳에서 학습할 수 있다.
2. 나의 잘못된 학습 습관은 버리도록 한다.
3. 자신이 목표를 가졌으면 그 목표를 포기하거나 바꾸지 말고
항상 그 길로만 갈 수 있도록 한다.

※ 이러한 법이 제한될 때
나의 자유를 누리고자 할 때 부모님과 동생에게 피해를 주게 된다면
제한될 수 있음. 이러한 법의 행위가 너무 과도할 경우에 제한될 수 있음.
과도한 제한은 삼갈 것!
우리 식구들도 민주화된 민주주의 생활 습관을 가집시다.

홍종영

평등한 세상을 꿈꾼 쌍둥이 형

민우의 바다

안산 단원고 2학년 6반 **황민우**

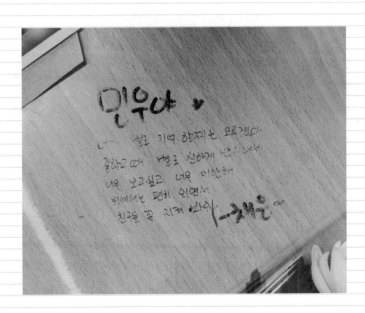

1. 아기 민우가 할아버지 무릎 위에 앉아 웃고 있다.
2. 초등학교 6학년 때 동물원에서 즐거운 추억을 만든 민우.
3. 민우가 여덟 살 되던 해, 작은누나의 초등학교 졸업을 축하하며 찍은 가족사진
왼쪽부터 큰누나, 아빠, 작은누나, 민우.

민우의 바다

내 이름은 황민우입니다. 1998년 2월 19일에 태어났습니다. 겨울비가 오던 그날, 나는 낯선 세상을 만났습니다. 어리둥절한 마음에 크게 울기도 했지만 곧 안심했어요. 따뜻한 눈빛으로 나를 바라봐 주는 가족들, 그러니까 할아버지 할머니 아빠 엄마 두 누나들과 고모가 내 곁에 있었거든요. 빗방울처럼 작고 여린 내가, 가족이라는 깊고 너른 바다를 갖게 된 거예요.

이후로도 가족들은 내가 다치거나 아플 때, 힘들거나 슬픈 일이 있을 때마다 내 손을 잡아 주었습니다. 엄마의 손은 잘 기억나지 않아요. 내가 여섯 살 되던 해부터, 엄마와 헤어져 지냈기 때문입니다. 엄마의 빈자리를 느낄 때도 있었지만, 나는 엄마를 찾지 않았습니다. 매끼 밥상에 할머니가 따뜻한 밥을 지어 놓아 주셨고, 운동회나 학예회가 있는 날이면 고모가 저만치서 다정히 손을 흔들어 주었거든요.

초등학교에 입학한 후, 나는 안산 와동에 있는 할아버지 할머니 댁에서 지냈어요. 회사에 간 아빠, 학원에 간 누나들을 기다리는 시간이 늘었지만, 울지 않았어요. 민우야 하고 나를 부르는 고모 목소리, 잠들기 전 할아버지 할머니 옆에 누워 먹는 달콤한 아이스크림, 누나들과 아옹다옹하며 보는 티브이, 퇴근하고 집에 와 나를 안던 아빠의 품…… 가족들 모두가 나를 사랑하고 있단 걸, 나는 분명 느낄 수 있었어요.

부모님의 이혼 전후로 나는 음식점에 가거나 배달을 시켜 끼니를 해결하는 일이 많았어요. 엄마 없이 지내는 날들이 길어지면서 난 심한 변비에 걸렸고 꽤나 시달렸지요. 이후 할머니 댁에서 살게 됐는데 얼마 지나지 않아 나는 대학 병원을 수십 번이나 오갔습니다. 보름이 넘는 동안 대변을 누지 못하고 배앓이를 해서였어요. 끙끙대는 나를 위해 방법을 찾느라고 할머니 할아버지가 갖은 고생을 하셨어요. 응급실 간호사들이 내 얼굴을 알아볼 만큼 하루가 멀다고 병원을 찾게 되자 결국 정밀 검사를 받았지요. 변비인 줄로만 알고 그동안 대수롭게 여기지 않았는데, 장이 얼어서 소화 기능을 전혀 하지 못한 거였어요. 심한 경우 사망에 이를 수 있는 위험한 병증이라는, 더 늦었더라면 큰일이 났을 거라는 의사의 말에 가족들은 놀란 가슴을 쓸어내려야 했지요.

자라면서 정도가 나아지긴 했지만 나는 늘 음식을 가려 먹어야 했습니다. 고기, 라면, 튀김, 우동, 아이스크림 같은 음식들은 일절 금지였어요. 소화가 잘되는 것만 먹어야 했습니다. 장난기 많고 웃음 많은 나였지만, 밥상 앞에선 심통이 났어요. 먹을 수 있는 게 채소뿐이라니, 식사 때가 되면 어린 나는 울보가 되고 말았지요. 투정 부리는 나를 고모와 할머니가 어르고 달랬어요.

가족들은 내 식단에 각별히 신경 쓸뿐더러 장에 좋다는 음식이라면 무어든 부러 구해다 주었습니다. 할머니는 우스갯소리로 이렇게 말문을 열곤 하십니다. "그 돈 다 뭉쳐 놓으면 우리 민우보다 안 크겠나." '그 돈'이라는 건 내 밥상을 차리는 데 그동안 든 돈을 뜻합니다. 그 말을 들을 때면 나는 할머니 쪽으로 몸을 기대거나 슬쩍 웃어 보이게 돼요. 감사한 마음과 미안한 마음이 함께 들어서요. 먹고 싶은 음식을 맘껏 먹지 못하는 나를 가장 안쓰러워하고 속상해하신 분이 바로 할머니일 테니까요. 언제나 그릇 소복이 밥을 담아 준 할머니와 고모 감사해요.

안산은 내가 나고 자란 곳입니다. 다른 도시를 다 다녀 본 것은 아니지만 이곳의 투박하면서도 다정한 느낌이 마음에 듭니다. 그런 느낌이 드는 건 아마 이곳에서 만난 좋은 친구들, 풍경들, 추억들 덕분일 거예요. 학교와 집 사이 나만 아는 지름길, 근처 공원, 친구들과 자주 가던 피시방, 학원 앞 편의점. 별다를 게 없는 듯한 일상이라도 하나씩 천천히 떠올려 보면 모든 게 특별하고 소중한 것 같아요.

집에서 5분 거리에 내가 다닌 와동초등학교, 와동중학교가 있습니다. 거리는 가깝지만 중학교에서의 시간은 초등학교 때와는 다르게 흘러갔습니다. 새로운 일들이 일어났고 또 많은 것이 변했어요.

교복을 입은 내 모습이 처음엔 어색했지만 곧 익숙해졌어요. 초등학교 땐 연예인을 꿈꿨지만 중학생이 된 나는 영어 선생님이 되고 싶어졌어요. 과목 중에 영어가 제일 재밌고 성적도 높았거든요. 통통하던 내 볼살은 조금씩 사라져 갔고요. 가족들의 보살핌 덕분에 건강이 나아져 고기나 밀가루 음식을 조금씩 먹게도 됐어요. 매콤한 맛의 떡볶이와 김치볶음밥, 바삭한 치킨과 베이컨 피자, 겨울에 먹으면 더 맛 좋은 따끈한 우동과 만두. 내가 좋아하는 것들을요.

거울 앞에 서 있는 시간이 길어졌습니다. 머리가 마음에 들지 않으면 종일 신경 쓰이니까 신중해야 하죠. 고등학생이 된 후에도 그랬어요. 학교를 갈 때도 친구들과 놀러 갈 때도 절대 대충일 순 없었어요. 최장 시간 거울 앞에 있었던 건 아마, 짝사랑하는 친구에게 고백하는 날 아침이었을 거예요. 난 그 애에게 줄 케이크를 직접 만들기도 했어요. 빵에 생크림을 꼼꼼히 바르고 과일과 장식을 올리고⋯⋯ 헤어스타일보다 백 배는 더 정성을 기울인 시간이었어요.

시간은 느리게 흐르기도 했습니다. 큰누나를 기다리는 날들이 그랬어요. 대학생이 된 누나가 지방에서 기숙 생활을 하게 됐거든요. 2주에 한 번씩 누나가 집에 오는 날, 나는 누나에게 언제 오냐고, 얼른 오라고 연락을 했어요. 문자도 보내고 카톡도 보내고 전화도 했어요. 뭐, 막내라고 해서 내가 애교 떠는 성격은 아니지만 말이에요. 누나 오면 같이 컴퓨터 게임 하자고 해야지, 나는 그렇게 생각하면서 한 번 더 문자를 날렸어요. 누나, 언제 도착?

황영림, 황유림. 누나들 이름입니다. 큰누나랑은 일곱 살, 작은누나랑은 다섯 살 차이가 나요. 누나들은 나를 만두라고 불렀어요. 통통한 내 얼굴이 만두를 닮았다고 날 '황만두'라고 불렀어요. 황민우, 황만두. 발음도 어째 닮은 것 같다고, 누나들은 웃었어요.

누나들하고 있으면 마음이 편해지는 것 같아요. 때로 싸우기도 하고, 서로 속마음을 쉽게 털어놓지는 못해도요. 커다란 쇼핑백에 들어가 웅크리는 내 장난에 빵 터지는 누나, 혼자 하던 컴퓨터 게임을 같이 해 주는 누나, 내 시시한 궁금증도 가만가만 듣는 누나, 좋아하는 애에게 고백했다 차인 후 우울에 빠진 나를 단번에 알아차리는 누나, 생일 선물로 게임 머니 주겠다니까 크크 웃는 누나……

누나들과 고모는 내가 기억하지 못하는 내 모습을 다 알고 있어요. 어렸을 적 나는 물을 너무나 싫어했대요. 내가 서너 살쯤이었을까. 해수욕장에 갔는데 물에 발만 닿았을 뿐인데도 목 놓아 울었다고 해요. 내 잠수 실력이 얼마나 늘었는지 누나들은 알고 있어요. 초등학교 저학년 때는 잠수는커녕 얼굴에 물 묻히는 것도 싫어했던 내가 고학년 때 몇 번의 시도와 노력 끝에 잠수에 성공했거든요. 난 뿌듯한 맘으로 누나들한테 자랑을 했었죠.

그런데 그동안 누나들한테 편지 써 본 일이 없어요. 좀 쑥스럽기도 하고 뭐라고 해야 할지 잘 몰라서 "누나 안녕? 그럼 빠이!" 하고 쪽지를 남긴 적은 있어요. 언젠가 용기를 내서 고맙다는 말을 하고 싶어요. 아빠한테 꾸중을 들었을 때 사이에서 엉킨 마음을 풀게 해 준 것도, 식당이나 백화점에 다닐 때 엄마처럼 나를 돌보고 챙겨 준 것도, 내가 소심하게 굴 때 다른 사람에게 말을 걸고 어울릴 수 있도록 방법을 알려 준 것도, 모두 누나들과 고모니까요.

어느 날 고모가 나를 불렀습니다. 엄마에게서 연락이 왔다고, 엄마를 만나 보라고. 나는 싫다고 대답했습니다. 분명 나를 낳아 주신 분이지만, 나는 여섯 살 때 이후로 엄마라는 말을 해 본 적이 없었으니까요. 엄마 소식도 모르고 지내 왔고 얼굴도 기억나지 않았으니까요. 만난다면 무슨 말을 해야 할지 몰랐으니까요.

누나들이 먼저 엄마를 만났고 그 뒤에 나도 엄마를 만났어요. 9년 만이었어요. 엄마를 만났지만 엄마의 얼굴이 낯설었어요. 내겐 엄마의 뒷모습만 남아 있을 뿐이었어요. 수영 다녀올게, 하고 집을 나서던 엄마의 마지막 뒷모습만요.

엄마가 사라진 날, 나는 엄마를 찾거나 보채지 않았대요. 아무도 말해 주지 않았지만 여섯 살의 나는 느끼고 있었던 거예요. 엄마가 떠났다는 걸요. 그 후 한번은 고모가 수영장 사람들과 회식이 있어 늦겠다고 했는데, 내가 떼를 쓰며 자지러지게 울었대요. 가지 말라고, 얼른 오라면서요. 아무렇지 않은 척했지만 어린 나는 괜찮지 않았던 거예요. 시간이 흘러 일곱 살이 된 나는 "민우야, 고모가 늦어서 어떡하지" 하는 고모의 말에, 제법 의젓한 목소리로 대답했어요. "괜찮아, 나는 밖에서 더 놀다가 가면 돼. 아니면 태권도장에서 시간 끌다가 가도 돼. 그러니까 고모, 운동하고 집에 와."

혼자 있는 때가 많다고 해도 혼자 있는 것에 익숙해지지는 않는 것 같아요. 혼자 있는 시간을 따분하지 않게 흘려보내는 가장 좋은 방법은 뭐니 뭐니 해도 컴퓨터 게임이에요. 내 또래 남자애들이라면 거의 다 비슷할 테지만, 나는 친구들과 펜션을 잡고 놀 때도 스마트폰을 놓지 않고 게임할 정도로 좋아했어요. 게임을 하면 복잡한 생각일랑 잊고 몰두할 수 있어서 좋아요.

친구들과 펜션 잡고 놀던 날, 그러니까 중3 때 친한 친구들과 여행을 떠났던 날은 완전 웃겼어요. 친구네 삼촌이 하시는 펜션에서 우리는 밤새 떠들며 놀았죠. 그리고 누군가의 제안으로 기자 놀이를 했는데, 기자 역할을 맡은 애가 애들을 한 명씩 인터뷰하는 거였어요. 그걸 핸드폰 동영상으로 찍어 우리는 여행에서 돌아온 후에도 몇 번이고 그 영상을 돌려 보며 키득댔어요.

혼자든 함께든 나는 적막이 흐르는 걸 가만두지 않았어요. 만약 가족들이 모여 앉았는데 다들 조용하게만 있다면 나는 얼른 말을 꺼냈어요. "있잖아, 드라마나 영화에서 말야. 총 맞으면 진짜처럼 피 튀기잖아. 그런 특수 효과는 어떻게 하는 걸까? 신기하지 않아?" "그 배우, 너무 멋있지 않아? 나도 배우하고 싶다!" 나의 말에 우리 가족들 사이에는 적막 대신 환한 웃음이, 즐거운 농담이 흘렀어요.

혼자 있을 땐 음악을 들었어요. 밥 먹을 때도 샤워를 할 때도 음악을 켜고 따라 부르기도 했어요. 주로 재생된 노래는 아이유의 노래예요. 친구들이 좋아하는 다른 걸그룹

아이돌 노래를 들어보긴 했지만, 아이유 노래들이 내 맘에 제일 와 닿았거든요. 나는 내 스마트폰 바탕 화면을 아이유 사진으로 해 두기도 했어요. 그걸 보고 누나들이 놀리기도 했지만, 난 볼륨을 키워 계속해서 노래를 들었어요.

운동은 내 취미이자 특기입니다. 특히 유치원 때부터 꾸준히 태권도를 해 4품까지 땄어요. 복싱이나 헬스를 하고 흠뻑 땀을 흘리는 것도 정말 좋아요. 개운한 기분이 들거든요. 운동 덕분인지 고등학생이 된 나는 누나들보다 키도 크고 힘도 훨씬 세졌습니다. 누나들에게 팔씨름을 신청해 승리를 거두기도 했죠. 난 마른 체형이니 만두라는 별명은 버려야 하는지도 몰라요.

단원고에서는 축구부에 들어 활동했어요. 공을 몰며 앞으로, 앞으로 달릴 때 솟는 에너지, 친구들과의 눈맞춤 같은 것. 그런 것들이 모든 스트레스를 이기게 하는 힘이 되는 것 같아요. 영어도 여전히 재밌지만 운동에 대한 관심이 더 커져서, 나는 체육 교사가 되고 싶었어요. 몸을 쓰는 것이 얼마나 중요하고 즐거운 일인지 알리고, 아이들이 몸과 정신을 건강하게 단련하도록 돕는 멋진 일을 하는 거죠.

꿈을 꿨어요. 해변을 걷는 꿈을요. 희게 부서지는 파도와 따사로운 햇살과 반짝이는 모래. 아마 그곳은 강원도 삼포해수욕장이었을 거예요. 부모님이 이혼하기 전 내가 어렸을 적부터 우리 가족은 1년에 한 번은 그 해수욕장에 다녀오곤 했어요. 가족들과 계곡이나 워터파크에 갔을 때도 좋았지만, 나는 그 바다를 오래 기억하고 싶어요.

마지막으로 삼포해수욕장을 찾은 건 중2 때였어요. 삼포로 가는 길, 갑작스레 폭우가 쏟아졌고 고모와 누나들과 나는 집으로 돌아갈까 고민했어요. 하지만 오랜만에 떠나온 여행이라 우리는 포기하지 않고 무작정 해수욕장으로 향했습니다. 도로는 미끄러웠고 산사태로 인해 무너진 흙더미와 나무 잔해들이 군데군데 있었지만요. 우리의 간절한 바람이 통했는지 다행히 날이 개었고, 어렵사리 도착한 해수욕장에서 나는 가족들과 종일 신나게 물놀이를 했어요. 보석을 뿌린 듯이 맑게 빛나는 그 바다에서요.

나는 가족들과 함께 다니는 걸 좋아해요. 여행을 하거나 마트에 가거나 외식을 하거나 무얼 하든지요. 고1 때 겨울 방학을 맞아 처음으로 아빠와 백화점에 갔을 때도 무진 좋았어요. 나는 맘에 드는 패딩을 골라 입었고 아빠는 내게 잘 어울린다는 눈짓을 보내왔어요. 회사 일로 바쁘셔서 아빠하고 많은 순간을 함께하진 못했지만, 아빠와 걷는 건 세상에서 제일 기분 좋은 일이에요.

"누나, 먹고 싶은 거 있어? 배고파서 뭐 사 오려고 하는데." 신발을 신으며 큰누나에게 물었어요. 주말이라 오랜만에 누나가 집에 왔거든요. 먹고 싶은 메뉴를 물었더니 누나는 기특하다는 듯이 날 보고 웃고는 고개를 저었어요. "나 말고 민우 너 먹고 싶은 걸로."

살짝 내리던 비가 그치고 봄기운이 느껴졌어요. 가로등 불빛이 노랗게 골목을 물들였고 밤공기는 달게 느껴졌어요. 나는 무척 들뜬 마음이 됐어요. 날씨 탓도 있지만 며칠 뒤에 제주도로 수학여행을 가거든요. 배를 타고 간다는데…… 문득 배가 침몰하면 어떻게 하지? 하는 생각도 들었어요. 가족들 말처럼 큰 배니까 오히려 안전하겠지, 사고가 나도 안내 방송 잘 듣고 그러면 되겠지 뭐. 불안한 마음을 떨치며 나는 먹을거리를 사 들고 집으로 향했어요.

수학여행 떠나기 하루 전날, 나는 친구 수빈이를 불러 아빠와 셋이 저녁을 먹었어요. 수빈이랑 나는 3박 4일 동안 학교를 벗어나 실컷 뛰어놀 생각에 신이 났죠. 난 세면도구와 옷가지를 가방에 꾹꾹 눌러 담으며 빠진 게 없는지 꼼꼼히 확인했습니다. 살짝 출출해진 나는 고모에게 맛있는 걸 해 달라고 졸랐고, 고모는 금세 내가 좋아하는 제육볶음을 만들었어요. 고모가 만든 제육볶음을 먹고 나니 속이 든든했어요.

반쯤 열린 창문으로 불어 드는 시원하고 가벼운 바람. 진즉부터 누워 있었지만, 설레서 그러는지 잠이 들지 않았어요. 나는 누운 채 이어폰을 끼고 아이유의 노래를 들었어요. "내 맘속에 넌 살아 있는 별이죠." 나는 가사를 흥얼거렸고 깜빡, 깜빡 잠을 청했어요. 언젠가 걸었던 별빛 내린 바다를 그리면서.

민우의 바다

경기도교육청 '약전발간위원회'

위원장 | 유시춘

위원 | 노항래 박수정 오시은 오현주 정화진

경기도교육청 약전작가단(139명)

강무홍 강정연 강한기 공진하 권현형 권호경 금해랑 김경은 김광수 김기정 김남중 김동균
김리라 김명화 김미혜 김민숙 김별아 김선희 김세라 김소연 김순천 김연수 김용란 김유석
김은의 김이정 김인숙 김지은 김하늘 김하은 김해원 김해자 김희진 남궁담 남다은 남지은
노항래 명숙 문양효숙 민구 박경희 박수정 박은정 박일환 박종대 박준 박채란 박현진
박형숙 박효미 박희정 배유안 배지영 서분숙 서성란 서화숙 선안나 손미 송기역 신연호
신이수 안미란 안상학 안재성 안희연 양경언 양지숙 양지안 오수연 오시은 오준호 오현주
유시춘 유은실 유하정 유해정 윤경희 윤동수 윤자명 윤혜숙 은이결 이경혜 이남희 이미지
이선옥 이성숙 이성아 이영애 이윤 이재표 이창숙 이풍 이해성 이현 이현수 임성준 임오정
임정아 임정은 임정자 임정환 임채영 장미 장세정 장영복 장주식 장지혜 전경남 정덕재
정란희 정미현 정세언 정윤영 정재은 정주연 정지아 정혜원 정화진 정희재 조재도 조지영
진형민 채인선 천경철 최경실 최나미 최아름 최예륜 최용탁 최은숙 최정화 최지용 하성란
한유주 한창훈 함순례 홍승희 홍은전 희정

416 단원고 약전
짧은, 그리고 영원한 6권 (2학년 6반)

그만 울고 웃어 줘

초판 1쇄	2016년 1월 12일
초판 3쇄	2018년 3월 20일

지은이	경기도교육청 약전작가단
엮은이	경기도교육청
펴낸이	이재교
책임감수	유시춘
책임교정	양순필
책임편집	박자영
그림	김병하
손글씨	이심
디자인	김상철 박자영 이정은
인쇄	신사고하이테크(주)

펴낸곳	굿플러스커뮤니케이션즈(주)
출판등록	2013년 5월 7일 제2013-000136호
주소	서울시 마포구 동교로17길 51 (서교동 458-20) 4, 5층
대표전화	02.6080.9858
팩스	0505.115.5245
이메일	goodplusbook@gmail.com
홈페이지	www.goodpl.net
페이스북	www.facebook.com/pages/416book

ISBN 979-11-85818-17-7 (04810)
ISBN 979-11-85818-11-5 (세트)

「이 도서의 국립중앙도서관 출판시도서목록(CIP)은
서지정보유통지원시스템 홈페이지(http://seoji.nl.go.kr)와
국가자료공동목록시스템(http://www.nl.go.kr/kolisnet)에서 이용하실 수 있습니다.
(CIP제어번호: 2015035193)」

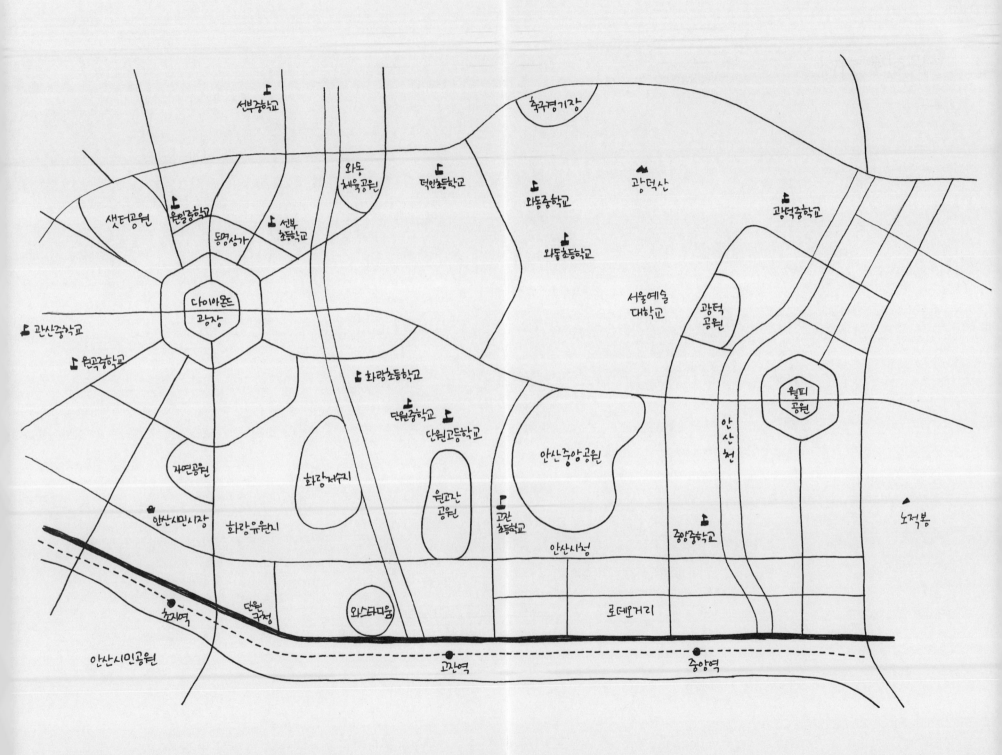

머물렀던 거리

←